KB260212

BESTSELLERWORLDBOOK 63

꼬마천사 안나

핀 지음 / 박광수 옮김

소담출판사

박광수

동해 울산 바닷가에서 태어났다. 줄곧 영혼의 개화를 위해 탐구하였던 그는 자연에의 경외감을 통해, 세계평화와 환경보존을 이루는 길을 모색하고 있다. 저서 및 역서로 『히말라야의 성자들』 『바바하리다스의 명상』 『70일간의 우화여행』 등이 있다.

BESTSELLERWORLDBOOK 63

꼬마천사 안나

펴낸날 | 1995년 3월 10일 초판 1쇄
　　　　2003년 1월 5일　초판 3쇄

지은이 | 핀
옮긴이 | 박광수
펴낸이 | 이태권
펴낸곳 | 소담출판사
　　　　서울시 성북구 성북동 178-2 (우)136-020
　　　　전화 | 745-8566~7　팩스 | 747-3238
　　　　e-mail | sodam@dreamsodam.co.kr
　　　　등록번호 | 제2-42호(1979년 11월 14일)

ISBN 89-7381-109-6　03840
● 책 가격은 뒤표지에 있습니다

Mister God This is Anna

나는 **안나**의 이야기가
어린왕자보다 더 아름다운 이야기라고 말하고 싶다.
어린왕자가 프랑스 인의 별이라고 한다면
안나는 아이리스 영국인의 **별**일 것이다 | 옮긴이 |

여기 진주처럼 소중한 책 한 권이 있다. 이 책에는 모든 것이 들어 있다. 진리, 아름다움, 신성함, 그리고 삶을 이해하는 사람들……. 땅 위의 일상적인 삶을 묘사하면서도 그것을 천상의 아름다움으로 승화시키는 책 !

Trevor Huddleston, GUARDIAN

다소 거친 듯한 음담과 따스한 인간 관계는 이 책에 다채로운 배경을 제공한다. 그러나 무엇보다도 중요한 것은 이 책이 진실한 한 어린아이의 삶에 대한 이야기라는 것이다. 이 어린아이의 마음속의 매력에 끌리지 않을 사람은 거의 없을 것이다. 아름다운 삽화가 이 책을 더 훌륭하게 꾸며 주고 있다.

REFORM

| 차 례 |

머릿말

세상에는 좋은 책도 있고, 평범한 책이 있는가 하면 나쁜 책도 있다. 좋은 책 중에는 진솔하면서도 감동을 주며, 비전에 가득 찬 것들도 있을 것이다. 그러나 전혀 다른 종류의 책들이 있다. 그것은 '아! 라는 감탄사가 나오는 책들이다.

'아! 책!'

'아! 책!'은 독자의 마음에 지금껏 익숙한 것들을 새로운 눈과 감동으로 보게 하는 힘이 있다. 이 책이 바로 그런 책이다. 이런 책이 출판되기란 굉장히 희귀한 일이다. 앙드레 말로의 『예술의 심리학(The Psychology of Art)』이 '아! 책!'에 속한다. 이 책은 2차대전 후에 출판되었는데 너무 비싸서 살 수가 없었다. 나는 멘체스터 아트 갤러리에서 겨우 한 권을 보았을 뿐이다. 그것을 보려고 눈보라를 무릅쓰고 오토바이를 타고 다녔던 기억이 난다. 지금 소개하는 책이 바로 '아! 책!'이다.

내가 처음 원고를 받아보았을 때 첫 문장에서 "천사를 기억하는 것은 쉬워" "천사는 안에서 살고 사람은 밖에서 살아"라는 귀절을 읽고 조금 생각해 보니 내 마음에서 반짝반짝 빛이 나기 시작했다. 얼마나 신성하고 성스러운 충격인가!

처음 자기 이름을 밝히기 꺼려 하는 겸손한 저자의 한 친구가 원고 몇 장을 가져왔을 때 나는 그저 그러려니 하고 생각했다. 그러나 원고를 읽고 난 후 저자가 대단한 유명 인사는 아니라 해도 삶의 본질을 꿰뚫는 날카로운 혜안을 가진 자임을 알았다. 이 책의 원고가 전부 내 손에 들어왔을 때는 어떤 종교적인 경건함이 느껴질 정도였다. 그에게는 이웃에게 따뜻한 눈길을 보내며 무엇보다도 글쓰는 사람에게 흔히 있는 가식이나 꾸밈에 전혀 물들지 않은 독창성이 보였다. 나는 원고를 읽고 또 읽었다. 그리고 저자이며 극중 인물인 핀과 안나에 대하여 문학적 수수께끼처럼 느껴졌다. 나는 도대체 작가가 누구이며 그가 글을 쓰게 된 배경이 무엇인지 궁금했다. 저자를 만나기 전에는 과학적으로 훈련된 신학박사, 학자, 과학자와 같은 인물일 것이라고 생각했다. 나는 조금씩 조금씩 도착하는 원고를 가만히 앉아서 기다릴 수 없었다. 그를 만나고 싶은 마음이 부쩍 동하였다.

마침내 우리는 만났다. 그리고 내 생각이 틀렸음을 알게 되었다. 핀은 그 누구도 아닌 그냥 핀일 뿐이었다. 신학이나 과학과는 전혀 상관없는 그냥 섬세하고 여린 가슴을 지닌 사람일 뿐이었다. 도리어 대학이나 학원 같은 곳을 피하여 살아온 사람이었다. 그의 사고는 학문적 사고와는 달랐다. 이스트엔드에 있는 작은 거리, 상점들, 운하 사이의 강들, 자연과 평범한 삶 속에서 만들어졌다. 만약 핀이 논리적이며 명문화된 교육을 받았더라면 도저히 이런 말을 할 수 없었으리라. 핀은 키도 아주 크고 덩치도 큰 사람이다. 그는 믿음과 회의가 잘 조화된 정신을 지니고 있었다. 그리고 아주 적극적인 믿음과 능동적 사고를 가졌기 때문에 새로운 분야에 접할 때에는 이제까지 지니고 있던 자기 방식을 순순히 버릴 수 있는 사람이었다. 또한 그는 부드럽고 상냥하며 여성적이기도 했다.

어느 날 밤 나는 그와 함께 이 책에 소개되는 거울 실험을 해 본 적도 있다. 그 뒤에 그는 자기 주변 사람들의 이야기를 꺼내기 시작했다. 그가 사람들에 대하여 이야기할 때는 지극한 통찰력과 수용성이 있으며 사랑이 넘치는 것을 보게 된다. 그의 말을 듣고 있다 보면 레오나르도 다 빈치 생각이 났다. 교육을 받지 않았던 레오나르도 다 빈치 역시 창조적 활력을 지니고 있었던 사람이다. 핀은 과거에 큰 아픔을 앓았다. 육체적, 정신적인 고통 뿐만이 아니라 고독과 소외를 앓아야 했다. 외로운 존재에게는 비록 가족과 가까운 친구가 곁에 있다 하더라도 내심 참혹한 상태가 지속되는 경우가 많다. 중세의 구도자들이 '영혼의 어두운 밤(Dark Night of Soul)' 이라고 하는 그러한 상태를 그는 경험하였던 것이다. 그는 아직도 정신적, 육체적 아픔을 가지고 있다. 그러나 그는 새로 맞은 상냥하고 착한 아내와의 사이에서 회생하고 있으며 용기를 얻고 있다. 핀은 이 책의 저자이며 주소와 전화번호가 있는 실제 인물일 뿐이다. 단지 그는 그 누구도 아닌 자기자신일 뿐이다. 그러나 그는 안나를 통하여 자신의 진정한 모습을 말하고 있다. 나는 이 작품 속에 나오는 이스트엔드를 30년 전에 가 본 적이 있다. 그 당시만 해도 핀의 어머니와 같은 사람들이 많았다. 또한 밀 엔드의 비너스와 같은 상냥한 아가씨들과 수다스러운 밤 사람들을 많이 보았다. 나는 그 사람들을 수백 명 알고 있었으며 사랑했다. 그러나 안나는 달랐다. 확실히 안나는 질적으로 특이한 꼬마였다. 내가 놀란 것은 안나가 조숙해서가 아니라 그 꼬마의 번뜩이는 지혜와 사물에 대한 관찰력 때문이었다. 그 당시 영국의 배경은 억압적인 교육 환경이었는데 그 환경에서 안나와 같은 아이가 실재 존재했다는 것이다. 근래에 와서야 겨우 이해할 수 있는 영적인 통찰력을 안나는 이미 그 시대에 지니고 있었다. 핀과 안나와의 관계 또한 그렇다. 안나가 헤엄쳐 갔던 지식의 바다는 핀의 변증법의 궤도였던 것이다. 안나는 지식의 바다를 헤엄치면서 다른 아이들과는 다른 눈으로 보게 되었고 또한 자신의 영혼이 고양되는 것을 알게 되었다. 그래서 안나는 학교 선생, 교구 목사가 맹목적으로 주는 지식과 포장된 말을 받지 않고 거부했다. 핀과 안나는 서로를 필요로 하였다. 안나가 파헤쳤던 문제들은 핀을 괴롭혔다. 안나가 풀었던 문제들은 모두 핀의 문제였다. 또한 이 문제들은 우리 모두의 문제이며 현대인들이 겪고 있는 문제들이다. 핀의 변증법적인 특성이 안나의 이야기를 형성시켰다. 그것은 기독교적인 내용에 대입해 보면 쉽게 풀어진다. 마태, 마가, 누가복음은 초기 교회의 가르침과 삶, 해석 등에 필요하고 유용한 예수의 말과 행동을 기록한 것인데 시간이 흘러감에 따라 그에 걸맞는 형식이 나왔다. 그러나 누가복음은 예수 자신의 이야기라기보다는 신학적인 사상의 창조 작품일 가능성이 크다. 아마 자신들의 사상을 예수의 입을 통해 표현한 것이 누가복음의 내용이 된 것처럼 핀 또한 안나와의 삶을 되새기는 과정에서 핀은 자기 성장을 할 수 있었으며 그것이 안나의 이야기와 의미를 형성시켰다. 그것처럼 안나의 말 대부분은 안나의 입을 통해 나온 핀의 생각일지도 모른다. 그래서 나와 같은 작은 두뇌를 가진 사람에게서도 '아!' 라는 감탄사가 나올 수 있었던 것이다. 나는 핀을 잘 안다. 그의 노트, 그림, 음악들을 다 보았다. 그러나 아담이 먹다 버린 사과의 화석이 발견되었다 하여 에덴 동산 신화의 진실성이 높아지지는 않는다. 마찬가지로 핀이 가지고 있는 안나의 유물들(노트, 그림, 음악)이 이 이야기의 진실성을 높여 주는 것은 아니다. 진실 또는 진리란 무엇인가? 빌라도 자신도 이 질문을 했지만 대답하기를 꺼렸다. 정치적 진리는 허상이기 때문이다. 그러나 쇠렌 키에르케고르는, "진실이란 우리를 고귀하게 해 주는 것이다"라고 말했다. 즉 우리를 더 나은 존재로 만들어 주는 것이 진실이다. 나는 실험으로 측정할 수 없는 진리를 이 책에서 발견한다. 이 책은 우리의 지각을 넓혀 주고 가슴을 뭉클하게 하고 두드려 주는 고결한 이야기이다. 그러한 의미에서 이 이야기는 진실이다. 솔제니친은 노벨상 수상 소감에서 이렇게 말하였다.

"모든 것이 이름을 가진 것은 아니다. 어떤 것은 언어를 초월한 영역으로 우리를 이끌어 간다. 그것은 동화 속에 나오는 작은 거울과 같다. 그 속을 들여다보는 순간 당신은 당신이 아닌 모습을 발견하게 된다. 당신은 결코 포착할 수 없는 것을 잠시나마 섬광처럼 엿볼 수 있다. 말이나 요술 융단으로는 갈 수 없는 곳이 바로 그곳이다. 영혼은 그와 같은 곳을 늘 갈망한다."

이 책에는 솔제니친의 말과 같은 신통한 마술이 있다. 핀과 안나는 거울, 책과 같은 간단한 도구들을 가지고 우리를 미지의 영역으로 데리고 간다. 핀과 안나는 노벨 문학상을 받지는 못하였다. 그러나 나로 하여금 인간이라는 것, 인류에 속해 있다는 사실에 대해서 감사하게 해 주었다. 핀과 안나는 혼란과 감동이 적절이 융합되리라는 감탄사를 우리 가슴속

에 일으켜 준다. 그것은 평범한 우리의 삶을 하나의 신비로 만들어 준
다.

— Vernon Sproxton (콜린즈 편집장)

프롤로그

"사람과 천사를 구별하기는 쉬워. 천사는 대부분 안에 살고, 사람은 대부분 밖에 살아."

이것은 여섯 살 때 안나가 한 말이다. 다섯 살 되던 해 안나는 이미 삶의 목적과 사랑의 뜻을 완전히 알고 있었다. 안나는 하느님 아저씨의 절친한 친구이자 훌륭한 조력자 몫을 했다. 여섯 살 때는, 신학자, 수학자, 철학자는 물론 뛰어난 시인에다 정원사였다. 아무리 어려운 질문을 했더라도 당신은 안나에게서 꼭 알맞은 대답을 들었으리라. 몇 주일이나 혹은 몇 달쯤 늦어지는 일이 있을지언정 결국은 안나 자신이 보기에 좋다고 느껴지는 때에 간결하고도 핵심을 찌르는 대답을 안나는 해 주었을 것이다.

여덟 살도 채 못 되어 안나는 죽고 말았다. 그 예쁜 얼굴에 미소만 남기고서.

"핀, 이걸로 하느님 아저씨가 날 꼭 하늘나라로 데리고 가실 거야"라는 말을 남기고 안나는 갔다. 나도 하느님 아저씨가 안나를 꼭 하늘나라로 데려가셨음을 믿고 있다.

세 해 반 동안을 우리는 함께 지냈다. 혼자서 세계를 항해하고 다녔다느니, 달에 첫발을 내디뎠다느니라는 이유로 유명해지는 사람들은 많다. 세상 사람들은 그런 사람들에 대해서 귀에 못이 박히도록 들었을 것이다. 그러나 나에 대해서 알고 있는 사람은 별로 없을 것이다. 하지만 나 또한 유명한 사람들 틈에 낄 수 있는 자격이 있다. 난 안나를 알았으니까. 안나와의 만남은 모험의 최절정이었다. 그 만남을 위해서는 나의 전부를 던져야만 했다. 나는 안나 자신이 원하는 길을 통해 안나를 알게 되었던 것이다. 그 '길'이란 '먼저 안으로부터 아는 일'이다.

"천사는 대부분 안에서 살고 사람은 대부분 밖에서 산다."

나는 내 삶에 있어서 첫번째 천사, 안나를 이런 길을 통해서 알게 되었다. 그 뒤에도 다른 천사를 둘 더 만났지만 그건 다른 이야기다.

내 이름은 핀이다. 본명은 아니지만 친구들이 모두 핀이라 불러대는 통에 본명처럼 되어 버렸다. 아일랜드 신화에 나오는 핀은 거구다. 아일랜드계 엄마와 웨일즈계 아빠 사이에서 태어난 나는 핫소시지, 초콜릿과 물질문명을 미친 듯이 좋아했다. 물론 초콜릿과 소시지를 한꺼번에 먹지는 않았다. 그러나 뭐니뭐니 해도 내가 진짜 좋아하는 것은 밤에 부둣가를 어슬렁거리고 다니는 일이었다. 특히 안개가 자욱한 밤이면 더 좋았다. 안나를 만난 것은 바로 그런 밤이었다.

1
꼬마 천사가 나타난 밤

열아홉 살 되던 해, 그날 밤도 나는 핫도그를 입에 문 채, 짙은 안개 사이로 가로등이 아스레하게 깜빡거리는 거리를 배회하고 있었다. 어둠에 쌓여 컴컴한 런던의 건물들이 불빛으로 밝혀졌다간 안개가 밀려오면 슬그머니 자취를 감추곤 했다.

나는 길을 따라 쭉 내려갔다. 빵집의 가스등만이 차갑고 습한 밤기운을 부드럽게 녹여 주고 있었다. 빵집의 유리창살 아래에 웬 꼬마 여자애가 쪼그리고 앉아 있었다. 꼬마들이 밤에 배회하는 것은 그 당시 드문 일은 아니었다. 그러나 그날 만난 꼬마만큼은 왠지 다른 느낌이 들었다. 나는 빵집 정문에 기대면서 꼬마 옆에 앉았다. 우리는 오들오들 떨면서 세 시간 동안 거기에 앉아 있었다. 그 겨울밤은 정말로 생지옥 같았다. 창자가 마구 꼬여들었다. 어떻게 그 세 시간을 버티어냈는지?

그 아이에게서 나오는 어떤 천사 같은 기품이 나를 사로잡았다. 아예 처음부터 나는 마술에 걸려 있었던 것이다.

"조금만 비켜 줄 수 있겠니?"

내가 앉으며 말했다.

꼬마는 아무 말없이 자리를 내주었다.

"핫도그 먹지 않을래?"

꼬마는 고개를 살래살래 흔들었다.

"그건 아저씨 거잖아?"

"난 많이 있어. 게다가 난 실컷 먹었단다."

꼬마가 아무런 대답도 하지 않았으므로 나는 창문받이 위에 가방을 놓았다. 쇼윈도의 불빛이 희미한데다 꼬마는 그림자 쪽에 앉아 있었기 때문에 아주 더럽다는 것 외에는 꼬마의 생김새를 알 수 없었다. 꼬마는 한쪽 팔로는 헝겊인형을 꼭 부둥켜 안고 있었고, 무릎 위에는 다 헤진 물감통을 올려놓고 있었다. 우리는 말없이 30분 가량 그렇게 앉아 있었다.

꼬마의 손이 살금살금 핫도그 가방으로 다가왔다. 나는 짐짓 모른척하고 있었다. 핫도그를 얼마나 맛있게 먹던지! 꼬마가 핫도그 먹는 모습을 회상하노라면 지금도 무한한 기쁨이 솟아오른다. 조금 뒤 꼬마는 다시 핫도그 하나를 뚝딱 해치웠다. 그리고는 낼름 하나를 더 가져가는 게 아닌가! 나는 호주머니에서 우드바인 한 갑을 꺼냈다.

"숙녀가 식사하는데 담배를 피워도 되겠니?"

"응?"

꼬마가 약간 놀란 듯이 탄성을 질렀다.

"한 모금 빨아도 되느냐고?"

꼬마는 발랑하고 뒤로 넘어졌다. 무릎을 딛고 일어서더니 내 얼굴을 쳐다보았다.

"왜?"

"우리 엄만 예의를 꽤 따지시거든. 게다가 식사하는 숙녀의 얼굴에 담배연기를 뿜어댈 수는 없는 일이지."

꼬마는 잠시 소시지를 곁눈질하더니 이내 곧바로 내쪽을 보았
다.

"있잖아, 아저씬 날 사랑해?"

나는 고개를 끄덕였다.

"그럼 피워도 돼!"

그렇게 말하고 꼬마는 소시지를 입 안으로 밀어넣었다. 나는 우
드바인에 불을 붙인 뒤 성냥불을 꼬마에게 건네 주면서 말했다.

"후욱 불어볼래?"

안나가 후하고 부는 순간 나는 소시지 조각들의 세례를 받고 말
았다. 안나의 얼굴이 새파랗게 질리는 것 같았다. 아마도 내가 자
존심이 상해 창자가 뒤틀렸었던 모양이다. 개가 꽁무니를 빼는 것
을 봤어도 아이가 공포에 떠는 것은 그때 처음 보았다. 아이는 따
귀를 얻어맞을까 봐 이를 악물고 있었다. 내 표정이 어떤 꼴이었
는지 몰라도 아마 불그락푸르락 했으리라.

꼬마는 훌쩍훌쩍 울기 시작했다. 나는 가슴이 움찔했다. 뭔가 해결되지 않은 응어리가 속에서부터 불쑥 솟아올랐다. 나는 주먹으로 옆의 길바닥을 쾅하고 내리쳤다. 두려워하는 아이에 대해 쓸데없는 몸짓이었다.

아! 그 꼴이란.

완전한 폭력, 십자가형과 같은 공포와 당황. 아이가 내는 그 끔찍한 소리는 더 이상 듣고 싶지 않았다. 내 가슴, 존재 전체가 마구 뒤집히는 것 같았다. 마치 의식의 퓨즈가 나가 버린 것 같았다. 사람의 마음이 슬픔과 고통을 감당하는 데는 어떤 한계점이 있는 것일까? 그 한계점을 넘어가면 의식의 퓨즈가 나가 버리는 법이다. 내가 꼭 그랬다. 내 의식의 퓨즈는 아주 크게 나가고 말았다. 그 다음에는 어떤 일이 일어났는지 모를 일이다.

불현듯 끊임없이 웃음이 터져나왔다. 거기에는 공포의 티끌조차 남아 있지 않았다. 꼬마도 웃고 있지 않은가! 길바닥에 무릎을 꿇는가 하면 내 얼굴에 뺨을 비비면서 꼬마는 웃고 또 웃었다.

그때부터 3년 동안 나는 안나의 웃음소리를 자주 들었다. 안나의 웃음소리는 은 종소리나 향기로운 물결소리 같지는 않았지만 환희가 터져나올 때와 같은 싱싱하고 기운 찬 웃음소리였다.

나는 팔을 쭉 뻗은 뒤 꼬마의 어깨에 두 손을 얹었다. 꼬마의 얼굴이 그대로 눈에 들어왔다. 입은 크게 벌려 있고 눈은 경주견이 가죽끈을 잡아당기는 듯한 모습으로 툭 튀어나왔다. 몸에서는 세포들이 풋풋하고 싱싱한 생명으로 막 요동치면서 향긋한 소리를 내뿜고 있었다. 손가락, 발가락, 팔 다리, 꼬마의 몸 전체가 모태인 대지(大地)가 화산을 낳을 때처럼 흔들렸다. 꼬마가 뿜어내는 화산이란!

안개가 자욱한 11월의 밤, 부둣가에 있는 빵가게 앞에서 나는 한 아이가 태어나는 비상한 체험을 했다.

　웃음이 조금 가라앉았다. 꼬마의 작은 몸은 여전히 바이올린 줄처럼 통통 소리가 나고 있었다.

　꼬마는 뭔가 말하려고 입술을 오물오물 했으나 말은 제대로 나오지 않는 것 같았다.

　"음……, 음……."

　조금 뒤 꼬마가 안간힘을 쓰면서 말했다.

　"아저씬 나 사랑하지, 그렇지?"

　"그……래."

　나는 어물어물 대답했다.

　그게 진실이든 아니든 상관없었다. 나는 내 생명을 구하는 심정(?)으로 그렇게 대답해 줄 수밖에 없었다. 꼬마는 나지막하게 깔깔거리더니 손가락으로 나를 가리키며 말했다.

　"아저씬 날 사랑해."

갑자기 꼬마는 가로등 주위를 뱅글뱅글 돌면서 노래를 불렀다.

"아저씬 날 사랑한대요, 사랑한대요, 사랑한대요."

꼬마는 얼마간 그렇게 노래를 부르고는 다시 창가로 돌아와 앉았다.

"이건 엉덩이를 따뜻하게 해."

나도 좋다고 대답했다. 조금 뒤 안나는 목이 마르다고 했다. 우리는 일어서서 길을 따라 선술집으로 내려갔다. 나는 기네스(아일랜드산 흑맥주) 한 병을 샀다. 꼬마가 생강팝콘을 먹고 싶어했으므로 야간 커피가게로 가 생강팝콘 두 통과 소시지를 조금 더 샀다. 안나가 생긋 웃으며 말했다.

"돌아가서 다시 엉덩이를 녹여."

우리는 돌아가서 창살가에 앉았다. 탄산수를 반 병 정도 비웠을 때 재미있는 생각이 떠올랐다. 탄산수 병을 마구 흔들어 탄산수를 공기 속으로 쏘아올리자는 거였다. 꼬마는 생강팝콘을 몇 번 뒤집어 쓰고서 그것을 입으로 후후 불며 장난을 쳤다.

"이젠 아저씨가 해."

이건 단순한 권유가 아닌 꼭 명령하는 말투였다. 나는 병을 마구 흔들어 탄산수가 뚜껑을 뚫고 공중으로 솟구치게 했다. 우리는 온통 거품투성이가 됐다. 그 다음은 깔깔 웃음과 핫도그, 생강팝콘, 초콜릿의 무대였다. 이따금 꼬마는 지나가는 사람에게 고함을 쳤다.

"헤이, 아저씨. 그가요, 날 사랑한대요. 그가 말예요."

꼬마는 근처에 있는 건물의 계단으로 콩콩콩 뛰어올랐다.

"아저씨, 날 봐. 내가 아저씨보다 더 커."

꼬마는 내 무릎 사이에 앉았다. 매기라는 헝겊 인형과 진지한 얘기를 나누고 있었다. 밤 10시 반 무렵이었다.

"자아, 꼬마야. 이제 자러갈 시간이 됐구나. 너 어디 사니?"

꼬마가 아주 태연한 표정으로 버럭 소리쳤다.

"난 아무 데도 살지 않아! 난 도망쳤으니까!"

"엄마랑 아빠랑 다 어디 계셔?"

잔디는 녹색, 하늘은 푸른색이라고 말해도 됐을 것이다. 꼬마는 꾸밈없이 술술 말했다.

"아! 우리 엄만 소야. 또 아빤 술고래고. 피 냄새나는 순경집에는 다신 안 갈 거야! 난 아저씨하고 살래!"

이번에도 부탁이 아닌 명령이었다. 당신이라면 어떻게 했을까? 난 꼬마의 말을 받아들일 수밖에 없었다.

"그렇게 해. 나도 네가 우리집에 사는 게 좋아. 나하고 함께 우리집에 가자꾸나."

바로 그때부터 나의 배움이 시작된 것이다. 나는 큰 인형을 하나 얻은 것이다. 그것도 모조품이 아니라 두 다리를 가진, 폭탄도 만들어낼 것 같은 진짜 살아 있는 인형을 품에 얻었다. 그날 밤, 나는 마치 거센 눈보라 속을 뚫고 나온 듯한 뿌듯한 마음으로 집에 돌아왔다. 위험천만의 사정거리 안에서 발견한 이 아름다운 인형이 목숨을 건져 바로 내 곁에서 걷고 있다. 나는 공중 위로 붕붕 떠다니고 있는 듯한 느낌이었다.

"꼬마야. 이름이 뭐니?"

"안나! 아저씨 이름은?"

"핀이야. 어디서 왔어?"

아무 대답도 없었다. 안나가 대답하지 않은 질문은 이것밖에 없었다. 이유를 나중에야 알게 되었는데 내가 자기를 집으로 되돌려

보낼까 봐 두려웠다는 것이다.

"언제 도망쳤지?"

"음, 삼 일 전쯤."

우리는 지름길로 나 있는 다리를 지나 기차 레일을 건너 가장 빠른 길로 집에 돌아왔다. 나는 늘 이 길로 집에 돌아오곤 했었다. 우리집이 바로 기찻길 옆이라 편했고 또 엄마를 잠자리에서 불러 내지 않아도 되었다. 우리는 뒷문을 열고 부엌으로 들어갔다. 내가 불을 켰다. 처음으로 안나의 얼굴을 또렷이 볼 수 있었다. 그것은 내가 예상했던 것과는 끔찍히도 달랐다. 단순히 더럽거나 원피스가 지나치게 크거나 따위가 아니었다.

안나는 생강팝콘, 흑맥주, 물감자국으로 온통 떡칠이 되어 있었다. 얼굴이랑 팔이랑 원피스 앞쪽이 온갖 색깔로 뒤범벅된 꼴이 마치 아프리카 토인 같았다. 나는 배꼽을 잡고 웃었다. 그러자 안나는 다시 움찔움찔 울려고 했다. 재빨리 나는 벽난로 위에 걸려 있는 거울 앞에 안나를 번쩍 들어올려 자기 모습을 보여 주었다.

그 순간 깔깔거리는 안나의 목소리는 얼마나 상큼했던지, 마치 매서운 11월의 문을 닫아 버리고 향기로운 6월의 들판으로 달려나 가는 것만 같았다. 내 꼴도 안나와 크게 다르지 않았다. 나 또한 물감 범벅이었으니까! 그렇게 깔깔거리는 도중 벽에서 쿵쿵 울리는 소리가 났다. 그것은 엄마의 신호다. '너로구나. 네 저녁밥은 오븐 속에 있어. 그리고 가스 끄는 것을 잊지마'라는 뜻이었다.

나는 고함을 질렀다.

"엄마, 이리 와 보세요. 아이를 하나 데려왔어요."

평소 같으면, '알았어요, 엄마. 바로 먹고 잘게요'라고 대답했을 터였다. 엄마는 결코 어떤 일에도 야단법석을 떨거나 잔소리를 하는 성격이 아니었다. 게다가 엄마는 모든 것을 자기 품으로 시원시원하게 받아들이는 인정미 넘치는 분이었다. 그중에는 어느

날 밤에 내가 데려온 고양이 부시, 패치라는 개, 두 해를 같이 살았던 여덟 살의 캐롤, 세 해를 함께 보낸 캐나다 아이 대니가 있었다. 우표라든가 병딱지라든가 성냥갑을 모으는 사람들이 있다. 그렇지만 우리 엄마는 집 잃은 짐승들, 개, 고양이, 개구리, 사람들을 모아들였다. 엄마의 마음으로는 그들은 모두 '아가'들이었다. 그날 사나운 사자를 만났더라도 엄마는 똑같이 '오, 가엾은 것'이라고 말했을 것이다.

엄마는 부엌문을 열고 들어오더니 쓱 훑어보았다. 그것으로 충분했다.

"쯧쯧, 불쌍한 것."

측은한 듯 혀를 차던 엄마가 갑자기 음성을 높였다.

"그놈들이 너를 대체 어떻게 했길래?"

엄마는 잠시 생각에 잠기더니 나를 보고 말했다.

"네 꼴도 엉망진창이구나. 얼굴을 씻어라, 애야."

그 말이 채 끝나기도 전에 엄마는 털썩 무릎을 꿇고서 안나를 감싸안는 것이었다. 엄마에게 안긴 안나는 마치 고릴라에게 감긴 것처럼 보였다. 보통 사람은 다리가 길지만 엄마는 팔이 더 길었다. 엄마의 체형은 아들인 내가 생각해도 이상하리만치 특이했다. 60kg의 몸무게에 90kg의 가슴을 지닌 우리 엄마는 진정한 여장부였다. 지금 어디 계시더라도 엄마는 변함없는 여장부였을 것이다.

잠시 동안 '오!', '아!' 하는 탄성이 들렸다. 이내 모든 일이 착착 흘러가기 시작했다. 엄마는 출렁거리면서 일어났다.

"이 아이의 젖은 옷을 벗겨 줘라."

나를 보고 이렇게 말하고는 엄마는 다시 부엌문을 확 열어 젖혔다.

"스탠, 캐롤! 빨리 나와 보렴!"

스탠은 나보다 두 살 어린 동생이고, 캐롤은 왔다갔다 하는 집 없는 부랑아였다. 갑작스럽게 부엌 안이 터져나갈 듯 꽉 찼다. 욕조가 나타나고 가스판 위에 물통이 얹어졌다. 수건, 비누가 바쁘게 오갔다. 부엌 안은 석탄 덩어리로 가득 찼다. 나는 또, 짝도 안 맞게 이리저리 얽혀 있는 안나 옷의 후크 단추를 여느라 정신이 없었다. 테이블 위에 갓 태어난 아기마냥 벌거숭이의 안나가 다리를 포개고 앉아 있었다.

스탠이 말했다. "미친 자식들!"

캐롤이 말했다. "오, 주여!"

엄마도 성이 나 보였다. 잠시 동안 그 작은 부엌은 누군가에 대한 미움으로 불꽃이 튀고 있었다. 그 가엾은 꼬마의 몸은 온통 시퍼런 멍과 상처 투성이였다. 안나를 뺀 우리 다섯 사람들은 당장이라도 누군가를 때려눕힐 기세였다. 얼마 동안 우리는 분노에 빠져 있었다.

그러나 안나는 의젓하게 앉은 채 씨익 웃고 있는 게 아닌가! 아름다운 요정처럼 안나는 우아하게 앉아 있었다. 난생 처음으로 그렇게 포근한 행복을 느꼈으리라.

목욕을 끝내고 스탠의 헌 셔츠를 입었을 때의 안나의 모습이란 정말 눈부셨다. 우리는 모두 식탁에 옹기종기 둘러앉았다. 우리는 이런저런 질문을 했으나 안나는 아무 대답도 하지 않았다. 마침내, 대답은 다음날 듣기로 결론이 났다.

엄마가 안나의 옷을 빨러 간 동안 스탠과 나는 내 방 옆에 있는 낡은 가죽 소파 위에 침대를 꾸몄다. 나는 잡동사니가 굴러다니는 앞방에서 자기로 했다. 내 방과 옆방 사이에는 큰 커튼이 쳐져 있었다. 안나의 침대는 바로 그 커튼 뒤에 놓여졌다. 창 밖으로는 가로등이 있고 창에는 레이스 커튼만 쳐져 있었기 때문에 방 안은 늘 밝았다. 철로가 집가로 나 있어 기차가 항상 지나가지만 익숙해진 우리로서는 아무렇지도 않았다. 열아홉 해를 듣고 나니까 폭음 같은 기차소리도 오히려 포근한 자장가 소리로 들렸다.

취침 준비를 끝낸 우리는 다시 부엌으로 되돌아 갔다. 거기엔 등나무 의자에 의젓이 앉아 담요를 덮어쓴 채 따뜻한 코코아를 마시고 있는 우리의 요정, 장난꾸러기 안나가 있었다. 보시는 안나의 무릎에 앉아 꿈틀꿈틀 하고 있었고, 패치는 다리 밑에 넙죽 엎드린 채 꼬리로 방바닥을 두드리고 있었다.

가스등 타는 소리, 밝은 빛, 바닥에 조금씩 엎질러진 물, 모든 것이 이 작은 부엌 안을 크리스마스와 같은 분위기로 만들고 있었다. 웨일즈식 요리대랑, 윤 나는 항아리, 검은색의 납 화덕 하며, 놋쇠로 된 노변철구와 불가림쇠들에는 갑자기 생기가 넘쳐흐르기 시작했다. 그 한가운데에 순결한 어린 공주가 반짝반짝 빛을 내며 앉아 있었다.

안나는 눈부시게 아름다웠으며, 그 얼굴에 가장 잘 어울리는 구리빛 머리카락을 가지고 있었다. 이 아이는 결코 교회벽에 그려져 있는 천사가 아닌, 살포시 미소짓는가 하면 때로는 깔깔거리며 꼬물꼬물 살아 움직이는 진짜 아이였다. 얼굴에선 내면으로부터 흘러 나오는 알 수 없는 광채로 밝게 빛나고 있었다. 푸른 두 눈은 마치 탐사등 같았다.

나는 생각에 잠겼다. 처음 꼬마가 사랑하느냐고 물었을 땐 마지못해 그렇다고 대답했을 뿐이었는데, 참 잘한 거야! 지금 다시 물어봐, '그래, 그래, 그래.'라고 몇 번이고 대답하지 않고는 못 배길걸? 이 귀여운 꼬마를 사랑하지 않을 사람은 아무도 없으리라.

엄마는 늘상 하는 대로 툴툴거렸다.

"자, 이제 그만들 자렴. 아니면 내일 아무 일도 못 해."

나는 안나를 번쩍 들어 침대로 데리고 갔다. 이부자리가 이미 다 마련되어 있었던 터라 나는 안나를 침대 속으로 밀어넣으려 했다.

"핀은 기도도 안 드려?" 안나가 물었다.

"음, 그렇구나." 나는 너무 서두른 탓에 그렇게 얼버무렸다.

"내가 자러갈 때."

"아니, 내 기도 말야. 핀 아저씨랑 할 테야."

우리 둘은 무릎을 꿇고 기도를 드렸다. 안나가 말하고 나는 들었다. 교회에도 많이 다녔고, 기도도 많이 해보았지만 이런 기도는 생전 처음이었다.

"사랑하는 하느님, 아저씨! 안나가 얘기드려요."

너무나 친근한 말투며 목소리였다. 마치 가까운 사람 앞에서 이야기하는 듯했다. 나는 하느님이 내 등뒤에 나타날 것만 같아 등이 근질근질했다.

"핀 아저씨가 저를 사랑하게 해 주셔서 감사드려요."

어느새 안나가 내게 뽀뽀를 해 주고 있었다. 잘 자라는 인사였다. 그 뒤 어떻게 잠자리로 돌아갔는지는 통 기억할 수가 없다. 무엇에 얻어맞은 듯 얼떨떨한 기분으로 나는 잠자리에 누웠다. 덜커덩덜커덩 열차가 짙은 밤 속을 달리고 있었다. 안개가 자욱히 가로등을 감싸고 돌았다. 나는 한두 시간을 그렇게 누워 있었다.

츠르럭츠르럭……, 커튼소리가 들렸다.

내 침대 끝에 안나가 서 있었다. 가로등에 비쳐 안나의 얼굴이 또렷이 보였다. 나는 '꿈이 아닌가 확인하고 싶은 것일 거야'라고 생각하면서 누워 있었다. 안나는 말없이 내 머리맡을 돌았다.

내가 깼다는 신호를 보였다.

"여어, 꼬마."

"들어가도 돼?"

안나가 속삭였다. 그리고는 대답도 기다리지 않고 쏜살같이 내 옆으로 미끌어져왔다. 안나는 내 목에 머리를 묻고 훌쩍거리기 시작했다. 따뜻한 눈물이 내 가슴속으로 촉촉히 스며들어 왔다. 아무런 말도 할 수 없었다. 나는 와락 안나를 끌어안았다. 그러나 내 의지와는 달리 얼핏 잠이 들고 말았다.

킥킥 하는 웃음소리에 나는 갑자기 잠이 깼다. 안나는 여태껏 내 옆에 서 있었던 것일까? 저편에서는 이미 옷을 차려 입은 캐롤이 아침 차를 손에 든 채 깔깔 웃고 있었다. 모든 일이 열두 시간도 채 안되는 동안 일어났던 것이다.

<h1 style="text-align:center">2</h1>

<h1 style="text-align:center">꽃씨를 발견하다</h1>

몇 주 동안 우리는 안나가 예전에 살던 곳을 알아보려고 별의별 질문을 다했다. 그러나 아무런 대답도 얻지 못했다. 부드럽게 물어보기도 했고, 슬며시 넘겨짚기도 했고, 슬쩍 떠보기도 했다. 아마 하늘에서 떨어졌는지도 모를 일이었다. 어리석은 나는 그렇게 믿을 태세가 되어 있었지만 나보다 훨씬 똑똑한 스탠은 그렇게 생각하지 않았다. 한 가지 딱 부러지게 알 수 있는 것은 결코 안나를 피냄새 나는 경찰서로는 보내지 않겠다는 우리의 의지였다. 아무튼 집 없는 아이를 발견하여 바로 경찰서로 넘길 사람은 없을 것이다. 그렇다고 우리가 경찰에 대해 싫어하는 마음을 가지고 있었다는 말은 아니다. 그때만 하더라도 순경은 훈훈한 인정이 있어서 친구와 같았다. 혹 어떤 빌미로 순경이 마른 완두콩이 가득 박힌 장갑으로 우리 귀를 따갑게 꼬집는 일이 있다 하더라도 그런 인정미는 잃지 않았었다.

아니, 어둠 속에 햇빛을 가두어 둘 수는 없다. 더불어 우리 모두 안나가 우리와 함께 살 것을 진심으로 바랬던 것이다. 곧 꼬마는 동네 사람들에게 죽고 못 사는 존재가 되어 버렸다. 모여서 놀이를 할 때면 아이들은 서로 자기편으로 안나를 데려 가려고 야단이었다. 안나는 무슨 놀이에도 소질이 있었다. 스무 채로 이루어진 우리 동네는 말 그대로 작은 유엔이었다. 아이들 살갗 중에서 없는 색이라곤 녹색과 파란색뿐이었다. 참으로 좋은 동네였다. 다 가난했지만 내가 살던 동안 일찍이 문이 닫힌 집을 보지 못했다. 밤에도 마찬가지였다. 살기 좋은 동네에 사람들은 인정스러웠다.

그런데 안나가 온 뒤부터 사팔뜨기 고양이, 우리집 보시도 녹아 버렸다. 성깔이 사나운 보시는 모든 사람들을 열등한 존재로 여겼었다. 그런데 안나의 감화를 받은 뒤 보시는 태도가 깍듯이 바뀌었다. 내가 목이 터져라 불러도 꼼짝달싹하지 않던 그 못된 고양이가 이젠 안나가 부르는 낮은 목소리에도 백치처럼 웃으며 쪼르르 달려왔다. 몸무게가 8킬로그램인 보시는 사납고 날랬다. 내 손에 나 있는 상처 자국들이 그것을 증명해 주고 있다. 사람들은 보시에게 먹을 것을 갖다 줄 때면 음식을 신문지에 싼 뒤 자기 집 앞에 내려두곤 했다. 보시는 어두운 길목이나 계단 아래에 숨어 있다가 사람이 먹을 것을 내려놓는 순간 비호처럼 손 위로 뛰어올라 그것을 채갔다. 그 바람에 우리는 종종 손을 할퀴는 일을 당하곤 했다.

안나는 급히 먹는 것이 얼마나 나쁜 짓이며, 참을성과 예의가 얼마나 좋은 미덕인지 훈계를 했다. 마침내 보시는 30초 안에 음식을 다 먹어치우는 버릇을 고치고 5분 동안에 먹는 버릇을 기르게 되었다. 안나는 음식을 조금씩 주어 보시의 버릇을 고쳤다. 패치는 옛날과는 다른 박자로 꼬리를 흔들게 되었고 또 몇 시간이나 의자에 점잖게 앉아 있을 정도로 신사가 되었다.

뒷뜰엔 토끼, 비둘기, 개구리, 꽃뱀 한쌍이 어울려 뛰어놀았다. 제법 넓은 뒷뜰은 잔디가 듬성듬성 나 있었고, 꽃 몇 송이와 12미터나 되는 나무 한 그루가 서 있는 곳이었다. 안나는 가는 곳마다 달콤한 마법을 걸었다. 뭐니뭐니해도 자기 발로 걸어가 스스로 마법에 걸린 사람이 바로 나였다.

나는 기름일을 하고 있었다. 일터는 걸어서 집까지 5분 거리였다. 열두시 반쯤이면 집으로 돌아와 저녁을 먹었다. 안나가 오기 전까지만 해도 엄마가 '언제 돌아올 거니?'라고 물으면 '자정 전에요'라고 대답했었다.

이제 상황은 완전히 바뀌었다. 안나는 뽀뽀를 해주면서 배웅을 나왔다. 그러면 나는 저녁 여섯시까지는 꼭 돌아오마고 약속했다. 전에는 퇴근 후 몇 군데 술집에 들러 술을 마신 뒤 죠지나 클리프와 창던지기 놀이를 한 뒤에야 어슬렁어슬렁 집에 돌아왔었다. 그러나 이제 나는 일이 끝나자마자 곧장 집을 향해 떠났다. 뛰지는 않지만 총총걸음으로 왔다. 돌아오는 발걸음엔 기쁨이 가득했다. 한 걸음 걷는 그만큼 집이 더 가까워 오는 것이다.

걷다 보면 왼쪽으로 화살처럼 굽은 길을 지나야 했다. 반쯤 지나오면 저만치 언덕이 보인다. 거기에 안나가 날 기다리며 서 있었다. 비가 오나 눈이 오나 내가 퇴근할 무렵이면 안나는 거기 서서 날 기다리고 있었다. 연인 사이라 해도 그토록 기쁘게 만날 수는 없었을 것이다. 굽은 길을 따라 걸어오는 나의 모습을 보고 안나는 나에게로 걸어왔다.

안나에게는 상황을 멋들어지게 만드는 특별한 힘이 있었다. 한 상황에서 가장 진한 맛을 내기 위해 꼭 알맞는 시간에 알맞는 행동을 해내는 신기한 재주였다. 지금껏 나는 어린이란 자기가 사랑하는 사람에게 쪼르르 달려가는 것인 줄만 알았다. 안나는 달랐다. 나를 보면 그리 빠르지도 느리지도 않은 걸음으로 내게 걸어오곤 했다. 안나가 처음 내 시야에 들어오는 것은 얼굴을 알아보기에는 너무 먼 거리였다. 여느 아이 같았으면 분명 못 알아 보았

을 것이다. 하지만 안나의 아름다운 구릿빛 머리카락은 몇 킬로미
터 밖에서도 단번에 알아볼 수 있었다.

　내 귀가 길에 마중나올 때면 안나는 짙은 녹색 리본을 머리에
꼭 달고 나왔다. 내게 걸어오는 속도는 꼼꼼한 계산이 담겨 있었
다. 우리 만남의 의미를 잘 아는 안나는 최고의 향기와 맛을 짜내
기 위해서는 얼마만큼 그것을 극화시키고 늘려야 할지 알고 있었
다. 나로서는 그것이 100퍼센트의 감동이었다. 조금만 더 느리거
나 빨라도 그 맛과 아름다움은 손상되는 것이었다.

　안나가 그 공간 속으로 자아내는 몸짓이란 정말 완벽에 가까웠
다. 아스라한 노을을 받으며 출렁이는 황금빛 머리카락, 샛별처럼
빛나는 눈동자, 얼굴 전체에 퍼져 오르는 웃음, 이러한 것들이 우

리 사이에 가로 놓인 공간을 가득 채웠다. 때때로 안나는 아무 말 없이 내 손만 꼭 잡기도 했다. 어떤 때는 무슨 깊은 감동이 일어났는지 단숨에 내 품속으로 깡총 뛰어들기도 했다. 바로 내 앞에 서서 꼬옥 쥐었던 손을 벌리기도 했다. 그것은 자기를 감동케 하는 뭔가를 발견했다는 뜻이었다. 그럴 때면 우리는 멈춰 서서 그날 발견한 딱정벌레, 송충이, 조약돌 등을 살펴보기 시작했다. 우리는 입을 다문 채 오늘 발견한 그 보물에 머리를 맞대고 보았다. 안나의 눈은 깊숙하고 큰 의문의 샘이었다. 내가 안나를 똑바로 쳐다보면서 고개를 끄덕이면 안나도 고개를 끄덕이며 응답했다.

안나가 말없이 의문에 잠겨 있을 때의 일이다. 나는 처음에는 어찌할 바를 몰라 안절부절했다. 안나를 편안하게 해 주려고 덥썩 두팔로 끌어안은 것은 잘한 일이었다. 안나가 마중 나온 그 시간 만큼은 순수한 기쁨이었다. 안나 스스로 나와 함께 나누기 위해 만든 시간이 아닌가! 나는 그 사실이 무척이나 자랑스러웠다. 안나를 편안하게 해 준다는 말은 이치에 맞지 않은 말이다. 내가 고작 할 수 있었던 것은 안나가 본 대로 보며 안나가 느낀 대로 함께 느끼는 일뿐이었다. 그것은 나 혼자 감수해야 했다.

"무슨 생각을 해?" 하고 물어도 "그건 하느님 아저씨랑 나만 아는 이야기야."라고 말하고는 다른 말을 덧붙이려 하지 않았다.

우리집 저녁 시간은 정해져 있었다. 엄마는 아일랜드의 농가에서 태어났다. 그래서 고기찜 요리하는 것을 아주 좋아했다. 큰 쇠냄비와 솥이 가장 자주 쓰이는 요리 도구였다. 고기찜과 술밥을 분간할 수 있는 단 하나의 요령은 큰 컵에 담긴 것은 술밥, 접시에 담긴 것은 고기찜이라는 것이다.

자연에서 자라는 것은 모든 병을 치유한다는 말이 있다. 엄마는 그 말을 끔찍이도 믿는 분이었다. 잡초 한 포기, 꽃 한 송이, 나뭇잎 하나라도 약으로 쓰이지 않는 것이 없었다. 심지어 바깥의 광까지도 거미집을 키우는 데 쓰여질 정도였으니까. 신성한 소나 신성한 고양이를 기르는 사람도 있다지만 우리 엄마는 신성한 거미를 키우는 사람이었다.

이내 납득이 잘 가지 않겠지만, 칼에 베었거나 살이 찢어졌거나를 막론하고 무조건 거미집만 바르면 그만이었다. 거미집이 없을 경우를 대비해 부엌의 시계 밑에는 담배 껍데기가 항상 비치되어 있었다. 엄마는 담배 껍질을 잘 핥은 뒤 상처에 발라 주었다. 천장에는 마른 나뭇잎 꾸러미들이 여기저기 매달려 있었다. 모든 상처는 똑같은 방법으로 치료되었다. 문지르고 핥는 것이었다. 핥을 수 없을 때는 그 위에다 침을 발랐다. 아니면 나무나 풀에서 짠 즙

을 내주었다.

"애야, 이걸 마시려무나. 그러면 바로 나을 거야."

엄마는 그런 것으로 모든 병을 척척 낫게 해 주었다. 어쨌거나 우리 집에 아픈 사람이라곤 하나도 없었다. 의사가 찾아왔다면 그 것은 뼈가 아예 부러졌거나 스탠이 태어났을 때밖에 없었다.

술밥과 고기찜을 분간할 수는 없었지만 이 둘의 맛은 기막히게 좋았다. 엄마와 안나는 싫어하고 좋아하는 것이 서로 비슷했다. 가장 진솔하면서도 아름다운 공통점은 하느님 아저씨에 대한 둘의 마음가짐이었다. 대부분의 사람들은 실패를 탓할 때만 하느님 아 저씨를 들먹였다.

"하느님이 이걸 해 주지 않아. 난 망한 거야."

"왜 하느님은 내게 이런 고생만 시키나?"

내가 아는 사람들은 늘 이런 식으로 말했다. 둘은 결코 어려울 때 하느님 아저씨를 탓하는 법이 없었다. 엄마와 안나에게 있어서 어려움이나 위기는 오히려 뭔가를 이뤄낼 수 있는 좋은 기회였다. 추함이란 아름다워질 수 있는 기회였고, 슬픔은 기뻐할 수 있는 기회로 여겼다. 하느님 아저씨는 늘 둘 곁에 있는 것 같았다. 무슨 일이 생기면 하느님 아저씨는 금방 둘에게 달려오나 보다! 둘의 대화에서 하느님 아저씨가 빠진 일이 한 번도 없는 것을 보면 말 이다.

저녁이 끝나면, 이런저런 잡동사니를 치운 뒤 안나와 나는 본격 적으로 뭔가에 몰두했다. 주제는 대개 안나가 골랐다. 동화는 꾸 민 이야기라 해서 뺐다.

안나의 의견에 의하면, 삶이란 진실하며 재미있고 전체적으로 보면 놀이라는 것이다. 성경을 읽는 것도 그다지 성공을 거두진 못했다. 안나는 성경을 입문서로 보려는 경향이 있었다. 순전히 어린이를 위한 입문서라는 것이었다. 그 메시지는 단순해서 어떤

얼뜨기라도 단 30분 만에 뜻을 파악할 수 있다고 했다! 또 종교란 일을 행하기 위해 있는 것이지 일을 행하는 것에 관해 읽으려고 있는 것은 아니라 했다. 일단 그 메시지를 얻었다면 똑같은 것을 되풀이해서 읽는 것은 그다지 의미가 없다는 것이었다.

우리 교구 신부님께서도 안나에게 하느님에 관해 물었다가 호되게 당한 적이 있으셨는데 대강의 내용은 이렇다.

"너는 하느님을 믿느냐?"

"네."

"하느님이 어떤 분인지 아니?"

"네."

"그럼 하느님이 뭣이냐?"

"그분은 하느님이에요!"

"너 교회에 가니?"

"아뇨."

"왜 안가?"

"나는 그 모든 것을 아니까요!"

"네가 뭘 아는데?"

"저는요. 온 맘으로 하느님을 사랑할 줄 알고 사람들과 고양이랑 개랑 거미랑 꽃이랑 나무를 사랑할 줄 알아요, 또……."

이렇게 끝없이 열거되었다.

캐롤이 나를 보고 씨익 웃었고 스탠은 인상을 찌푸렸다. 나는 부리나케 담배를 입에 물고는 한바탕 기침을 시원하게 해댈 수 있었다. 그런 식으로 궁지에 몰렸을 때 손을 써볼 묘수는 별로 없을 줄 안다. 결국 그것은 이런 말로 귀결될 테니까. '아기들의 입에서…….'

안나는 이미 모든 비본질적인 것을 훌쩍 뛰어넘어 수세기 간의 학문을 단 한 문장에 압축시켰던 것이다. '그리고 하느님은 나를

사랑하고, 그들을 사랑하고, 그것을 사랑하고, 그리고 너 자신을 사랑하는 것을 잊지 말아라라고 하셨어요.'

어른들이 교회에 간다고 호들갑을 떠는 것 자체가 안나에게는 의구심을 잔뜩 불러일으키게 하는 일이었다. 집단 예배는 하느님 아저씨와 개인적으로 이야기한다는 안나의 감각과는 완전히 거꾸로였다. 안나는 하느님 아저씨를 만나려고 교회에 가는 것에 대해서 앞뒤가 바뀐 일이라고 여겼다. 하느님이 어디에도 계시지 않다면, 결국 아무 데도 계시지 않는 셈이 된다는 거였다. 따라서 안나에게는 교회에 가는 것과 하느님이 이야기하시는 것과는 아무런 연관이 없었다. 안나에게는 모든 것이 물 속을 들여다보듯 단순했다. 아주 어릴 때는 메시지를 얻기 위하여 교회로 간다. 그러나 일단 그 메시지를 얻었다면 밖으로 나가 뭔가를 해야 한다. 계속 교회에 나가는 것은 메시지를 얻지 못했기 때문이다. 그렇지 않으면 이해를 못 했거나 허세를 위해서다.

저녁을 먹고 나면 안나랑 머리를 맞대고, 시에서부터 시작하여 천문학에 이르기까지 나는 온갖 책들을 다 읽어 주었다. 그러길 몇 년, 안나가 가장 좋아하는 책은 세 권으로 남았다. 첫번째는 눈송이가 찍혀 있고, 그 옆에 시들이 실려 있는 큰 그림책이었다. 두번째는 크루든의 「완전한 색인」이고, 세번째가 가장 이상한 책으로 매닝의 「사차원의 기하학」이었다. 이 책들은 모두 안나의 마음에 상상력의 불쏘시개가 되었다. 그것으로 상상의 불을 잘 지핀 다음 안나 자신의 새로운 철학을 만들어냈다. 안나는 고유명사의 뜻을 풀이한 색인 부분을 가장 좋아했다. 나는 알파벳 순서로 이름을 읽은 다음 그 뜻을 읽어 주었다. 안나는 그것을 하나하나 곱씹어 본 뒤 이름이 옳게 쓰인 것인지 아닌지 판정을 내렸다. 대부분의 경우 풀이 죽은 낯으로 고개를 흔들었다. 가끔 이름과 뜻이 딱 맞아떨어질 때면 신이 나서 내 무릎으로 오르내렸다.

"이걸 적어줘, 이걸 적어줘."

그것은 종이에다 대문자로 크게 써 달라는 뜻이었다. 일이분간 지긋이 바라보았다가 자기 상자 속에 넣어 두었다. 잠시 동안 흥분을 가라앉힌 안나는 "다음 번을 읽어 줘."라고 졸랐다. 판정을 내리는데 15분이나 걸리는 이름도 있었다. 그럴 때는 꼭 침묵 속에 잠겨 있었다. 내가 좀 편한 자세로 옮기려 하거나 말을 하려 하면 내 머리를 콕콕 친다거나 아니면 씩씩거리면서 그 앙증맞은 손가락으로 내 무릎을 꼬집었다. 나는 꾹 참는 법을 배우게 되었다. 고유명사의 장을 다 넘기는 데만도 꼭 넉 달이 지나갔다. 그것은 신바람 나는 일이었지만 그 당시는 그 뜻을 전혀 몰랐었다.

어느 날 J편을 읽을 때였다. 내가 'Jether, Jether, Jether'라고 세 번 읽자 안나는 나를 보고 돌아섰다.

"무슨 뜻인지 읽어 줘."

"Jether ; 빼어난 사람, 남은 사람, 조사나 연구하는 사람, 선, 현.

후다닥하고 갑자기 안나가 내 무릎에서 빠져나갔다. 엄청난 충격을 받은 것이다. 안나는 얼굴을 잔뜩 찌푸린 채 손을 꼬옥 쥐고 쪼그리고 앉았다. 흥분한 나머지 온몸이 흔들흔들 했다. 어찌나 놀랐는지 나는 안나가 발작을 일으킨 줄 알았다. 그렇다고 그 설명 때문에 그런가 싶지도 않았다. 뭔가 센 힘이 안나의 마음 깊숙한 곳을 강타한 것 같았다.

"그래 맞았어, 맞았어! 내가 알아!"

안나는 기쁨에 겨워 마당으로 뛰어나가고 말았다. 나도 막 안나 뒤를 따라 나가려는 참이었다.

"혼자 있게 내버려 둬라. 안나는 기쁜가 보다. 저 아이에게는 사물을 꿰뚫어 보는 눈이 있잖니?"

엄마가 내 손을 잡으며 말렸다.

반 시간 뒤 안나가 돌아왔다. 말없이 내 무릎 위로 올라오면서
씨익 웃었다.

"오늘 밤에 날 위해 그 이름을 크게 적어 주면 정말 고맙겠어."

안나는 이내 새근새근 잠이 들었다. 침대로 안고 가 뉘일 때에
도 세상 모르고 자고 있었다.

엄마는 늘 '누가 너한테 시집올는지 쯧쯧' 하고 혀를 찼다. 내
아내가 될 사람은 내가 좋아하는 세 명의 딴 여자 즉 수학, 물리
학, 전기기구를 견뎌야 하기 때문이었다. 나는 먹고 자는 일보다
이 셋을 더 좋아했다. 손목시계, 만년필, 새옷 같은 것은 한 번도
사본 일이 없었지만 계산자 없이 다닌 적은 없었다.

계산자에 매료된 안나는 곧 자기 것을 샀다. 안나는 수를 세는
법을 다 습득한 뒤 덧셈을 미처 배우기도 전에 근($\sqrt{}$, Root)을

구할 수 있었다. 180센티미터도 더 되는 작업대에 올라가 아래를 내려다보며 꼬마가 척척 계산을 해내는 솜씨를 보면 나는 더없이 흐뭇해졌다. 안나는 그 위에서 "안녕, 핀."이라고 말했다. 손잡이를 잡은 채 대롱대롱 매달리면 일시에 황금빛 물결이 일렁거렸다. 꼬마의 얼굴엔 함박꽃이 만발해 있었다.

어떤 밤에는 피아노 연주로 넘어갔다. 나는 대중가요를 꽤 잘 쳤고, 그 밖에 쇼팽, 모차르트, 아니트라의 춤곡을 약간 칠 수 있었다. 피아노 위에는 전기 기구가 몇 개씩 올려져 있었다. 그중에

서도 오실로스코프는 안나에게 하나의 마법의 지팡이였다. 우리는 몇 시간 동안 줄곧 한 음만 누르고 오실로스코프의 녹색 광선이 춤을 추는 광경을 넋나간 듯 지켜보았다. 우리가 귀로 듣는 것을 실제로 보이는 시각 형태와 연결시키는 작업은 끝없는 환희의 샘이었다.

잎을 갉아먹는 송충이는 굶주린 사자 같았다. 과자통에 빠진 파리에게선 비행기 소리가 났다. 성냥 긋는 소리는 폭탄 터지는 소리가 났다. 안나는 전혀 새로운 세계를 발견했다. 이들은 모두 수천 배 증폭된 상태로 귀와 눈에 들어왔다. 그것이 안나에게 얼마나 큰 의미를 주었는지 난 몰랐다. 나는 안나의 즐거움에 겨운 비명소리로 족했다. 파장과 주파수에 대한 개념을 안나는 알고 있었다. 그 사실을 나는 다음해 여름에야 깨달았다.

어느 여름날 오후였다. 여러 명의 아이들이 놀고 있던 거리에 벌이 나타났다. 한 아이가 말했다.

"벌은 일 분에 몇 번씩 날개를 치게?"

"틀림없이 수백만 번은 될걸."

다른 아이가 대답했다.

왱왱~ 낮은 소리를 내며 안나가 집 안으로 들어왔다. 나는 문 앞 계단에 앉아 있었다. 재빠른 몸짓으로 서너 번 피아노 건반을 눌러본 안나는 곧 자신의 왱왱하는 소리와 벌 울음 소리의 음계를 알아냈다. 안나는 문 밖으로 나왔다.

"계산자 좀 빌려 줘."

조금 뒤, 안나가 외쳤다.

"벌은 1초에 000번 날개를 쳐."

그러나 아무도 안나 말을 믿지 않았다. 안나는 잡을 수 있는 소리라면 다 잡았다. 식사는 으레 안나의 질문과 함께 시작된다.

"모기는 일 초에 몇 번 날개를 치는지 알아?"

"파리는 일 초에 몇 번 날개를 움직이게?"

놀이는 모두 노래 짓기로 이어졌다. 음계마다 세밀한 시험을 거쳤다. 소리는 일 초에 몇 번 떨리는지도 판정되었다. 곧 안나는 짤막한 노래를 짓기 시작했다. 거기에 나는 화음을 붙였다. '엄마', '제더 씨의 춤', '웃음' 등으로 이름 붙인 소곡들이 집 주위에 메아리치기 시작했다. 안나에게 단 하나의 문제점은 하루가 너무 짧은 데 있었다. 할 일은 너무 많았다. 발견해야 할 꺼리들이 너무 많았다.

또 다른 마법 램프는 현미경이었다. 맨눈으로 보기엔 너무 작은 생명체도 그 속에서는 복잡한 모양으로 나타났다. 더러운 먼지조차 경이로웠다. 현미경을 모를 때, 하느님 아저씨는 안나의 가장 가까운 동무였었다. 그러나 현미경 속으로 여행한 뒤 그러한 인식

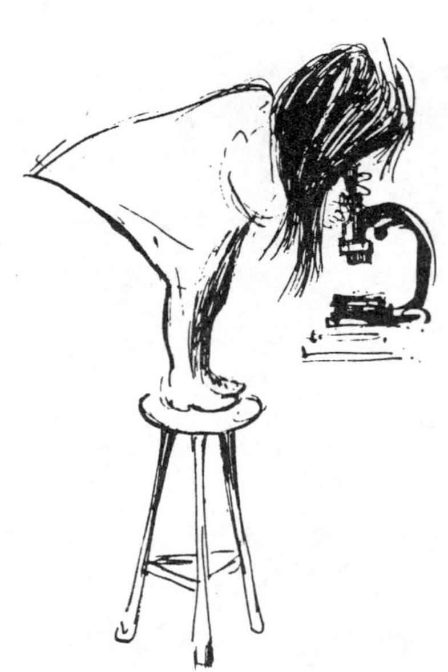

은 완전히 바뀌고 말았다.

"하느님 아저씨가 이 모든 것을 만들었다니. 그렇다면 그는 나를 상대하기엔 너무나 커다란 존재야."

몇 주간 안나의 행동이 뜸해졌다. 여전히 거리에서 아이들하고 노는, 겉보기에는 조금도 변함없이 달콤하고 재미있는 아이였다. 그러나 자주 무언가 골똘히 생각하는가 하면, 혼자 나무 위에 올라가 앉아 있곤 했다. 보면 볼수록 모든 것이 신기로웠다. 사물들 속에는 눈으로 보이지 않는 다른 세계가 가득 담겨 있었다. 안나는 지금껏 알았던 모든 지식을 한꺼번에 뭉쳤다. 그리고 자기가 모르는 어떤 신비에의 열쇠를 찾고자 했다. 이것저것 톡톡 두드려 보면서 이리저리 찾아다녔다. 안나는 말을 잊은 것 같았다. 사람들이 물어오면 부드럽게 웃고는 인사를 대신했다. 마침내 모든 것이 풀렸다.

"핀, 오늘 밤 함께 자도 돼?"

나는 고개를 끄덕였다. 내심 안나가 발견한 것에 대한 호기심이 머리를 쳐들었다.

"지금 말이야."

안나는 내 무릎 위로 폴짝 뛰어올랐다. 안나는 내 손을 잡고 문으로 끌고 갔다. 안나가 문제를 푸는 의식을 말한 적이 있었던가? 굉장히 어려운 문제에 부딪쳤을 때면 안나는 옷을 몽땅 벗는다.

우리는 침대로 들어왔다. 가로등이 환히 방 안을 밝혀 주고 있었다. 안나는 팔꿈치를 내 가슴에 대고 머리를 두 손으로 감싼 채 누웠다. 그 자세는 논점을 정리할 때의 버릇이다. 나는 안나의 입이 떨어지기만을 기다렸다. 이윽고 안나가 폭격을 가해 오기 시작했다.

"하느님 아저씨는 모든 걸 만들었지?"

"그럼."

모른다고 말해 봐야 소용없는 것이다.

"심지어는 별이랑 짐승이랑 사람이랑 나무랑 올챙이까지도?"

우리는 올챙이를 현미경에다 대고 본 적이 있었다.

"그래, 모든 것을 만드셨어."

안나는 고개를 끄덕였다.

"하느님 아저씨는 정말 우리를 사랑하셔?"

"그야 물론이지. 하느님 아저씨는 모든 것을 사랑하시잖아?"

"그럼 왜 그는 그것들을 다치게 하거나 죽게 하시지?"

안나의 목소리는 이제 신성한 비밀을 누설하듯 떨렸다. 그러나
나는 그 질문에 대해 생각해 보고 대답해 주어야 했다.

"난 모르겠는걸. 하느님에게는 우리가 모르는 것이 너무너무 많
아."

그 말을 기다렸다는 듯이 안나는 말했다.

"우리가 하느님 아저씨에 대해 많은 것을 모른다면, 그가 우리를 사랑한다는 건 도대체 어떻게 알지, 핀?"

풀기 어려운 논쟁이었다. 그러나 고맙게도 안나는 대답을 기다리지 않고 재빨리 다음으로 넘어갔다.

"올챙이들을 봐, 나는 올챙이들을 몹시 사랑해. 그치만 올챙이들은 그걸 모르잖아? 나는 올챙이보다 수백만 배 더 커. 또 하느님은 나보다 수백만 배 더 커. 그러니까 내가 어떻게 하느님 아저씨가 하시는 일을 알겠어?"

안나는 잠시 침묵에 잠겼다. 여기서 안나의 유아기는 막을 내렸다.

"핀, 하느님 아저씨는 우릴 사랑하지 않아."

안나는 잠시 망설였다.

"정말 그는 우리를 사랑하지 않아. 사랑은 사람만이 하는 거야. 나는 보시를 사랑해. 보시는 날 사랑하지 않아. 나는 올챙이를 사랑해. 그러나 올챙이는 날 사랑하지 않아. 나는 핀을 사랑하고 핀도 날 사랑해, 그렇지?"

나는 안나를 꼭 껴안았다.

"핀은 사람이니까 날 사랑하는 거야. 나는 하느님 아저씨를 사랑하지만 하느님 아저씨는 날 사랑하지 않아."

그 소리는 마치 장례식의 종소리 같았다. 나는 속으로 생각했다. '빌어먹을! 왜 이 따위 일이 일어나는 거야. 이제 안나는 모든 걸 잃어버렸어.'

"아냐, 아냐, 그는 날 사랑하지 않는 것이 아니야. 그러나 그것은 핀이 나를 사랑하는 것과는 달라. 그것은 우리의 사랑보다 수백만 배 더 큰 거야."

내 생각이 얼마나 어긋나 있었던가!

내가 꿈틀거렸거나 비명을 질렀음에 틀림없다. 안나가 침대에서 굴렀다 일어섰다 하며 깔깔거리기 시작했다. 꼬마는 다시 내 무릎 위에 앉았다. 마치 외과의사와 같은 예리한 솜씨로 불필요한 의심덩어리를 잘라내 주기 시작했다.

"핀, 핀은 누구보다도 더 날 사랑하지? 그건 나도 마찬가지야. 하지만 하느님 아저씬 달라. 그것은 우리의 사랑과는 다른 사랑이야. 핀, 봐! 사람은 밖으로 사랑하지만 하느님 아저씬 바로 가슴속에서 핀을 사랑해 주셔. 사람은 입으로 뽀뽀하지. 그러나 하느님 아저씬 안에서 핀의 마음에다 뽀뽀해 주셔. 그것이 달라. 하느님 아저씨는 우리와 달라. 우리는 하느님 아저씨를 조금 닮았지만 다 닮지는 않았어."

내면의 불꽃은 안나의 생각을 반짝반짝 빛나게 해 주었다. 안나는 연금술사처럼 납을 금으로 바꾸어 버렸다. 신, 선, 자비, 사랑, 정의, 이 모든 인간적 뜻매김은 말끔히 자취를 감추었다. 그 말들은 그릴 수 없는 것을 그려보려는 인간 쪽에서의 가정일 뿐이었다.

"핀, 하느님 아저씬 모든 걸 끝낼 수 있기 때문에 그렇지 못한 우리와 달라. 내가 사랑을 끝내기 수백만 년 전에 내가 죽기 때문에 나는 핀에 대한 사랑을 끝마칠 수 없어. 그러나 하느님 아저씨는 핀에 대한 사랑을 끝마칠 수 있거든. 그러니까 그것은 우리 같은 사랑은 아니야. 심지어 제더 아저씨의 사랑도 하느님 아저씨의 사랑에 비하면 발치에도도 못 가. 제더 아저씨는 기억시키고 싶을 때만 오잖아?"

첫 번째 폭탄만으로도 머리가 가득 찼다. 그런데 두 번째 폭격이라니!

"핀, 왜 사람들은 서로 싸우고 전쟁을 하는 거야?"

나는 가능한 한 모든 머리를 짜서 설명해 주었다.

"에, 그건 사람들마다 제각기 생각하는 것이 다르고, 또 각자 다른 방법으로 사물을 보기 때문인 것 같애."

"그래? 그럼 서로 다른 방법으로 보는 걸 뭐라고 하지?"

나는 이리저리 뒤져 꼭 알맞는 말을 찾아냈다.

"그건 관점(point of view) 이라고 해."

"아! 관점! 사람과 하느님 아저씨가 다른 건 바로 그 점이야. 사람들은 저마다 관점을 하나씩 가지고 있어. 그러나 하느님 아저 씨에겐 관점이라는 게 없나 봐. 대신 '볼점(point to view)'을 가지고 계셔."

나는 아주 멀리멀리 걷고만 싶어졌다. 이 꼬마는 도대체 어떻게 자란 애일까? 꼬마는 무슨 말을 하고 있는 걸까? 우선, 하느님 아 저씨는 모든 걸 끝마칠 수 있다. 그건 그렇다 치자, 그런데…….

안나는 신을 시간의 한계 밖으로 끌어내어 영원 속으로 밀어넣 어버린 걸까? 그리고 또 '관점(point of view)'과 '볼점(point to view)'이란 무슨 차이일까?

"'볼점'이라니? 대체 무슨 말인지 모르겠구나."

"음. 그건 이래. 사람들은 저마다 자기 관점이 하나씩 있어. 그 리고 그것이 최고라고 생각하고는 그것에 얽매어 버려. 그러나 하 느님 아저씨는."

"아! 알았어. 넌 관점이란 고정되어 버린 것을 말하는구나. 그 런데 네가 말하는 '볼점'이란 한 점으로 고정되어 있지 않고 상황 에 따라 바꾸어 볼 수도 있는 어떤 힘을 말한다 이거지?"

"맞았어, 핀. 바로 그거야."

"그러니까 그렇지 그건 좀 어렵지만 유식한 말로 '견지(見地, viewing point)'라고 한단다. 우린 그것을 '사랑의 눈'이라 부 르자."

"그래, 알았어. 하느님 아저씬 무수하고 무한한 사랑의 눈들을 가지고 계셔. 그래서 하느님 아저씬 모든 방향, 모든 방법으로 다 이해할 수 있으신가 봐. 그게 사람과 달라.”

“아!”

안나는 내가 그 깨우침을 기쁜 마음으로 음미하고 있는가 하고 물끄러미 나를 바라보았다. 나는 모든 것을 되씹어 보았다. 우리는 관점을 가지고 있고 그건 고정되어 있다. 그러나 하느님 아저씨는 무한히 유동적인 무수한 사랑의 눈들을 가지고 계신다.

“아! 그렇다면 하느님 아저씬 어디에나 있구나.”

안나는 폭소를 터뜨렸다.

“핀도 알고 있지?”

“너도 알고 있지!”

나도 신이 나서 맞장구를 쳤다.

“하느님 아저씨가 다르다는 걸 알 수 있는 길이 또 있어.”

하느님 아저씨는 사물들과 사람들을 안에서부터 알아. 우린 반대로 바깥에서부터 알잖아? 그러니까 사람들은 바깥에 서서 하느님 아저씨를 말할 순 없어. 하느님 아저씨에 대해 얘기하려면, 우선 하느님 아저씨 안으로 들어가서 그 안에서 얘기를 해야만 돼.”

벌써 자러갈 시간이 되었나 보다. 안나는 나에게 뽀뽀를 한 뒤 졸리는지 내 품으로 파고 들어왔다.

십분 뒤,

“핀!”

꼬마가 살며시 불렀다.

“왜?”

“사차원에 대한 책 알지?”

“그래, 그런데 그게 왜?”

“나는 4라는 수가 어디 있는지 알거든. 그것은 바로 내 안에 있어.”

이미 너무 많은 것을 얘기했다. 나는 억지로 엄한 목소리로 꾸며 꼬마를 재촉했다.

"이제 자야지. 오늘 밤은 이것으로도 충분해. 안 그러면 엉덩이를 때릴 테야."

꼬마는 나를 보고 생글생글 웃었다. 꼬물꼬물 움직이며 가슴에 파고 들었다.

"그러진 못할걸?" 꼬마는 하품을 하며 말했다.

안나와 함께 보낸 첫번째 여름은 모험과 탐방의 날들이었다. 안나랑 나는 남쪽 바다와 큐 가든, 킹스턴 박물관 등 온갖 곳을 돌아다녔다. 나들이를 갈 때면 안나는 블라우스에 빨간 체크무늬의 스커트를 입었다. 그리고 체크무늬의 스타킹에 윤이 반들반들한 검은 구두를 신었다. 주름이 꼭 잡힌 스커트를 입고 사뿐사뿐 걸을 때면 항아리처럼 부풀어 오른 스커트가 빙글빙글 돌아갔다.

안나는 나비처럼 산들산들 걷고, 토끼처럼 폴짝폴짝 뛰며 새처럼 훨훨 날아다녔다. 용감한 곡예사처럼 장대를 타기도 했다. 때로는 창녀 밀리의 걸음을 흉내내기도 했다. 몸을 조금만 움직여도 스커트가 뱅글뱅글 돌아갔다. 눈을 초롱초롱 굴리며 함박웃음을 피우는 안나를 보고 사람들은 사르르 녹았다. 안나를 보고 미소짓지 않는 사람은 없었다.

안나는 구름이 잔뜩 낀 하늘 위로 솟아오른 햇님이었다. 안나는 간간이 고개를 나에게 돌리면서 생긋 웃곤 했다. 대니 말에 의하면 안나는 결코 걷는 것이 아니었다. 여왕님이 되어 행차하시는 것이었다. 여왕님은 도둑고양이, 강아지, 비둘기, 말, 우체부 아저씨, 우유배달부, 순경 등의 백성들과 만날 때마다 행차를 멈추곤 했다.

앨드게이트 가까이 갈수록 건물들은 커져갔다. 안나의 입도 점점 크게 벌어졌다. 작은 동그라미를 그리며 앞으로 나아갔다가 되

돌아오곤 했다. 안나는 당황한 표정으로 내 소매를 당겼다.

"핀, 저것 봐! 임금님과 왕비님이 저 속에 살고 있어? 저게 모두 궁전이야?"

영국은행과 성바울 성당은 안나에게 아무런 감명도 주지 못했다. 비둘기가 내려와 내 손에 앉았다. 마침내 우리는 성당으로 들어가 예배를 보기로 했다. 안나는 거북해 했다. 예배가 끝나자 우리는 곧장 밖으로 뛰어나와 비둘기에게로 다가갔다. 안나는 길 위에 앉아 흐뭇해 하며 비둘기에게 먹이를 뿌려 주었다. 몇 발자국 뒤에 서서 나는 그 모습을 바라보고 있었다. 안나의 눈은 성당문,

행인, 차들, 비둘기 사이로 바쁘게 옮겨다녔다. 그러다 안나는 갑자기 고개를 살래살래 흔들었다. 나는 저토록 안나의 기분을 상하게 하는 것이 무엇일까 두리번거렸다.

몇 달 뒤, 나는 안나가 낙담했을 때 고개를 흔드는 모습을 정확하게 읽어낼 수 있었다. 살래살래 흔드는 것은 '좋지 않다'는 표시였다. 돈을 꺼내기 위해 돼지 저금통을 흔들듯이 불쾌한 생각을 털어내려는 거였다.

나는 안나 곁으로 걸어갔다. 말없이 안나의 말문이 열리기만을 기다렸다. 그러는 것만으로도 안나의 입술은 떨렸다. 내가 무슨 위로의 말을 해 주기 위해 옆에 간 것은 아니다. 이미 오래전에 그러기를 포기한 나였다. 내가 '무슨 일이야?'라고 물어보면 대답은 으레 '나 혼자 그것을 알아낼 수 있을 거야'라는 것이었다. 혼자서 도저히 풀 수 없다고 생각될 때에만 나에게 물었다.

내가 안나에게 간 까닭은 필요시 내 귀가 열려 있다는 신호였다. 그런데 안나가 아무 말도 하지 않는 것은 아주 나쁜 징조였다.

성바울 성당에서 하이드 공원으로 옮겨갔다.

요몇 달 동안 나는 안나와 같은 입장에 서서 생각할 수 있게 되었다. 나는 자랑스러웠다. 안나의 사고방식과 말하는 방식을 이해하기 시작한 것이다.

그날만큼은 내가 한 가지를 잊고 있었다. 아니, 그보다는 미처 깨닫지 못했다는 것이 옳을 것이다. 지금까지 안나의 눈길은 집과 공장 크레인 등 건물 안쪽으로만 머물러 있었다. 그런데 갑자기 덩그런 공원의 공간이 나타났다. 안나는 내 배에 얼굴을 묻더니 울음을 터뜨리기 시작했다. 나는 번쩍 하고 안나를 들어올렸다. 다리로는 내 허리를, 팔로는 내 목을 꼭 감은 채 흐느꼈다. 아무리 달래보아도 소용이 없었다. 몇 분 뒤 안나는 빠끔히 위를 쳐다보았다. 이제 울음을 멈추었다.

“집에 가고 싶어?”

안나는 고개를 살래살래 흔들었다.

“지금 날 내려 줄 수 있겠어?”

안나는 야하고 소리를 지르더니 잔디밭으로 뛰어들어가 코를 들이대고 진지하게 냄새를 맡아보았다. 안나는 이내 평정을 되찾았다.

첫 여름이 다 갈 무렵.

여름꽃들은 한 떨기씩 지고, 마지막 가을꽃들이 피어나고 있었다. 이즈음 안나는 가장 경이로운 발견을 했다. 하나는 책이었다. 책은 단순한 이야기 도구가 아니었다. 거기엔 엄청난 흥미거리가 있었다.

다음 발견이 씨앗이다.

“이것 좀 봐! 핀, 아름다운 꽃이랑 나무들이랑 잔디가 모두 이 씨앗에서 나오는 거야?”

또 씨앗은 손 안에 놓고 만져볼 수도 있다! 이 큰 발견은 안나를 들뜨게 했다. 안나는 자기 마음속에 일어나는 생각의 그림들을 생생하게 볼 수 있을만치 민감해졌다. 처음으로 꽃씨를 손에 쥐어 본 날도 그랬다. 아무런 말이 필요없었다. 꼬마의 몸짓과 생각 속에는 경이와 사랑이 몽땅 다 담겨 있었다.

안나는 숨을 흡하고 들이켰다. 안나는 눈썹을 약간 찌푸린 채 넋을 잃고 꽃을 바라보고 있었다. 이따금 고개를 들고, 안나는 먼

하늘을 쳐다보곤 했다. 무엇에 놀란 듯 휙하고 눈길이 씨앗 쪽으로 돌아갔다. 마침내 안나는 오뚝 섰다. 내가 알 수 없는 어떤 곳을 향해 골똘히 쳐다보고 있었다. 천천히 고개를 돌린 안나가 나를 물끄러미 쳐다보았다. 내 마음에도 등불이 켜지기 시작했다. 따뜻한 침묵이 흘렀다. 안나 속에 무슨 일이 일어나고 있는지 나도 알 것만 같았다.

우리는 이스트 엔드에 땅 몇 뙈기를 가지고 있었다. 그 땅에 들

꽃들이 드문드문 피어 있었다. 안나는 그 속을 몽땅 꽃동산으로
가꾸어낼 결심이었다. 씨앗들을 다른 곳으로 옮겨심을 수 있을 거
야, 핀!

　샛별 같은 꼬마의 눈이 그렇게 말하고 있었다. 나는 말없이 안
나에게 새 손수건을 건네 주었다. 손수건을 편 안나는 행여나 다
칠까 가만가만 꼬투리를 흔들었다. 하얀 손수건에 까만 꽃씨들이
가득 담겼다. 안나랑 나는 신발을 벗고 팔을 걷어올린 채 군데군
데 호미로 구덩이를 팠다.

　하느님 아저씨도 씨앗 덕을 톡톡히 보았다. 안나에게 더 많은
점수를 얻었으니까.

　"정말 놀라워, 역시 하느님 아저씨야."

　하느님 아저씨에 대한 안나의 사랑은 이제 사랑마저 너머 자랑
스러워할 정도까지 자라났다. 하느님 아저씨도 기쁘신 나머지 얼
굴이 홍당무로 변하고 말걸? 이런 생각까지 들었다. 그 사랑은 날
마다 더 높은 차원으로 올라만 갔다. 그 오랜 세월 동안 많기도 한
사람들이 하느님을 생각해 왔겠지만 나는 단언한다. 안나만큼 하
느님을 사랑한 사람은 없었다고.

　안나랑 내가 씨앗의 세계를 탐구하게 되자, 사람들은 부지런히
봉투를 날라다 주었다. 안나의 허리띠에는 늘 큼직한 씨앗 봉투가
매달려 있었다. 반짝반짝하는 구슬들이 박힌 허리띠를 안나는 언
제나 차고 다녔다. 그것은 밀리가 자기를 위해 손수 만들어 준 것
이었다. 안나는 잠들 때에도 꼭 머리맡에는 밀리가 만들어 준 허
리띠를 놔둘 정도로 그것을 아꼈다.

　'밀 앤드의 비너스'란 어마어마한 별명을 가진 밀리는 길 맨 윗
쪽에 살고 있는 젊은 창녀였다. 그녀는 열 손가락 안에 꼽을 수 있
을 정도로 아름다웠다. 안나는 틈만 나면 '밀리 언니랑 재키 언니
는 온 세상에서 가장 예뻐'라고 감탄했다. 밀리 또한 안나를 칭찬

하기에 바빴다. 둘은 서로간에 홀딱 반한 사이였다.

또 하나의 새로운 발견이란 자기가 지은 시와 노래들을 담아둘 수 있는 보물단지였다. 안나는 책을 가지고 다닐 수 있는 지혜의 단지로 여겼다. 갑작스럽게 우리 집 안에 푸른 공책이랑 종이 꾸러미가 수북히 쌓여갔다. 어떤 새로운 발견을 했을 때 꼬마는 가장 가까이 있는 사람에게 쪼르르 달려가 연필과 공책을 내밀곤 했다.

"이걸 좀 크게 적어 주시면 고맙겠어요."

3
그대는 부러진 쇠동강의 아름다움을 아시나요

연필이랑 공책이랑 들고서 사람들에게 '크게 적어달라'는 안나의 요청은 가끔 사람들을 놀라게 했다. 그럴 때는 꼭 퓨즈가 달린 다이너마이트를 불쑥 내미는 것 같았다. 안나의 그런 요청을 받으면 사람들은 대개 꽁무니를 빼곤 했다.

"왜 이래, 꼬마야."라든가 "귀찮게 굴지 말고 저리 가."라고 말하면서 뒷걸음질 치는 것이었다.

그러나 안나는 그런 말에 겁먹지 않았다. 안나의 탐험선은 이제 어엿하게 항해중이었다. 안나는 스스로 그 배의 선장이 되어 거센 파도를 헤치고 나아갔다. 배에 물이 흘러들거나 험한 폭풍우를 만날 때도 있었지만 결코 뱃머리를 돌리는 법은 없었다. 탐험해 보아야 할 육지는 너무나 많고 또 넓었다. 안나는 그 모든 곳을 몽땅 밟아보며 파헤쳐 보고만 싶었다.

밤이면 나는 계단에 앉아 궐련을 문 채, 새로운 지식을 찾아다니는 꼬마의 모습을 즐기고 있었다. 어느 안개낀 저녁, 여기저기 들쑤시고 다니던 안나는 또 하나의 보물을 발견했다.

이웃인 재키네와 우리 집은 낮은 담을 사이에 두고 있었다. 재키네 뒷마당에는 한 그루의 밤나무가 있는데 여름이면 울창한 그늘을 바로 아래에 있는 쇠로 만든 평상에 떨구어 주었다. 이 동네 개구쟁이의 놀이터로 사용되는 이 평상은 옆의 나무만큼이나 나이가 먹어 보였다. 그 평상에서 조그만 쇠조각 하나가 떨어져 나왔다.

안나는 치마를 온통 부풀리며 나에게 뛰어왔다.

"핀, 이것 봐."하더니 공책과 연필을 쥐고 다시 길로 뛰어나갔다. 지나가는 사람들에게 조각난 평상 조각을 보여 주며 공책을 내미는 안나의 모습이 보였다. 불쌍한 안나. 그날따라 아무도 안나를 상대해 주지 않았다.

당신은 부러진 쇠의 단면을 본 일이 있는가? 사람들은 부러진 부분에서 나타나는 평상 조각의 아름다움을 볼 줄 몰랐다. 그 속에는 반짝이는 자수정의 산들이 우뚝 솟아 있고 보랏빛 시내들이 흐르고 있었다. 안나는 이 신나는 세계에 그들이 함께 하기를 바랐던 것이다. 하지만 안나처럼 상상의 날개를 펴서 자신을 작게 만들 줄 모르는 그 사람들은 부러진 평상 조각의 세계로 들어갈 수 없었다. 그 세계는 새로운 상상의 세계였고, 무한한 탐구와 기쁨의 가능성이 묻혀 있는 새로운 삶의 영역이었다. 그것을 좇아갈 수 있는 사람도 정말 드물었다.

이제 내가 위로의 말을 안나에게 해줄 시점이 왔다. 나는 길을 건너 안나에게 다가갔다. 부러진 평상 동강을 가리키며 안나가 울먹였다.

"지나가는 사람들에게 저걸 적어달라고 했어. 하지만 아무도 쳐다보질 않아."

나는 안나를 부드럽게 달래 주고 싶었다.

"너무 상심하지 마, 안나야. 사람들은 너무 바빠서 그런 거란다.”

“아냐, 사람들은 보지 않아. 어른들은 내 뜻을 몰라 줘.”

그 말 속에는 깊이 스며드는 슬픔이 배어 있었다.

안나의 눈빛!

이럴 땐 내가 나서야 돼. 나는 안나를 들어 내 곁으로 데려왔다.

“안나야, 너무 실망하지 마.”

“실망한 게 아냐, 다만 슬퍼서 그래.”

“괜찮아, 내가 크게 적어 줄게.”

내 팔을 헤치고 나간 안나는 길 위로 가서 서 있었다. 고개를 떨군 채 공책과 연필만 만지작거렸다. 눈물이 핑 돌았던 것이다. 이제 내 마음도 맴돌고 있었다. 안나를 달랠 묘안이 앞을 다투어 지나가건만 딱하게도 아무런 손도 쓸 수 없는 것이었다. 모든 걸 제자리에 막 놓으려는 차에 눈앞의 꼬마 천사는 내 머리 속을 그만 엉망진창으로 흔들어 놓았다. 차라리 조용히 기다리자. 달려오고 싶은 마음이 굴뚝 같겠지. 위로받고 싶겠지. 그러나 안나는 속으로 싸우고 있었다. 전차 달리는 소리가 들렸다. 시장 보러 가는 사람들의 웅성거림도 들려왔다. 나는 나대로 안나를 데리러 갈까 망설이고 있었고, 안나는 안나대로 자기 마음속에서 뭔가를 골똘히 생각하고 있었다. 어느덧 둘의 눈이 마주쳤다. 나는 갑자기 으시시하고 떨리기 시작했다. 아무나 막 때려 눕히고 싶은 충동이 불끈불끈 솟아올랐다. 언젠가 두어 번 안나에게서 똑같은 눈빛을 보았었다.

“꼬마야.”

나는 눈물이 글썽거렸다. 그러나 왠지 시야는 더욱더 또렷해졌다. 안나의 가슴과 눈물샘이 한꺼번에 열렸다. 그러자 가장 깊은 곳 속에 감추어져 있던 어떤 외로움이 그대로 비쳐졌다.

“핀에게 부탁하고 싶지는 않아.”

애써 웃으려 했으나 눈물이 계속 흐르자, 안나는 코를 훌쩍거렸다.

"핀이 보는 것이랑 내가 보는 것은 다 알아. 그러나 아무것도 볼 수 없는 사람들이 있는 걸 어떻게 해."

내 팔에 뛰어들며 안나는 흐느꼈다.

그날 저녁 런던의 어느 외진 곳에서 나는 순수한 어린아이를 안고 서 있었다. 나는 그 아이 속에 담겨 있는 슬픔을 엿보았다. 그것은 곧 신이 안나를 통해 슬퍼함이었다. 어떤 시도, 어떤 성직자의 말도 이 짧은 순간만큼 깊은 진실을 내게 보여 주지는 못했었다. 그 쓸쓸함 속에는 오히려 투명한 빛이 어려 있었다. 눈물이 글썽글썽한 그 눈은 보석처럼 아름다웠다.

인간은 코, 손, 발과 같은 겉모양으로 신을 닮은 것이 아니다. 사랑 속에 깃든 이 내면의 빛, 내면의 아름다움이 신을 닮은 것이다.

여기 신을 닮은 한 아이가 있다!

사람을 슬프게 하는 것은 악마의 마음이 아니다. 그것은 사람 속에 있는 신의 마음이다. 슬픔이나 고독 또한 존재해야 한다. 아무것도 그것을 대신할 수는 없다. 슬픔은 그처럼 아름답다. 슬픔은 삶을 풍부하게 해준다. 안나의 고독과 슬픔은 다른 이들을 위한 마음에서 우러나왔다. 그들은 평상 조각 속에 감추어져 있는 아름다운 수정산들이나 시내들을 볼 수 없었던 것이다. 그들은 몸을 작게 만들 수 없었던 까닭이다. 아마 틀림없이 하느님 아저씨라면 동강난 평상 조각 안의 신나는 세계로의 여행을 재미있어 했을 것이다. 그는 맘만 먹으면 어떤 크기로도 변할 수 있으니까.

"핀, 만약에 하느님 아저씨가 아주 조그맣게 작아질 수 없다면 어떻게 무당벌레의 세계를 이해할 수 있겠어?"

꼬마의 말이 맞지 않은가!

안나는 이상한 나라의 앨리스처럼 상상이란 과자를 먹고는 보고 싶은 세계에 맞추어 자기의 크기를 마음대로 바꿀 줄 알았다.

아무튼 하느님 아저씨는 단 하나의 관점이 아닌 무수하고 무한한 사랑의 눈을 가지고 있다. 삶의 모든 목적은 하느님 아저씨처럼 되는 데 있다. 안나의 눈으로 보면 착하다든가, 얌전을 뺀다든가, 기도한다든가 하는 이 모든 부차적인 행위들은 진정한 하느님 아저씨와는 아무 관계도 없는 자기 안전을 위한 장치였을 뿐이다. 꼬마 안나는 그 모든 안전장치 없이 살아갈 작정이었다. 삶의 진정한 뜻은 하느님 아저씨처럼 사는 데 있는 것이다. 그렇게 산다면, 착하고 친절해지며 사랑스러워질 수 있는 힘은 스스로 생겨난다.

"핀이 하느님 아저씨처럼 된다 하자, 그러면 핀은 자기가 누군 줄 모르게 되지 않을까?"

"어떻게 된다구?"

내가 펄쩍 뛰며 물었다.

"착하고 친절하고 사랑스럽게."

안나는 별 중요하지도, 의미도 없다는 듯 툭 내뱉었다.

전에도 그랬다. 나는 아무 일도 없는 척하지 않으면 질문을 하지 않고는 배길 수 없었다. 나는 머뭇거렸다. 그러자 안나는 우스워 죽겠다는 표정을 지으며 놀려댔다. 비로소 덫에 걸린 것을 알았다. 뭔가 하고 싶은 말이 있으면 안나는 나에게 어떤 식으로든 묻게 한다. 그 자리에서 묻지 않으면 조만간 물을 수밖에 없게 된다.

"알았어. 그럼 선하고 친절하고 사랑스럽게 된다는 건 또 무슨 말이야?"

"음."

하고 안나는 흥분을 가라앉힌 듯하다가 다시 신이 나서 말했다.

"그런데 핀이 그렇다고 생각하면 아니야."

나는 아무것도 모르는 열등생처럼 밑바닥에서부터 물었다.

"어떻게 해서?"

나는 이야기야 어떻게 흘러가든 내버려 둔 채 두 발자국 앞선 곳에서 안나의 대답을 기다렸다. 안나는 예상한 대로 따라오는 것 같았다. 나는 기다렸다. 그러나 안나는 갑자기 급커브를 틀더니 이야기의 흐름과는 정반대 방향으로 나아가기 시작했다. 안나의 갑작스런 행로 바꿈에 나는 균형을 잃고 비틀거렸다. 입장이 바뀌어 내가 안나가 기다리고 있는 곳으로 되돌아갈 수밖에 없었다.

"좋아, 말해 줘."

"핀! 핀은 하느님 아저씨가 스스로 착하고 친절하고 사랑스런 존재라는 걸 알고 있을 것 같애? 핀은 그렇다고 생각해?"

솔직하게 말하겠다. 나는 단 한번도 그런 생각을 해보지도 않았다. 나는 확답을 줄 수 없었다. 그러나 대답은 오직 하나밖에 없지 않은가!

"아닐 거야."

나는 내키지 않게 대답했다. '왜'라는 말이 머리통과 목구멍 사이에 꽉 붙박여 있었다. 그제서야 알았다. 안나는 어떤 결론으로 나를 이끌어가고 있구나! 그걸 눈치챘어야 했는데.

안나는 애써 흥분을 가라앉히고 있었다. 그러더니 불쑥 말했다.

"하느님 아저씬 스스로 선하고 친절하고 사랑스런 존재라는 걸 몰라. 하느님 아저씬…… 텅 비어 있어."

안나는 숨가쁘게 말했다.

존재하지도 않는 돌이 내 발가락에 상처를 입힌다는 저 고명한 철학자 양반의 이론까지는 받아들이겠다. (역주 : 관념론 철학자 버클리를 말함. 사물은 존재하지 않는다는 주장을 폈다.) 모든 게 무(無)요, 환상이라는 말도 받아들이겠다. 그러나 하느님 아저씨가 텅 비어 있다는 것은 말도 안 돼! 하느님 아저씨는 가득 차 있어! 그게 진실이야! 하느님은 앎과 사랑과 자비로 가득 차 있어. 하느님은 우리가 좋아하는 모든 것으로 가득 차 있단 말이야! 하느님은 선물이 가득 차 있는 성탄절의 대형 양말처럼 아이들에게 무진장한 선물을 쏟아 주시는 존재란 말이야. 제기랄! 나는 속이 부글부글 끓었다.

하느님 아저씨는 가득 찬 존재라고 배웠고, 내 생각도 철저하게 그렇게 믿고 있었다. 며칠이 지난 뒤에도 안나와 더 얘기를 나눌 것이 없다는 생각이 들었다. 그럼에도 하느님 아저씨가 텅 비어 있다는 안나의 말은 내 머리를 떠나지 않고 맴돌았다. 어처구니없는 일이었다. 마음에 어떤 그림이 그려졌다. 나는 더욱더 당황스럽고 부끄러워졌다. 높은 모자에 말쑥한 예복을 입은 하느님 아저씨였다. 그는 마법의 지팡이로 모자를 토끼로 둔갑시키고 있었다. 그 모습이 생생하게 비쳤다. 만일 손을 내밀고 오토바이나 천만 원을 달라고 해도 두말 않고 내어 줄 그런 마법사의 얼굴을 한 하느님 아저씨의 영상이었다. 그는 선량하고 친절한 인상에 구레나룻을 하고 있었다. 나는 아무리 생각해도 어떻게 하느님이 비어 있다는 생각을 안나가 했는지 알 수가 없었다. 나는 무거운 짐을 벗어내려는 심정으로 안나에게 물었다.

"꼬마! 하느님 아저씨가 텅 비어 있다는 말이 무슨 뜻이야?"

며칠을 굶주린 사람이 밥을 대하듯 안나가 나를 보고 돌아섰다. 요 며칠간 안나가 내내 이 질문을 기다리고 있다는 인상을 받았다. 그러나 하느님 아저씨가 마술사와 같은 꼴의 영상으로 나타나기 전까지는 입도 떼고 싶지 않았던 것이다.

"빨간색 유리를 끼고 세상을 바라봐. 핀! 세상은 온통 빨간 세상으로 변해. 또 꽃의 색깔은."

퍼뜩 기억이 났다. 일전에 우리는 빛의 전도와 반사에 대한 이야기를 나누었었다. 잘 알겠지만 빛은 그것을 전도시켜 주는 유리 색깔을 띠게 된다. 노란 꽃이 노란색으로 보이는 까닭은 그 꽃이 노란 빛만을 반사시키기 때문이다. 우리는 프리즘의 스펙트럼과 뉴톤의 색채판도 보았었다. 스펙트럼의 색깔들을 모두 한꺼번에 모아 흰색으로 만들어도 보았었다. 안나가 그때 물었다.

"핀! 왜 노란꽃은 노란색으로 보여?"

"그건 그 꽃이 노란색을 제외한 모든 빛을 빨아들이기 때문이야. 그러면 노란색만 남아 반사되거든. 우리 눈에는 노란색만 보이는 거야"

안나는 이 원리를 깊이 생각하고 그것을 잘 소화시킨 다음 기막힌 진리를 발견해 냈다.

"아! 그러니까 노랑은 그 꽃이 원하지 않는 부분이구나! 그럼 그 꽃의 진짜 색깔은 노란색이 아니네? 진짜 색깔은 꽃이 원하는 색깔일 거야."

그 꽃이 무슨 색을 원하는지 내가 어떻게 알겠는가? 나는 말문이 막혔다. 안나는 모든 지식과 정보를 색유리의 원리와 잘 섞은 후 흔들었다. 그리하여 안나 특유의 발상을 통해 새로운 진리를 발견해 냈다.

"노란꽃은 노란색을 받아들이지 않아서 노랗게 보이잖아?"

"그건 그래."

"그렇지만 하느님 아저씨는 꽃과 좀 달라. 핀, 하느님 아저씨가 왜 안 보이는 줄 알아?"

"글쎄."

"하느님 아저씬 꽃과 달라서 그는 모든 걸 받아들이고 모든 걸 원한단 말이야."

"아! 알았어. 그는 아무것도 밀어내거나 내뱉지 않기 때문이구나."

“핀, 핀, 바로 그거야.”

안나는 깡총깡총 뛰면서 기뻐했다. 나는 빛의 반사와 색의 관계는 알았어도 하느님 아저씨가 왜 안 보이는지는 미처 몰랐었다. 안나의 뛰어난 점은 모든 원리를 더 깊은 진리로 바꾸어 놓는 데 있었다.

“그러니까 우리 눈으로 보면 하느님 아저씨는 텅 비어 있다고밖에 말할 수 없어. 아무것도 없어서가 아니야. 그는 모든 것을 원하고 아무것도 밀어내지 않기 때문이야. 그렇지만 사람들은 색유리 조각 하나를 갖고 태어나는 것 같애. 그 색유리에는 ‘선’, ‘악’, ‘더러움’, ‘깨끗함’이라는 꼬리표가 붙어 있어. 우리는 마음속에 그 색유리를 끼고 세상을 바라보기 때문에 그 색깔만으로 보려는 버릇에 빠지고 말아. 사람들은 그 색유리로 하느님을 보려고 하기 때문에 하느님 아저씨의 온 모습을 놓치고 말아.”

“그럼, ‘하느님은 사랑스럽다, 친절하다.’ 따위의 생각들이 다 색안경 꼬리표란 말이구나”

“그래, 핀! 그건 다 꼬리표일 뿐이야.”

“그렇다면 왜 우리는 ‘하느님은 자비롭고 사랑스럽고 친절하다’고 생각할까? 왜 꼭 그걸 고집할까?”

“자기 생각만이 옳다는 걸 주장하려고. 하지만 꼬리표가 붙어 있는 건 정말 하느님 아저씨가 아니야. 다만 꼬리표와 그 그림자일 뿐이야.”

“그럼 내 눈에 보인 마술사 하느님도 꼬리표일 뿐이라는 말이군.”

나는 사뭇 진지하고 경건한 마음이 되었다.

“그럼 꼬리표가 없는 하느님 아저씨는 대체 어떤 존재일까? 모든 것을 받아들이고 아무것도 밀어내지 않는 하느님 아저씨란?”

안나가 힘주어 말했다.

“그 존재야말로 정말 하느님 아저씨야. 핀, 색안경을, 모든 색안경을 벗어야만 돼. 그래야 하느님 아저씨의 모습 전부를 볼 수 있어.”

안나는 우리에게 호소하고 있는 것이다. 색안경을 벗어던지라고, 모든 꼬리표를 떼어 버리라고, 그리고 맑은 눈으로 신을 바라보라고.

안나가 말했다.

“때로는 어른들이 아이들에게 안경을 끼도록 만들어.”

“왜 그럴까?”

“어른들이 원하는 대로 아이들을 만들고 싶어서.”

“겁준다는 말이지?”

“그래, 뭔가 억지로 하라고.”

“말린 오얏을 먹지 않으면 ‘하느님이 벌주신다’와 같은……?”

“맞아! 그것과 같은 거야. 하지만 하느님 아저씨는 말린 오얏을 먹지 않는다고 성을 내시진 않아. 그렇지 핀?”

“그렇고 말고.”

“아이들이 오얏을 먹지 않는다고 벌준다면 그는 하느님 아저씨가 아냐, 깡패 두목이야!”

자기가 살고 있는 세계만큼이라도 바로 볼 수 있는 사람이라면 운이 좋은 사람이다. 그런데 안나는 여러 가지 색안경과 여광기 거울 등을 가지고 무수한 세계를 들여다볼 수 있었다. 단 하나의 문제점은 그 세계들을 다 표현할 말이 모자란다는 것이다.

나는 안나가 ‘동사’나 ‘명사’라는 기술적인 말을 하는 것을 듣지 못했다. 또 형용사와 샌드위치를 구별할 수도 없었을 것이다. 아무튼 말은 안나에게 여러 가지 우여곡절을 겪게 했다.

말의 문제는 돌리 아줌마의 만남으로 더 복잡해졌다. 우리는 그녀를 길에서 만났다. 돌리 아줌마는 태피엿광이었다. 태피는 설탕, 버터, 낙화생을 섞어서 만든 엿인데 돌리 아줌마는 그 태피엿을 엄청나게 먹어치웠다. 얼굴엔 항상 큼직한 태피 덩어리들이 붙어 있었다. 때문에 얼굴은 항상 우스꽝스럽게 일그러져 있었다. 돌리 아줌마가 욕먹을 일이 있다면 누구를 만나든 한 번도 아닌 아주 여러 번을 키스해야 한다고 떼를 쓰는 일이었다. 태피 먹는 것과 키스하는 것을 따로 한다면 그건 그럭저럭 참아낼 수 있었을 것이다. 그러나 함께라면 그건 순전히 악몽이었다. 우리는 돌리 아줌마의 뽀뽀 신청을 냉정하게 뿌리칠 수 없었다. 아줌마는 우리 입을 아하고 벌리게 한 다음 두툼한 태피 뭉치를 밀어넣었다. 그러자 뻥하고 터지는 소리가 났다. 반은 입 속으로 들어가지만 나머지 반은 들어가지 못하고 밖으로 다 나온다. 그러나 돌리 아줌마는 태피엿 먹는 데 연륜이 쌓여 있었다. 볼의 힘이 세어져 꼭 달라붙는 태피엿의 방해에도 불구하고 발음을 제대로 할 수 있었다. 돌리 아줌마는 영차하고 안나를 팔 가득히 들어 올렸다.

"어이쿠! 꽤 크구나!"

나는 태피엿이 입에 꽉 달라붙어서 말이 제대로 나오지 않았다.

"괜~그요, 쾡~그요."

안나는 또 안나대로 안간힘을 쓰면서 말했다.

"곡~공요, ~공."

돌리 아줌마는 "안녕!" 하고 떠났다. 우리는 벽에 기대어 앉아 말을 제대로 할 수 있게끔 엿을 오물오물 녹이고 있었다. 돌리 아줌마가 오기 전에 우리는 괴상한 방법으로 길을 걷고 있었다. 아니, 좀 미친 사람들처럼 걸어갔다고 해야 할 것이다. 우리는 100미터의 거리를 가는 데 두 시간이나 걸리는 놀이를 만들어냈다. 한 사람이 A라 하고 다른 사람이 B라 하자. A가 땅에 있는 어떤 어떤 물건의 이름을 말하면 B는 한 발자국으로 그 위에 올라가야 했다. A가 또 다른 물건을 가리키면 B는 또 그 위로 올라갔다. 그래서 우리는 지그재그로 길을 가고 있었다.

우리는 놀이를 다시 시작했다. 수십 분에 걸쳐 겨우 20미터 정도 나아갔을 때 안나가 멈추어 섰다.

"핀, B는 우리들이 다하고, A는 또 내가 맡을래."

우리는 안나가 제안한 방식대로 놀이를 시작했다. 이번에는 전처럼 깔깔거리거나 "하나 찾았다. 저기 전차표"라고 소리치지도 않았다. 이번에는 너무 진지했다. 안나는 뛸 때마다 혼잣말로 '작은 걸음' 하고 깡총 뛰고 '큰 걸음' 하면서 폴짝 뛰었다. 마지막으로 한 걸음 뛰고 나서 내게 고개를 돌렸다.

"큰 걸음이었어?"

"그리 크지도 않았어."

"내겐 큰 거야!"

"그건 네가 꼬마니까 그렇지." 나는 빙그레 웃으며 말했다.

"돌리 아줌마는 내가 크다고 했는데?"

"네 나이에 비해 크다고 한 거겠지."

내 설명이 마음에 들지 않았던 모양이다. 경기는 끝났다. 안나는 엉덩이에 손을 착 얹고 나를 향해 돌아섰다. 안나의 머리가 분명치 않은 말 때문에 간질간질해지고 있었다.

"그건 아무것도 아냐!"

안나는 마치 사형언도를 내리는 재판관처럼 단호하게 말했다.

"그렇지 않아." 나는 해명해 주려고 애를 썼다.

"대여섯 살 먹은 애들하고 있으면 넌 가장 커."

"그럼 열 살난 여자애들하고 있으면 내가 작겠네?"

"그럴 거야."

"만약 나 혼자 있다면 난 작지도 않고 크지도 않겠지? 난 그저 나일 뿐이야. 그렇지, 핀?"

나는 고개를 끄덕일 수밖에 없었다. 다시 파도가 밀려옴을 느낄 수 있었다. 파도는 이미 위험수위에 이르렀다. 나는 직감적으로 느꼈다. 나는 파도에 맞고 가라앉기 전에 마지막 일격을 가했다.

"봐, 꼬마야. 함께 비교할 다른 물건이 있을 때 말고는 '더 크다', '더 작다', '더 사랑스럽다'라는 말은 쓰지 않아."

"물론이야. 그러나 언제나 그런 것은 아닐걸?"

안나는 확신에 찬 목소리였다.

"언제나 뭐한다고?"

"비교할 수 없다고. 왜냐하면."

안나는 다시 대폭격을 가해 오기 시작했다.

"왜냐하면 하느님 아저씨 때문이야. 하느님 아저씨는 둘이 없으니까 비교할 수 없어."

"사람들은 하느님 아저씨와 스스로를 비교하지 않아."

"나도 알아."

내가 나 자신을 방어하는 태도로 나오자 안나는 나를 보고 깔깔거리기 시작했다.

"그럼, 네가 야단을 떠는 건 뭐야?"

"사람들은 하느님 아저씨와 자신을 비교하기 때문에."

"똑같은 차이야."

내가 맞받았다.

"아냐."

내가 이겼다! 내가 일전에 진 빚을 이제 갚았다. 나는 속으로 쾌재를 불렀다. 내 질문이 안나를 엉뚱한 곳으로 몰고 갔기 때문이다. 결국 사람들은 하느님 아저씨와 자신을 비교하지 않는다는 말에 제 입으로 동의했으면서 전혀 엉뚱한 대답을 했으니, 꼬마도 자가당착에 빠진 셈이었다. 나는 안나에게 그 점을 이야기해 주었다. 내가 이 설욕전에서 승리의 깃발을 꽂을 만반의 준비를 다한 뒤 나는 의기양양 무적함대를 물에 띄웠다.

"넌 사람들이 하느님과 비교한다고 말했겠다. 사실은 그 반대로 말했어야 했어!"

안나의 시선이 나를 향했다. 나는 황급히 공격태세를 갖추었다. 내 말이 맞음을 확신하고 있었지만 만일의 경우를 대비하려 했던 것이다.

안나의 쓸쓸한 눈빛!

내 무적함대는 그만 자취를 감추고 말았다. 자기가 한 말 때문에 안나 스스로 족쇄를 차는 것을 보는 가엾은 마음과 그것은 한편으로 내 탓도 있다는 자책감, 그리고 이 빚갚기에 내가 이긴 것을 즐기려하는 내 자신에 대한 미움이 한꺼번에 밀려왔다. 나는 가슴이 아팠다. 안나는 나에게 다가왔다. 그 조그만 팔로 나를 안으며 내 가슴에 머리를 묻어왔다.

'얼마나 낙담했을까, 얼마나 풀이 죽었을까.'

마음 깊숙한 곳에 꾹 눌러 두었던 사랑과 위로의 뚜껑이 한꺼번에 다 열렸다. 안나는 알았다는 표시로 꼼지락거렸다.

"핀!"

나지막한 목소리로 말했다.

"둘을 셋에 비교해 봐."

"하나 모자라."

나는 느긋한 마음으로 대답했다.

"음, 셋을 둘에 비교하면?"

"하나 많지!"

"바로 그거야! 하나 많은 거나 하나 적은 거나 똑같애."

나는 구시렁구시렁 안나의 말을 따라했다.

"에, 하나 모자란 것은 하나 더한 거나. 앗! 야아……!"

그러나 안나는 쏜살같이 10미터 밖으로 도망가고 말았다. 안나는 요절복통하면서 떼굴떼굴 구르고 있었다.

“같은 게 아냐.”

나는 버럭 고함을 치며 안나를 잡으러 따라갔다.

“같기도 하지, 용용…….”

안나도 기를 쓰고 대꾸하는 것이었다. 나는 필사적으로 뛰었다. 시장으로 들어갔다. 노점, 행상인의 수레를 지나 집까지 들어갔다. 나보다 훨씬 작은 안나는 내가 뚫고 들어갈 수 없는 구멍을 통해 달아나 버렸다. 그것은 정신적으로도 그랬다. 안나는 내가 들어가지 못하는 정신세계를 마음대로 뚫고 들어갈 수 있었다.

그날 저녁, 우리는 기찻길 옆 담 위에 걸터앉아 기차가 지나가는 것을 바라보고 있었다.

“그건 그 유명한 너의 색안경이 아니었을까?”

안나는 꺅 하고 소리를 질렀다. 나는 그렇다는 뜻으로 받아들였다.

잠시 후 내가 다시 물었다.

“네 속에 얼마나 많은 안경을 어질러 두었지?”

“한 백만 개쯤. 그렇지만 그건 전부 장난감일 뿐야.”

“네가 없애 버리지 못한 것은 또 얼마나 되고?” 나는 짓궂게 밀어붙였다.

“그건, 그건 있잖아.”

“그게 뭐냐고?”

“…… 몽땅 없애 버렸어.”

안나는 아주 당연한 투였다. 나는 할 말을 잃고 말았다.

‘오만하면 실패한다’, ‘악마는 확신하는 사람의 목을 조르는 법이다’ 이런 속담들이 내 머리 속을 붕붕 돌아다녔다. 그런 말을 다시는 못 하도록 단단히 쐐기를 박아 주어야겠군! 이런 어른으로서의 어쭙잖은 양심도 고개를 쳐들었다. 어쨌든 그런 말을 해 줘야 안나 자신에게 좋으리라. 안나를 위한 말이야. 그것은 또 내 의무

이기도 하고. 이렇게 생각하니 왠지 흐뭇하고 따뜻하고 편안한 느낌이 들었다.

한편 꼬마 천사는 전과는 다르게 내 뒤통수를 치지 않고 곧장 자기 길로 날아갔다. 나는 여유만만했다. 이제 푸른 신호등이 켜졌으니 나아가자! 진부한 격언, 속담, 충고 따위가 이제 목구멍 끝에까지 올라왔다. 입만 뻥긋하면 바로 모든 게 부드럽게 흘러갈 것만 같았다. 그런데 문제가 생겼다. 그 아름답고 멋있는 말들이 혀끝에서 나오지 않는 것이었다.

"캐슬 신부님보다 네가 더 많이 안다고 생각하니?"

"아니."

"그 양반도 몇 개의 색안경을 가지고 있지?"

"그래."

"어떻게 된 일이야. 네게는 색안경이 없다는 말은?"

칙칙폭폭, 칙칙폭폭.

철로 위에는 탱크기관차가 증기와 거친 소리를 내뿜으며 떠날 채비를 하고 있었다. 날카로운 소리를 내며 탱크기관차가 앞으로 무개화차를 밀며 달려나가자 깜짝 놀란 무개화차가 신호를 받아 또 앞으로 달려나갔다. 나는 웃음이 나왔다. 탱크기관차와 안나가 꼭 닮아보였다. 탱크기관차는 무개화차를 밀고 나가고, 안나는 나를 물음표로 밀고 나갔다.

안나는 질문을 생각할 필요가 없었다. 이미 오랫동안 기다려 왔던 질문이었던 까닭이다.

"아! 나는 겁을 먹지 않거든."

안나는 침착하게 대답했다.

딱 맞는 말이었다. 엄청나게 값비싼 말이기도 했다. 그렇기 때문에 오히려 놓치기 쉬운 말이었다. 두려워하지 않는다는 말은 곧 믿는다는 뜻이다. '믿는다 (trust)'라는 말은 또 얼마나 깊은 말인가! 자기 주관대로 그 말을 정의내리면 우리는 가장 중요한 것을 잃어버린다. 믿음은 확신이라든가 안전보다 훨씬 더 큰 것이다. 그것은 모르는 것에도 아는 것에도 속하지 않는다. 그것은 '내가 세계의 중심'이란 생각의 밖으로 나아가 다른 이가 들어오게 하는 일이다. 안나가 순순히 나가자 하느님 아저씨가 들어왔다. 나는 오래전부터 그것을 알고 있었다.

나는 수학을 좋아했다. 가장 아름답고 신나는 일이었다. 수학은 모든 것 중에서 가장 고결한 일이었다. 나는 여러 해에 걸쳐 수학을, 내게 참신한 아이디어의 불꽃을 당겨 주는 장난감으로 삼아왔다. 수학을 너무나 자주 가지고 논 나머지 그것이 내 손에 들어 있다는 사실조차 까맣게 잊고 있을 때도 많았다. 나와 수학과의 관계는 나란히 두 줄로 이어져 있는 구리전선줄과도 같았다. 그 각도가 비뚤어지면 나는 그것을 바로잡곤 했다.

안나는 서로 맞물려 있는 고리들을 가리켰다. 그중 하나를 보며,

"저게 뭔지 알아. 저건 나야."

그리고 다른 고리를 가리키며 말했다.

"그리고 저건 하느님 아저씨야, 하느님 아저씨는 내 한가운데로 들어오고 나는 하느님 아저씨 한가운데로 들어가."

정말 그랬다. 자기의 알맞은 자리는 하느님 아저씨 한가운데 있고, 하느님 아저씨의 알맞은 자리는 안나의 한가운데 있음을 이미 안나는 꿰뚫어 보았던 것이다. 처음 그것을 깨닫기에는 조금 벅찼지만 그 맛은 날로 깊어만 갔다. '나는 두렵지 않거든'이라는 안나의 말은 티없이 순수했다. 그것이 안나의 천성이었고, 안나가 기뻐하는 삶의 진실 또한 그랬다. 난 그게 부러웠다.

안나가 완전히 넋이 나간 일은 드물었다. 그러나 꼭 한 번 나는 즉석 딕 과자 한 움큼이 공중에 떠 있는 것을 보았다. 그것은 마비

아줌마의 푸딩 가게에서 일어났다. 마비 아줌마는 자연이 만들어
낸 기적 중의 하나였다. 서있을 때보다 누워 있을 때의 키가 더 컸
으니 말이다. 손수 만든 푸딩을 먹어치웠기 때문일 것이다. 아줌
마는 말을 단 몇 개의 알갱이로 줄여 버렸다. 딱 두 문장이면 끝났
다. 아줌마는 '뭐 줄까? 귀여운 것', '저∼런' 이 두 말밖에 몰랐
다. 말에 가락이 없는 대신 무슨 웅장한 오케스트라처럼 울렸다.
'저∼런'이라는 소리는 놀람, 분노, 두려움 등을 다 나타낼 수 있
었다. 뜻은 그 당시 상황과 감정에 따라 바뀌었다.

　　마비 아줌마의 가게에 손님 둘이 왔다. 마비 아줌마는 씩씩거리
며 주문을 받았다.

　　"뭘 줄까? 귀여운 것."

　　"고기 푸딩 둘과 완두 푸딩 둘이오."

　　마비 아줌마는 아주 달콤한 목소리로 물었다.

　　"윌리암 씨의 첫째 아들을 어떻게 생각해?"

　　"느닷없이 죽었대요, 글쎄."

　　"저∼런!"

　　이 말에는 애도의 검은 색채가 묻어 있었다. 또다시 마비 아줌
마가 물었다.

　　"스미드 씨네 둘째 아들은?"

　　"애인과 헤어졌대요."

　　"저∼런!"

　　이것은 '그럴 줄 알았어'란 뜻이었다.

　　마비 아줌마는 속물은 아니었다. '뭐 줄까? 귀여운 것'은 만인
평등이었다. 그 말은 날품팔이, 목사, 전차운전수, 아이들, 강아지
들에도 똑같이 적용되었다. 대니의 이론에 의하면, 아줌마는 손수
만든 기름 푸딩을 너무 많이 먹은 나머지 기름기가 잔뜩 목에 끼
어, 할 수 있는 말이라곤 그 두 말밖에 없다는 거였다.

　마비 아줌마의 푸딩 가게는 고기, 기름, 과일, 만두 푸딩 등 일체의 기름진 푸딩을 다 팔았다. 게다가 소스를 덤으로 주었다. 소스도 잼 소스, 초콜릿 소스, 커스터드 소스, 육즙 등 일체의 소스가 큰 냄비에 듬뿍 담겨 있었다.

　꼭 하루 그 달콤한 기름 소스의 천국이 망쳐진 날이 있었다. 그날은 하루에 세 차례 불상사가 일어났다. 꼬마 개구쟁이 몇이서 푸딩을 날치기했던 것이다. 마비 아줌마는 그 무거운 몸을 뒤뚱거리며 국자를 쾅하고 내리쳤다. 이미 개구쟁이들의 손은 달아난 지 오래였다. 대신 애꿎은 손님들이 소스의 날벼락을 맞았을 뿐 아니라 계산대에 있던 죄없는 기름 푸딩마저도 산산조각이 났다. 눈치

빠른 손님들은 멀찌감치 예비석에 앉아 날벼락을 피했다.

딕 과자가 공중에 떴던 그날 저녁도 우리는 테이블에 앉아 있었다. 일행은 안나와 그의 소꿉동무 봄봄과 탁톡, 프랑스계 캐나다 소년 대니, 밀 앤드 비너스 밀리, 그리고 나였다. 우리는 완두, 스테이크, 콩팥 푸딩을 해치우고 즉석 딕 코스로 막 들어가려던 참이었다. 우리 바로 옆자리에는 제복을 입은 두 명의 프랑스 마도로스들이 앉아 있었다. 뜻을 알 수 없는 낯선 꼬부랑 소리가 갑자기 흘러나왔다.

"몽 디유! 러 푸딩 일 에 포르미다블르."

('Mon Dieu!', dit le matelot, 'le pudding, il est formidable!' 어이구, 푸딩이 끔찍이도 맛있군!)

순간 안나의 숟가락이 공중에서 멈추었다. 즉석 딕 과자를 먹으려고 벌렸던 입이 더 크게 딱 벌어졌다. 먹음직스럽게 딕 과자를 쳐다보던 눈이 갑자기 휘둥그래졌다. 대니가 과자를 가득 입에 문 채 묻지도 않은 대답을 했다.

"프랑스 사람들이야."

"뭐라고 하는 거야?" 안나가 귓속말로 소곤거렸다.

"푸딩이 끔찍이도 맛있다는군."

대니가 그 말을 하자 봄봄이 깔깔거리며 웃기 시작했다. 안나를 제지할 모든 사람들이 따라 웃었다. 안나는 웃을 때가 아니었다. 숟가락을 쟁반에 내려놓은 뒤, 심각하고 중대한 권리를 침해당한 듯이 말했다.

"그렇지만 난 저 사람들이 무슨 말을 하는지 모르겠단 말이야."

내 프랑스 어 실력은 고작 '빠삐용(나비)이 벤(아름다운)하다, 바쉬(암소)가 풀을 뜯어 먹고 플뢰르(눈물)가 난다'는 정도에 그쳤다. 그럼에도 나는 안나에게 프랑스 어는 프랑스에서 쓰이는 말이며, 프랑스는 영국의 남서쪽에 있다고 말해 줄 수 있었다. 그리

고 이것은 하늘나라의 말을 하는 천사들의 방문도 아니며, 대니라면 영어 말고도 프랑스 어를 말할 수 있다는 것도 가르쳐 줄 수 있었다. 안나는 마비의 즉석 딕 과자보다도 더 쉽게 이 지식을 소화시켰다. 안나가 속삭였다.

"저 사람에게 물어볼 수 있을까?"

"뭘?"

"그가 말하는 것을 적어 달라고."

"그래."

　연필과 공책을 가지고 안나는 마도로스들에게 갔다. 안나는 크게 적어 달라고 졸랐다. 다행히 그중 한 사람이 영어를 할 줄 알았기 때문에 내가 도와 주지 않아도 되었다. 안나는 그들과 차 한 잔을 건배하고 우리 쪽으로 돌아왔다.

　"오르봐!(또 만나요.)"

　"꼬마 아가씨, 오르봐!"

　마도로스들과 만난 충격은 한 이틀 갔다.

　며칠 뒤, 나는 안나를 사립도서관으로 데리고 가서 외국어 교과서들을 여러 권 보여 주었다. 안나는 별로 놀라지 않는 기색이었

다. 다만 그 정보들을 마음속에 꼭꼭 담고 있었다. 나중에 안나가
그 이야기를 해 주었다.

"이번에는 왜 안 놀라?"

"프랑스 사람들이 프랑스말을 했다고 놀란 건 아냐, 핀. 고양이
는 무슨 말을 해?"

"그건."

"고양이는 고양이 말을 해."

"아, 그렇구나!"

"또 강아지는 강아지 말을 하구. 나무는 나무 말을 할 줄 알아.
그러니까 프랑스 사람들이 프랑스 말을 했다고 놀랄 일은 못 되잖
아?"

"그러면 그때는 왜 놀란 거야?"

"내가 모르는 말이 또 있었기 때문에 그랬어."

마도로스들이 프랑스 어로 말하는 것을 보고 안나가 놀란 반응
을 보였을 때 나는 약간 의아했었다. 안나는 이미 다른 언어들을
알고 있었던 것이다. 시어와 사투리는 물론 이디시 말도 할 줄 알
았다. 뿐인가, 선천성 귀머거리에 벙어리인 틱톡에게도 수화로 이
야기할 수 있었다. 게다가 브레일이 안나와 나에게 햄 라디오에
대한 흥미를 북돋아 주었고 모르스 부호의 신비에 대해서도 가르
쳐 주었었다. 안나가 이미 말의 문제에 깊이 잠겨 있었음을 내가
모르고 있었던 것이다.

안나의 마음 깊숙히 말에 대한 의문이 싹트고 있었다. 하나는
'내 말을 만들 수 있을까'였고, 또 하나는 '도대체 말이란 무엇일
까?'였다. 첫째 의문은 풀려가는 도중이었다. 이에 대한 탐구가
마무리되어 가는 과정을 나는 보았다. 안나는 벽장에서 신발 상자
를 꺼내더니 올려놓았다. 신발 상자에는 여러 장의 종이와 공책이
담겨 있었다. 첫 번째로 꺼낸 종이에는 왼쪽에 단순한 수들의 줄

이, 오른쪽에 낱말의 짝맞추기가 적혀 있었다.

"핀, '다섯 개의 사과'를 '5개의 사과'로도 적을 수 있어. 그건 굉장히 중요해. 모든 말을 숫자로 바꿀 수 있다면, 모든 숫자도 말로 바꿀 수 있다는 말이야. 재밌지 않아?"

"물론 재밌어. A를 1이라 하고, B를 2, C를 3, 계속해서 Z를 26이라고 바꾸어 볼 수 있겠지."

"핀, 봐! 그럴 때 GOD(하느님, 신)은 7, 15, 4야."

"그렇지만 그건 아무 뜻도 없잖아."

첫 글자가 어떤 물건을 대표해서 쓰이도록 할 수도 있었다. '읽기교본'에 이렇게 씌여 있었다 ; A는 Apple(사과)을 대표한다. P는 pear(배), L은 Lemon(레몬), E는 Elephant(코끼리)를 대표한다. 그러므로 Apple은 Apple, Pear, Pear, Lemon, Elephant가 된다.

종이마다엔 안나가 말, 숫자, 부호를 가지고 고심한 흔적이 역력했다. 안나는 마침내 새로운 말을 발명하는 것이 어려운 것이 아니란 것을 알았다. 진짜 어려움은 그 많은 가능성 중에서 어느 것을 골라내느냐 하는 것이었다. 마침내 모르스 부호를 적용해 보자는 생각이 미쳤다.

모르스 부호는 점(·)과 대시(—), 두 기호만을 사용한다. 따라서 뚜렷이 구별하는 물건 두 개만 있으면 무엇이든 다 모르스 부호로 바꾸어 볼 수 있다. 하느님 아저씨도 왼발과 오른발을 다 마련해 줄 만큼 생각이 깊으시다. 그러니 그것을 말에 써먹어 보자. 우리는 왼발로 뛰어오르면 점(·)을 오른발로 뛰어오르면 대시(—)를 표시하기로 했다. 두 발이 다 땅을 디뎠을 때는 글자의 끝이 되었다.

우리는 이런 식으로 이야기를 꽤 잘 해벌 수 있었다. 좀더 정교하게 하기 위해 바닥과 돌의 맞물림선을 밟을 때에는 점(·)으로, 돌 한가운데를 밟을 때에는 대시(−)로 하기로 약속했다. 엄지 또는 새끼손가락을 접은 채 두 손을 들어 아주 다정한 속내 이야기를 할 수 있는 방법도 만들어냈다. 안나는 모르스 부호를 응용하여 모두 9개의 대화법을 만들었다.

'말은 무엇일까?'라는 의문을 풀어내기는 아무래도 복잡했다. 마무리 작업중 안나는 수의 세계에 어떤 수보다 중요한 수가 하나 있다는 것을 발견했다. 숫자 1이었다. 여럿을 더하면 어떤 숫자도

만들어낼 수 있는 1이 가장 중요했다. 1+1+1+1+……. 물론 그보다 더 교묘한 방법이 있다. 1 대신 5, 37, 574 등을 쓰면 훨씬 편할 것이다. 그렇지만 1이 가장 중요한 수임에는 변함이 없었다.

수에 가장 중요한 숫자가 있듯, 말에도 가장 중요한 말이 있었다. 그것은 GOD(하느님)이었다.

안나는 가장 중요한 숫자 1을 삼각형의 꼭지점으로 보았다. 보통 삼각형은 밑변으로 서지만, 안나의 삼각형은 꼭지점으로 섰다.

숫자 1은 다른 모든 수들의 무게를 짊어져야 한다는 것이었다.

그러나 말은 달랐다. 말은 다른 말의 무더기 위에 서 있는 것처럼 보였다. 그 다른 말들은 꼭지점에 있는 말의 용법을 설명하는 데 쓰여지는 말들이었다. 사람들은 '하느님'이란 말을 말의 피라미드 꼭대기에 올려 놓았다. 그래서 우리가 '하느님'이란 뜻을 이해하려면 이 모든 말의 무더기를 타고 올라 맨 꼭대기로 올라가지 않으면 안된다. 그것은 정말 우리의 기를 꺾어놓는 관념이다. 성경, 교회, 주일학교, 유태교 예배당들은 이 거대한 말들의 산을 쌓아올리느라 바빴다. 과연 그 많은 말들을 뚫고 꼭대기까지 올라갈 수 있을까 의심스러웠다.

그렇다면 숫자 1이 '하느님'이란 뜻의 무게를 감당할 수 있을까? 그러나 숫자 1은 모든 숫자들의 무게를 감당해야 하기 때문에 '하느님'의 뜻까지 감당할 여유가 없다.

그렇다. 피라미드를 거꾸로 놓아보자!

다른 모든 말들의 무게를 감당할 힘이 있는 것은 오히려 하느님, GOD 이니까! 거꾸로 놓은 것이 더 이치에 맞는 것처럼 보인다. 그렇게 놓으니까 말의 피라미드 꼭지점도 수의 피라미드처럼 꼭지점으로 서 있게 되었다.

안나는 자기가 작성한 그림들을 보여 주었다.

한 장에는 꼭지점 '1'로 서 있는 삼각형이 그려져 있었다. 또 한 장은 꼭지점이 '하느님'으로 되어 있는, 꼭 같은 역삼각형이었다. 그런데 마지막 종이에는 꼭 같은 역삼각형의 꼭지점에 '안나'라고 씌어져 있는 게 아닌가!

"아! 안나, 너만의 삼각형도 있었구나!"

"아니, 모든 사람이 다 자기의 삼각형을 가지고 있어."

"그럼, 그건 무슨 뜻이야?"

"그건 내가 죽었을 때, 하느님 아저씨가 물으시면……"

“뭐라고!”

“그땐 오직 나 혼자 힘으로 하느님 아저씨에게 대답해야 해. 아무도 나 대신 그 대답을 해 주지는 못해.”

“알았어, 안나. 그런데 삼각형은 무슨 뜻이지?”

“그건 내가 해야만 하는…….”

“책임이란 말이지?”

“맞아. 책임이야.”

“그래, 알았어. 다른 삼각형의 꼭지점처럼 너도 모든 무게를 짊어져야 한다는 말이구나.”

“그래, 맞아! 내가 행동했고, 내가 생각했던 모든 것에 대해서.”

한마디한마디의 말에 깊은 만족감이 서려 있었다. 안나는 나를 침묵 속에 남겨 두었다. 모든 것이 가라앉는 데에는 시간이 걸렸다. 그러나 안나의 말은 진실이었다.

우리는 모두 우리 자신이 한 일에 대한 무게를 감당해야 한다.

우리 모두 스스로의 책임을 져야 한다.

우리는 오직 자신의 힘만으로 하느님 아저씨에게 대답해야 한다.

<h1 style="text-align:center">4
핀, 핀의 한가운데는 어딨어?</h1>

안나가 온 뒤로 우리 집은 활기가 넘쳤다. 그와 함께 나는 많은 문제와 아픔을 감수해야 했다. 애당초 만날 때부터 안나가 범상한 아이가 아닌 것처럼 보였었다. 우리의 만남이 극적이어서 그럴지도 모른다.

그러나 안나가 무슨 아기천사나 요정 또는 요정이 바꾸어 놓고 간 못난이도 아니었다. 여느 아이들처럼 개구쟁이에다 곧 잘 깔깔거렸고, 경이로운 것을 보면 숨막혀할 줄 알았다.

안나는 바쁜 벌처럼, 호기심 많은 아기 고양이처럼, 장난기 많은 강아지처럼 날마다 온 힘을 다해 뛰어다녔다.

모든 아이들은 마법의 손을 가지고 있는 것이 아닐까! 살아 있는, 신비한 렌즈처럼 어린이는 어둡고 침침한 곳에 빛을 뿌린다. 그중에 우리 꼬마는 아주 광도가 높은 렌즈를 가지고 있었다.

아이들은 파릇파릇한 생명의 새 기운과 빛을 가지고 있기 때문이다. 반 만이라도 아이들에게 기회를 주어 보라. 가장 단단한 방패도 뚫어 버릴 것이다. 수십 년 동안 자기도 모르게 쌓아올렸던 방어막도 아이들의 천진스런 힘에 녹아 버린다. 만일 그대의 방어막이 그렇게 허물어졌다면, 그대는 진정 행운아다. 안나를 만나 내 벽이 허물어졌으니 나는 정말 운이 좋은 사람이 아닐까? 스무 해라는 세월의 벽을 뚫고 벌거벗을 수 있다면 그대는 정말 운이 좋은 사람이다. 그렇지 못하면 평생 지옥을 짊어지고 살아야 한다.

안나의 질문을 받은 사람들이 그자리에서 반박하는 것을 나는 많이 보았다. 안나의 말이 모두 딱 부러지거나 날카로워서가 아니라 안나 스스로 공격을 받는 자리에 가 있었기 때문이다. 그런데 일단 어른이 아이에게 심하게 반박을 하고 나면 어쩐지 무안해지거나 멋쩍어지는 법이다. 안나는 바로 그것을 노렸다. 그것은 일종의 트릭이었지만 일단 상대방이 바라는 곳까지 왔을 때 안나는 더 이상 트릭을 쓰지 않았다. 무안해지면 잠깐 주저하게 되고 그러다 보면 안나의 말을 다시 생각해 보게 된다.

내가 당했을 때는 별로 기분이 나쁘지 않았다. 그러나 내 상태를 내가 깨달았을 때 그것으로부터 빠져나오려면 어떤 몸부림이 반드시 필요했다. 그대의 영혼을 가두어 둔 우리에서 환한 햇빛 속으로 나오게 해 보라! 그것은 무엇보다도 힘겨운 일일 것이다.

브로드웨이 아래 있는 한 가게의 창문에 "당신은 구원받고 (saved) 싶습니까?"라는 빨간 글씨가 쓰여 있었다. 얼마나 되는 사람들이 "그렇소."라고 대답할지 궁금했다. 하지만 그것을 '당신은 안전(safe)을 원합니까?'라고 바꾼다면 아마 수백만, 수천만의 사람들이 '그렇소, 그렇소. 우리는 안전을 원합니다'라고 대답했을 것이다. 그때 또 하나의 방어막이, 또 한 개의 벽이 쌓아올려지는 것이다. 이제 영혼은 그 벽 속에 둘러쌓이고 아무런 상처도 입지 않겠지만 그와 동시에 밖으로 나올 수 있는 자유도 잃고 만다.

구원(saved)과 안전(safe)은 아무 관계도 없다. 구원은 티없이 맑은 눈으로 우리 자신을 봄이다. 아무런 색안경도, 아무런 보호막도 없이 도피하지 않고 순수하게 자신을 바라봄이다.

안나는 구원에 대해 한마디도 하지 않았고, 어떤 사람도 구원하려 하지 않았다. 구원이란 말 자체가 안나가 이해 못할 말일 것이다. 이건 나의 표현일 뿐이다. 어쨌든 안나는 구원이라는 놀이가 아무런 쓸모가 없음을 잘 알고 있었다.

당신이 만일 더 나아가고 더 자라나고 싶다면 단지 바깥으로 나오기만 하면 된다! '바깥으로 나오기'는 아주아주 위험했다. 그러나 그것은 꼭 치르고 나가야 할 일이었다. 그 외에 다른 길이 없었다.

안나가 우리 집에 온 후 나는 안나에게 꼬리표를 붙이려고 애썼다. 그것은 오직 내 자신의 만족과 위안을 위해서였다. 그러나 안나가 결코 꼬리표에 머물러 있지 않았다. 다행한 일이다. 안나의 향기에 흠뻑 취한 나는 곧 두 가지 문제에 부딪치게 되었다. 그중 하나는 비교적 쉽게 이해될 수 있었으나, 다른 하나는 무척 어려워 이해하는데 많은 시간이 걸렸다. 딱 이것이구나 하는 확신을 잡기까지 무려 열두 해가 지났다. 그런데 신기한 것은 두 문제에 대한 해답이 동시에 풀렸다는 일이다.

첫째는 안나와 내 관계가 딱 꼬집어 뭐냐는 것이었다. 나는 안나의 아빠뻘 되는 나이다. 어떨 때는 그 역할을 해보려 했으나 별로 성공적이지 못했다. 아마 오빠 역할이 그런대로 괜찮다 싶어 해보려 했으나 그것도 왠지 이상했다. 나는 아빠, 오빠, 아저씨, 친구를 번갈아가며 내 역할을 찾아보았지만 하나같이 어색했다. 무엇을 골라도 뭔가 허전하여 채워넣어야 할 구석이 생겼다. 그래서 별 뾰족한 역할매김이 없이 시간이 흘러갔다.

또 하나는 안나는 정확히 어떤 존재인가라는 문제였다. 안나는 확실히 아주 영리하고 천재적인 아이였다. 그러나 정확히 '이런 존재'라고 단정을 내릴 수가 없었다. 안나를 만난 사람들은 모두 안나에게 다른 아이들과 뚜렷이 구별되는 비범한 어떤 힘이 있다는 것을 눈치채고 있었다. 안나를 보고 밀리는 '죽음을 받아논 아이'라 했고, 엄마는 '꿰뚫어 보는 눈이 있는 아이'라고 하는가 하면 대니는 '지독한 천재'라고 했다. 캐슬 신부는 캐슬 신부대로 '조숙한 꼬마'라고 말했다.

안나 속에 있는 기묘한 힘은 사람들을 거북살스럽게 했지만 안나에게서 풍기는 순수하고 달콤한 향기는 모든 의심과 두려움을 녹여 버렸다.

안나가 단지 수학의 천재였다면 아무 문제도 없었을 것이다. 그랬으면 수학계의 귀재로 적혔을 것이다. 만일 음악의 신동이었다면 모두 손뼉을 쳐주고 끝났을 것이다. 그러나 안나는 그 어느 쪽도 아니었다. 이상한 점은 안나의 말이 거의 틀린 적이 없었다는 것이다. 안나의 말은 시간이 흐를수록 맞아들어갔다. 이웃의 어떤 사람은 안나가 미래를 내다본다고 믿고 있었다. 그러나 안나는 아랫 동네의 점장이 아줌마와는 전혀 달랐다. 점장이 아줌마는 카드점과 차잎과 예언의 세계 속에 살고 있었다. 하기야 안나의 예언은 하도 잘 맞아 꼬마 예언자나 신탁처럼 보이기는 했다.

물론 안나가 천부적인 재질을 가지고 있었지만 지나보면 그것이 딴 세상의 것은 아니란 것이 밝혀졌다. 그것은 깊은 의미에서 가장 신비롭고 단순한 것이었다. 안나는 어떤 사물을 보더라도 바로 그 자리에서 전체의 짜임새와 원리를 알아냈다. 어떤 연유인지 몰라도 그 천재성은 항상 사물의 본질에 굳건히 뿌리를 내리고 있었다. 다른 사람들이 보면 막 뒤섞여 있는 혼란 속에 안나는 그 혼란을 통일시키는 어떤 이치를 읽어냈다.

어느 날 마차의 뒷바퀴가 철로에 걸렸다. 마부가 아무리 말등에

채찍질을 해도 마차는 꼼짝도 하지 않았다. 그때 모두 여섯 사람들이 달려와 마부를 도와 주려 했다. 마부가 말했다.

"여러분, 제가 영차하면 들어올리세요, 자 ～ 영차!"

사력을 다해 들어올렸지만 마차는 한치도 철로 밖으로 빠져나가지 못했다.

"여러분! 한 번 더, 영차!"

역시 마찬가지였다. 몇 분 동안 별 수를 다 써보았지만 마차는 요지부동이었다. 마침내 안나가 내 옷깃을 잡아당겼다.

"핀, 긴 막대기를 바퀴 밑에 깔아봐. 바퀴가 뒤로 밀리지 않고 쉽게 들어올려질 거야.”

우리는 평평한 쇠막대기와 목재를 바퀴 밑에 받쳤다. 말은 앞에서 당기고 우리는 뒤에서 마차를 밀었다. 병에서 마개가 툭 빠지듯 자연스럽게 바퀴가 철도 밖으로 빠져나왔다. 한 사람이 내 등을 툭툭 쳐주었다.

“착한 젊은일세, 자네 아주 좋은 아이디어를 생각해 냈어.”

거기서 내가 어떻게 그것이 내 아이디어가 아니라 안나 것이라고 말할 수 있었겠는가? 나는 묵묵히 칭찬을 듣고만 있었다.

그건 사실이었다. 안나는 행운을 듬뿍 뿌리고 다녔다. 이런 순간이면 나는 더없이 뿌듯해졌고 안나가 자랑스러웠다. 그러나 안나가 몇 단계 건너뛴 발상과 논리로 성급하게 나를 몰아부칠 때면 난 괴로웠다. 아무런 기초적 설명도 없이 마구 밀어부치는 것이었다. 그 때문에 나는 많은 시간 동안 끙끙거려야 했다.

이제 안나는 카나리아가 모이를 받아먹듯, 전자의 개념을 받아먹었고, 눈하나 깜짝 않고 수억만의 별들이 들어 있는 우주의 크기를 받아들였다. 에딩턴이 계산해 낸 우주의 전자의 수를 듣고서 하는 말이, “꽤 많은걸!, 그러나 다룰 수 없는 수는 아니야.”라고 대답했을 정도다. 그보다 더 큰 수도 종이에 적을 수 있었다. 안나도 숫자란 무한히 불어날 수 있음을 알았던 것이다. 아주 큰 숫자는 말로 표현할 수 없었기 때문에 더욱 중요해졌다. ‘백만’은 대부분의 사물에 해당하는 숫자였고, ‘억만’은 가끔 쓰이는 숫자였다. 그러나 아주아주 큰 수를 말하고 싶을 때는 그에 맞는 말을 하나 만들어낼 수밖에 없었다. 그래서 안나는 ‘억억만’이라는 말을 만들어냈다. ‘억억만’은 무한히 원하는 만큼 불릴 수 있는 말이었다. 안나는 그런 말의 필요성을 느끼기 시작했던 것이다.

어느 날 저녁이다. 우리는 철로 옆 담에 기댄 채, 달리는 열차의 승객들에게 손을 흔들고 있었다. 레모네이드를 마시고 있던 안나가 갑자기 킥킥 웃기 시작했다. 게다가 딸꾹질까지 하자 희한한 풍경이 만들어졌다. 나는 안나의 딸꾹질과 킥킥 소리가 멎기를 기다렸다.

"뭐가 그리 우습니, 꼬마야?"

"응～! 난 억억만의 질문에도 다 대답할 수 있는 법을 발견했거든."

"나도 그래."

나는 하나도 놀라지 않은 척하고 대답했다.

"핀도?"

안나는 신이 나서 앞으로 다가왔다.

"물론이지! 그건 아무것도 아니야. 잘 들어! 그중에 반쯤은 틀릴지도 모르지만."

신중하게 쏜다는 것이 이번에도 그만 과녁을 빗나가고 말았다.

"오!"

실망한 게 역력했다.

"나는 맞는 대답밖에 안 하는걸."

'내가 노련한 솜씨를 발휘할 때가 왔군. 조금 고쳐 줘야지.'

이런 생각이 들었다.

"넌 그럴 수 없어. 아무도 억억만의 질문에 다 맞는 대답을 할 수 없는 거야."

"아냐! 난 할 수 있어. 나는 억억만이 아니라 그것의 억억만 배의 질문에도 다 대답할 수 있어."

"그럴 순 없어. 아무도 그럴 수는 없는 거야."

"난 할 수 있는걸. 정말이야, 이건."

나는 후하고 크게 심호흡을 했다. 나는 안나의 얼굴을 뒤로 돌려 날 보게 했다. 한바탕 꾸짖어 주고 싶었던 것이다. 안나의 두 눈은 고요한 확신에 차 있었다.

"핀에게 가르쳐 줄 수 있어, 난."

미처 내가 말할 겨를도 없이 다시 쏘았다.

"일 더하기 일 더하기 일은 뭐야?"

"삼이지, 그걸 말이라고 해?"

"일 더하기 이는?"

"삼."

"팔 빼기 오는?"

"그것도 삼."

"그럼 백 더하기 삼 빼기 백은?"

"그만해, 꼬마! 그것도 삼이야. 너 말을 돌리고 있구나, 그렇지?"

"아냐! 그렇지 않아."

"내겐 그렇게 보이는걸. 넌 억지로 하나씩 질문을 만들어 나가고 있는 거야."

"그래, 알아."

"그따위 질문을 계속하지 그래. 암소가 집에 올 때까지 말야."

히죽히죽 웃고 있던 안나가 급기야 폭소를 터뜨리고 말았다. 나는 내가 무슨 말을 했을까 궁금했다. 안나가 웃으면서 내 머리를 콕콕 쳤다. 그제서야 정신이 들었다. 암소가 집에 올 때까지(until cow home) 계속 질문하는 것은 억억만의 질문과는 아무런 연관이 없는 말이 아닌가! 나는 ram home*이라 할 것을 cow home이라고 엉뚱하게 내뱉었던 것이다.

이 가르침이 내게 충분히 납득되지 않았기 때문에 안나는 최후

---

*ram home : 논리를 반복해서 납득시키다. ram은 양이다. 양은 고집이 몹시 세므로, ‘양처럼 고집스럽게 밀어부치다’라는 동사로도 사용된다. 이것을 같은 동물인 cow로 바꿔버리니까 ‘소가 집에 간다’라는 우스운 말로 둔갑된 것이다. 역자주

의 일침을 가했다.

"반 더하기 반 더하기 반은 뭐야?"

나는 부리나케 안나의 입을 틀어막았다. 번개처럼 스쳐가는 생각이 있었다. 트림하는 아기의 등을 토닥거리는 엄마처럼 안나는 내 사고의 등을 쳐 주었다.

"'3'이라는 대답이 나올 수 있는 질문의 총합은 몇 개지, 핀?"

"억억만."

나는 얼렁뚱땅 대답해 버렸다.

나는 멀리 기차를 쳐다보며 손을 흔들었다, 마치 아무 일도 없었다는 듯이.

조금 뒤 안나는 살그머니 내 팔에 기대어 왔다.

"재밌지 않아, 핀? 모든 수가 억억만의 질문에 대한 답이 될 수 있다는 게."

그때부터 내 배움은 진지한 빛깔을 띠기 시작했다. 얼마 동안 나는 위로 가는지 아래로 가는지, 오는 길인지 가는 길인지 분간을 할 수 없었다. 이제껏 먼저 물은 다음 대답하는 전통적인 교육 방법으로 배워왔었다. 그런데 이제 도토리만한 악동 사부 밑에서 나는 모든 말과 수, 감정, 나아가 탄식이나 신음소리까지 미처 나오지 않은 어떤 질문에 대한 어엿한 대답이 될 수 있음을 배우고 있었다.

이 교육방법에 대해 흠도 잡을 수 있으련만 내 자신이 더 빠져 있었다. 그것은 쓸모가 많았다. 아주 부드럽게, 그러나 아주 신나게 나는 거꾸로 거슬러 가는 방법을 배웠다. 안나는 먼저 답을 만들어 놓은 뒤 되돌아 가도록 나를 부추겼다. 그러다 보면 나는 마침내 '질문'에 꽝하고 부딪히게 되었다.

안나는 '삶'이야말로 억억만의 질문에 대한 대답이 될 수 있으므로 아주 중요한 것이라고 되풀이해서 말했다. 이 방법의 재미는

극소수의 질문으로 이끌고 갈 대답과 극소수의 대답으로 이끌고 갈 질문을 찾는 데 있다는 말도 했다. 한 대답이 나올 수 있는 질문이 적을수록 이 질문은 그만큼 더 심오한 의미를 가지게 된다는 거였다. 만일 오직 하나의 대답이 하나의 질문만을 이끌어낸다면 그것은 로얄스트리풀 (역주 : 포커에서 가장 나오기 힘든 희귀한 패) 이라고 할 수 있을 것이다.

위아래가 뒤바뀐 세계에 서서히 이끌려 들어간 나는 억억만의 질문에 대한 답이 될 수 있는 대답을 스스로 즐기고 있는 내 자신을 발견했다. '9'라는 수가 아직 나오지도 않은 억억만의 질문에 대한 대답이 될 수 있다는 사실이 갈수록 더 흥미진진했다. 나 또한 억억만의 질문에 대해 바르게 대답할 수 있었으니까! 거꾸로 된 세계라면 나도 단연 우등생이었다. 아예 처음부터 대답을 모르고 시작한 문제라면 골치깨나 썩었을 복잡한 문제들을 내 스스로 만들어낼 수 있었으니 말이다. 그러나 하나의 질문밖에 가질 수 없는 단 하나의 대답에 관한 클라스에서 볼 때 나는 어김없이 꼴찌였다.

어느 날 저녁, 우리는 산책을 나갔다. 조약돌로 혼자 끝없이 돌차기 놀이를 하던 안나가 갑자기 어깨를 들썩거렸다.

"핀 아저씨, '나의 한가운데서'라고 크게 말해 봐."

고분고분한 학생처럼 나는 따라했다.

"나의 한가운데서! 나의 한가운데서!"

7, 80미터 앞에 서 있던 안나가 고함을 질렀다.

"핀 아저씨, 뭐라고?"

나는 걸음을 멈추고 숨을 허파에 가득 들이킨 뒤 큰소리로 고함을 쳤다.

"내 한가운데서!"

시장 바구니를 든 작은 할머니들이 나를 흘긋흘긋 곁눈질하더니 이내 총총걸음으로 길을 건너갔다. 처녀들이 손을 입에 대고 킥킥거리고 있었다. 아이들은 약간 나사가 빠진 사람이란 시늉을 해댔다.

그때 키가 195센티미터나 되는 젊은이가 불쑥 나오더니 고함을 질렀다.

"내 한가운데서"라고.

나는 퍼뜩 정신이 들었다. 애처롭다는 듯이 보는 시선들이 따가웠다.

"얼빠진 앤가 봐."

"겉모양은 멀쩡한데, 쯧쯧."

내 쪽으로 수군거림이 쏟아졌다. 그들이 어떻게 7, 80미터 앞에 있는 한 꼬마와 내가 얘기를 나누고 있는지 추측이라도 할 수 있었겠는가? 아마 그 사내는 발작이 났나 보았다.

　이 모든 예기치 않은 반응 때문에 뭍에 나온 금붕어처럼 내 입이 따악 벌어지고 눈은 눈대로 툭 튀어나왔다. 누가 보더라도 영락없는 얼간이였을 것이다. 나는 당혹한 나머지 재빨리 시동을 걸어 옆길로 도망쳤다. 곧 안나 앞에 급정거했다. 안나는 아직도 발뒤꿈치를 든 채 돌차기를 하고 있었다.

　"야." 나는 헐떡거리며 불렀다.

　"내가 보여?"

　나의 꼬마 선생님 —아니 나의 박해자였던가?—은 거들떠 보지도 않고 그 미친 놀이를 계속해 대는 것이었다. 나는 두 손을 안나 머리에 얹고는 세게 눌렀다.

　"그만둬! 너의 엔진은 아직도 가동중이니? 제발 그만두란 말이야. 이제 그 잘난 해골 좀 식혀!"

　그제서야 안나는 멈추었다.

　"무슨 커다란 질문이 있어, 핀?"

SALLY ANNE

"빌어먹을, 그걸 내가 어떻게 안담?"

나는 흰 코트를 입은 그 사내가 나에게 밀어닥치지 않을까 하며 거리 아래쪽을 보면서 말했다.

"겁먹었구나?"

안나는 내 손을 꼭 잡아 주었다. 따뜻했다. 우리는 서둘러 그 자리를 떠났다. 운하의 다리까지 왔을 때 안나가 말했다.

"핀 아저씨, 지름길로 내려가자."

나는 안나를 안고 다리 위로 윗몸을 굽힌 뒤 1미터 반 정도 떨어진 곳에 안나를 내려 주었다. 이 코스는 우리가 늘 가는 지름길이었다. 30미터 떨어진 곳에 계단이 있지만 한 번도 그리로는 가보지 않았다. 우리는 배 끄는 길을 따라 살금살금 기어내려왔다. 우리는 거기에 있는 두 마리의 말에게 '안녕' 인사를 하곤 돌 몇 개와 구운 콩 깡통을 운하에 빠뜨렸다.

조약돌 한 움큼을 쥐고 물 위로 튀겨 배 끄는 길에 부딪치게 하는 놀이를 했다. 그중 몇 개는 단숨에 날아가 길 위로 떨어지기도 했다. 우리는 정박하고 있는 거룻배 위로 기어올랐다. 두 다리를 배 밖으로 걸친 채 뱃머리 쪽으로 앉았다. 나는 외투 호주머니에서 궐련을 꺼내 물었다. 뒤죽박죽 헝클어진 호주머니 속을 더듬어 성냥을 찾았다. 안나가 다리를 들었다. 나는 구두 밑창에다 성냥을 그어 담뱃불을 붙였다.

안나와 나는 나란히 거룻배 위에 누웠다. 이웃 공장들이 뿜어내는 증기랑 매연을 중화시키려면 가능한 한 많은 자외선을 빨아들여야 했다. 나는 근사한 요트를 타고 지중해를 항해하는 꿈을 꾸었다. 보이가 맥주를 날라 주면서 내가 특별히 고안한 모노그램 담배에 불을 붙여 주었다. 맑고 푸른 하늘에 햇빛이 반짝였다. 그 아래 바다에는 이국적인 향기를 물씬 풍기는 꽃들이 두둥실 떠다녔다. 내 옆에는 달콤한 향기를 내뿜으며 가을 하늘처럼 순결한

한 아이가 행복에 젖어 누워 있었다. 이 꼬마천사가 좋은 스팀이 나오길 고대하며 질문과 대답이라는 보일러 안에 바쁘게 불을 지피고 있었다는 것을 나는 모르고 있었다. 안나는 두뇌라는 망치를 두드리며 메스랑 톱이랑 끌을 날카롭게 하고 있었던 것이다.

나는 꿈만 꾸고 있었다. 두 잔째 맥주를 반도 채 들이키기 전이었다. 아름다운 내 요트가 어뢰정을 받아 바다에 가라앉고 말았다.

문득 잠이 깨었다. 편안했던 소파는 간 데 없고 딱딱한 금속 갑판만이 몸에 배겼다. 베개는 콜타르가 묻은 밧줄로, 모노그램 담배는 축 늘어진 궐련으로, 지중해를 떠다니던 꽃은 잔업을 하는 비누 공장으로 둔갑해 있었다. 아련히 안나의 목소리가 들려오는 것 같았다.

"핀은 한가운데가 비었어?"

나는 또 한 대의 요트가 나를 데리러 오기를 기다리며 지긋이 눈을 감았다. 이미 요트는 뚜렷이 형체를 띠기 시작했다. 뉴스의 머리기사가 보였다.

〈극적인 구출〉

〈바다에서 표류중이던 젊은이 3주 만에 구출, 단독 게재〉

나는 이 기사가 흠뻑 마음에 들었다. 내 역할에 딱 맞는 것 같았다.

"아! 아얏!"

오른쪽 귀에 불이 난 것 같았다. 꿈이 푸르르 왼쪽 귀로 달아났다. 다시 팔꿈치를 꼬집히는 바람에 흐리멍텅하던 머리가 현실로 돌아왔다.

"뭐? 무슨 일이야?"

나는 팔꿈치로 일어났다.

"핀은 한가운데가 비었어?"

묻는 말 같기도 하고 아닌 것도 같았다.

"물론 한가운데가 비지는 않았지."

"그럼 그에 대한 질문이 뭐게?"

무얼 말하고 싶어하는지 짐작이 갔지만 아직 나는 말할 준비가 되어 있지 않았다. 안나는 그것을 먹기 좋게 살짝 쩌서 내 입에 넣어 주었다. 몇 분 동안 안나의 말을 꼭꼭 씹은 다음 나는 '안나는 어디에 있나'라는 질문을 만들었지만 왠지 꺼림칙했다. 그래서 엉뚱하게 "밀리는 어디에 있지?"라고 해버렸다.

안나는 생긋이 웃었다. 금세라도 '참 착한 제자로군' 하면서 안나가 내 머리를 쓰다듬으며 입에 사탕을 넣어 줄 것만 같았다.

"그러면 또 '밀리의 한가운데'라는 대답에 대한 질문은 뭐게?"

옳거니! 그것은 이미 내가 해 보았던 질문이었다. 그건 안나로

104

서는 꿈도 못 꾸겠지만 나 같은 얼간이가 오히려 더 잘 아는, 24
캐럿짜리 질문막이가 아닌가! 아마 안나도 말문이 막혀 버릴걸.
나는 잠시 아무렇지도 않은 척 딴전을 부리며 조심스럽게 대답했다.

　"'밀리의 한가운데'라는 대답이 나올 수 있는 질문이란 '성
(sex)이 어디에 있나?'야."

　그리고는 속으로 나 자신에게 타일렀다. '이 바보녀석아! 이제
그만 거기서 빠져나와!'

　안나로 말하자면, 성으로부터 빠져나올 필요조차 없었다. 아예
들어가 보지도 않은 새파란 아이였으니까.

　눈 하나 깜짝 않고, 숨도 채 들이쉬지도 않은 채 안나는 다시 나
를 몰아부쳤다. 안나의 질문과 꼬집음은 해변가에 부딪혀 오는 파
도같았다. 하나가 모래밭에 부딪혀 오는가 싶으면 수백만 개의 다
른 파도들이 저 멀리서 만들어지고 있었다. 안나가 일으킨 파도도
무지막지하게 밀려왔다. 아무도 그 파도를 막을 수 없었다. 안나
의 존재 깊숙히 만들어진 질문이 부글부글 끓어올랐다. 이제 그것
은 입으로 눈으로 모든 행동으로 삽시간에 밀려나왔다. 아무도 막
을 수 없는 기세였다.

　"'성의 한가운데'라는 대답이 나올 수 있는 질문은 뭐야?"

　나는 손가락으로 안나의 입술을 막았다.

　"그 질문은 '하느님 아저씨는 어딨어?'지."

　안나는 세게 내 손가락을 깨물면서 나를 쳐다보았다. 안나의 눈
은 '그 말을 정말 오랫동안 기다렸어'라고 말하는 듯했다.

　"맞았어!"

　나는 다시 갑판 위에 누웠다. 그리고는 내가 했던 말을 되씹어
보았다. 생각할수록 참 괜찮은 대답이었다라는 느낌이 들었다. 흡
족했다. 적어도 손가락으로 여기저기 ―이를테면 별들― 를 가
리키며 '하느님이 저기 있다'라고 야단법석을 떨지 않아도 되었

다. 정말 그랬다. 나는 그게 아주 좋았다. 꼭 하나만 제외하고!

'꼭 하나'만큼은 며칠 동안 풀리지 않았다. 그렇지만 이 천치 같은 제자를 이해시켜 주어야 할 의무는 나의 어린 가정교사 쪽에 있었다. '밀리의 한가운데에', '나의 한가운데에', '너의 한가운데'라는 대답에 대한 질문을 척척 만들어낼 수 있는 자리로 나도 지체없이 옮겨가야 했다. 뿐만 아니라 '전차의 한가운데'라는 대답이 나올 수 있는 질문을 찾아냈다고 흥분하는 버릇도 삼가야 했다.

'하느님 아저씨는 어디에 있나?'라는 질문은 내가 찾아내었다. 여기까지는 참 괜찮았다. 작고 필요없는 것처럼 보이는 것 하나 외에는 모두가 아름다웠다.

"그럼 도대체 하느님 아저씨는 어디에 있을까?"

나는 결코 이 오를 수도 없고 정상도 보이지 않는 산맥들 사이에 둘러싸여 있는 느낌이었다.

안나는 아름답게 노래했다.

하느님 아저씨가
어디 있냐고요?
들어봐요
그는
저기
땅 밑의 벌레 한가운데 있어요.
하느님 아저씨는
나와 핀,
그리고 달리는 기차의 한가운데도 있고요.
귀 기울여 봐요.
여기

파릇파릇
돋아나는 새싹 속에
사뿐사뿐
날아가는 나비 속에
소곤소곤
속삭이는 꽃들의 가슴속에
하느님 아저씨가
숨쉬고 있답니다

아! 안나의 감수성은 얼마나 예민했던가! 그 시심은 얼마나 깊
고 아름다운가! 나로선 결코 그 모든 한가운데 있는 신을 볼 수 없
을 것만 같았다. 그것들은 마치 거대한 히말라야의 산봉우리들처
럼 내 앞, 뒤, 주위에 버티고 서 있었다. 그렇지만 안나의 직관과
통찰력을 빌어 나도 모든 존재들의 한가운데를 볼 수 있을 것처럼
느껴졌다.

안나가 느낀 신은 천국이란 곳에 앉아 있는 둥글고 큰 어떤 하
나의 존재가 아니었다. 안나의 신은 모든 만물들의 한가운데에 깃
들어 있는 작은 하느님 아저씨들의 커다란 집합체라는 생각이 들
었다. 아마도 이 모든 한가운데 속에는 다 신의 생명이 숨쉬고 있
어 그들을 함께 놓으면 거대한 조각그림 맞추기가 될 것처럼 느껴
졌다.

그때 내 머리에 바로 떠 오른 것은 그 가엾은 모하메드 할아버
지였다. 그가 산을 불렀지만 산이 자기에게로 오지 않았기 때문에
그는 자기가 산으로 가야만 했었다. 그러나 안나는 어떤가! 자기
가 산 위로 가지도 않았고, 산을 자기에게로 가져오지도 않았다.
안나가 단지 "흩어져라!"라고 말하자 산들은 다 흩어져 버렸다.
산들이 거기 없다는 것도 알았고 또 부딪히는 일도 없었지만 가끔

나는 머리에 띵하는 충격을 느낀다.

보이지는 않지만 뚜렷이 느껴지는 관념의 산들 속으로 내가 들어갈 때가 있다. 언젠가 머리를 처박는 일 없이 자유로이 걸어다닐 수 있는 날이 올 것이다.

그때까지는 여기도, 그리고 저기도 온갖 곳에 널려 있는 신의 파편들을 내 머리론 도저히 이해할 수 없었다. 생각만 해도 머리가 헷갈렸다. 그러나 안나가 그 문제를 말끔히 풀어 준 것이다.

"핀 아저씨는 어딨어?"

안나의 물음이다.

"여기지, 물론!"

"그럼 나는?"

"거기!"

"핀이 나를 아는 것은 어디서야?"

"내 안 어디선가겠지 뭐."

"그렇다면 핀의 한가운데서 내 한가운데를 아는 셈이네?"

"그래, 그런가 봐."

안나는 사뿐사뿐 춤을 추면서 박자에 맞추어 노래를 부르기 시작했다.

핀, 핀
핀 아저씨 한가운데
누가 있나요.
안나, 안나
꼬마 안나가 있답니다.
안나, 안나
꼬마 안나 한가운데 누가 있나요.
하느님, 하느님

하느님 아저씨가 있답니다.
그렇다면,
핀이 하느님 아저씰 아는 것은
핀 한가운데 있는
내 한가운데서인 거야.
또
핀이 아는 모든 것, 모든 사람도
다 핀의 한가운데서 아는 거야.
핀이 아는 모든 사람, 모든 것이
자기 한가운데 하느님 아저씰 간직하고 있으니까.
 핀의 한가운데에는
그 모든 하느님 아저씨가 다 간직되어 있어.

안나는 숭고한 생명의 진실을 단번에 깨우쳐 주었다. 그러나 안나와 안나가 가진 생각을 따라잡는 일은 여간 힘겨운 일이 아니었다. 이제껏 콩은 콩이고 팥은 팥이라고 쌓아왔던 지식을 한꺼번에 다 허물어뜨리려니 아무래도 쉽지 않았다. 마치 성(性)에 대한 생각에 첫발을 들여놓을 때처럼!

이스트 엔드에 사는 가장 큰 잇점 중의 하나가 성(性)이었다. 자신이 다리 밑이나 둥지 또는 벌집에서 주워온 아이가 아닐까 하고 반평생을 고민하는 사람은 이스트 엔드에서는 아무도 없었다. 성(性)에 대해 쉬쉬하는 금기나 꾸밈이 없었던 것이다. 꼬마들도 네 살을 채우기도 전에 이미 성(性)이라는 말을 알고 있었다. 때문에 너도밤나무 밑에서 잉태될 수는 있어도 그 아래서 태어났다는 말을 믿을 아이는 없었다. 그 당시의 '성(sex)'이란 말은 우리가 날마다 숨쉬는 공기처럼 자연스러웠고 그것이 있을 자리에 있었다. 지금처럼 과장되게 조장되는 성의 의미도 그에 따른 떠들썩

한 소란도 없었다.

　안나가 발견한 것은 평범한 성(sex)도 과장된 성도 아닌 순수한 자연의 성이었다. 그렇다고 이런저런 성의 꺼리들이 어떤 잘못이 있다는 뜻은 아니다. 그것은 모두 이해할 수 있는 일들이었다. 뭐라고 부르던 아기는 결국 아기일 테니까. 새끼 고양이도 강아지도 다 아기들이다. 그렇다면 아기 양배추는? 이들이 다 공통적으로 가지고 있는 것은 새 것들이란 점이다. 안나 말로는 '갓태어난 것들'이다.

　그렇다면 생각은 어떨까? 말이 새로운 생각을 생겨나게 할 수도 있는 일이다. 그리고 별들과 산들은 또 어떤가? 그것들을 성과 연관지을 수 있을까? ——안나는 이와 같이 생각했다. 얼마나 오래 이 문제들에 대해 궁리를 했는지 모른다. 한 몇 달은 족히 갔으리라. 아무튼 이 하나는 분명했다. 안나는 아무것도 구분짓지 않았다. 정말이지 그렇지 않았더라면 나는 안나의 질문 공세에 단단히 몸살을 앓았을 것이다.

　안나가 성(性)이란 문제의 두꺼운 벽을 폭파시킨 그 순간에 내가 곁에 있었음은 행운이었다. 그것은 주일학교 모임이 끝난 일요일 오후에 일어났다. 대니와 나는 가로등 기둥을 붙들고서 밀리에게 지껄이고 있었다. 거리는 말타기 놀이를 하는 아이들과 줄넘기 놀이를 하는 아이들로 붐볐다. 또 너댓 명의 꼬마들은 노란 풍선을 가지고 놀고 있었다. 노란 풍선은 몸살을 앓고 있었다. 네 꼬마들이 한꺼번에 그 위로 올라타는 바람에 풍선은 그만 터져 버리고 말았다. 밀리는 꼬마들의 눈물을 일일이 닦아 주고 달래 주었다.

　공 두드리기를 그만둔 안나가 이제 터진 풍선을 주워들었다. 그리고는 꿈꾸듯 우리 쪽으로 둥둥둥 떠오더니 가로등 받침돌 위에 앉아 몽롱한 표정을 지으며 풍선을 가지고 온갖 모양을 만들어 보는 것이었다.

갑자기 또 그 소리가 들렸다. 안나가 혀끝을 차는 소리였다. 머 111
리가 과도하게 작동하고 있다는 신호였다. 나는 아래를 보았다.
안나는 터진 풍선의 한 끝을 밟고, 한 손으로 풍선을 늘어지게 쭉
당기면서 오른손 인지로 속을 찔렀다.

"정말 재밌다."

안나는 혼자 중얼거렸다. 마치 20세기 메두사처럼 고정된 눈이
이 실험의 효과를 굳혀 주고 있었다.

"핀 아저씨?"

"뭐 대단한 거라도 있니?"

"이걸 좀 당겨 줘."

나는 안나 곁으로 갔다. 안나는 터진 풍선 한쪽을 내 손에 건네
주었다.

"참 재밌어."

"뭐가?"

"이게 뭐같이 보여?"

"뭐긴 뭐야, 터진 풍선에 네 손가락을 대고 있는 것뿐이지."

"남자의 고추같잖아?"

"어, 그런 것도 같구나. 이를테면."

"봐! 다른 쪽에서 보면 여자 거 같아 보이지?"

반대편을 가리키며 안나가 말했다.

"오! 그래?! 어디 보자."

그러고 보니 안나 말이 맞는 것 같았다.

"홋홋, 재밌어."

"뭐가 그렇게 재밌어!"

"내가 꼭 하나만 할 수 있으면 좋을 텐데."

안나는 손가락을 풍선 속으로 집어넣으며 말했다.

"이것 하나만으로 남자 거와 여자 거를 다 만든단 말야. 재밌지
않아? 응?"

"한 개 값으로 한쌍을 샀네? 그래 재밌다."

안나는 다른 꼬마들에게 갔다.

새벽 세시, 잠결에 인기척이 들렸다. 안나가 내 머리맡에 서 있
었다.

"깼어? 핀?"

"아아니."

"그럼 됐어. 난 자고 있는 줄 알았어. 들어가도 돼?"

"네가 그러고 싶으면."

안나는 침대로 미끄러져 들어왔다.

"핀, 교회는 성이야?"

잠이 다 달아났다.

"무슨 말이야, 교회가 성이라니?"

"교회는 사람들의 가슴에 씨앗을 뿌리고 새싹을 나게 하잖아?"

“아!”

“그래서 하느님 아줌마가 아니라 하느님 아저씨인 것 같애.”

“아, 그래?”

“응, 그럴 수도 있지, 그럴 수도 있어. 난 공부도 성(性)이라고 생각돼.”

“그 말은 하이네스 여선생님한테는 하지 않는 게 좋을걸?”

“왜 안 돼? 공부는 모든 것을 머릿속에 뿌린 뒤 새로운 것을 나오게 하잖아?”

“그건 성이 아니란다. 그건 배움이야. 성은 애길 만드는 거야.”

“언제나 그런 건 아니잖아.”

“어떻게 그런 생각을 다 했어?”

“만약 말이야, 한쪽이 남자고 다른 쪽이 여자라면.”

“다른 쪽이 뭐라고?”

“모르겠어, 아직도.”

안나는 잠시 말을 멈추었다가

“핀 아저씨, 나도 여잔 거야?”

라고 엉뚱한 질문을 하는 게 아닌가?

“거의 그런 셈이지.”

“그래도 아기는 낳지 못하잖아”

“그래 아직은.”

“하지만 새 생각은 가질 수 있잖아?”

“그야 물론이지!”

“그러니까 그건 아기를 가지는 것과 좀 같으잖아?”

“그럴 수도 있겠다.”

이야기는 여기서 끝났다. 나는 반 시간 동안 깨어 있다가 어느새 잠에 빠지고 말았다. 갑자기 안나가 나를 흔들어 깨웠다.

“핀, 자?”

“지금은 안 자.”
“나오는 것은 여자고 들어가는 것은 남자야.”
“그래? 뭐가?”
“모든 것이.”
“아, 그거 참 멋진 말이구나!”
“그럼! 참 신나지?”
“깜짝 놀랄 말이야.”
“그러니까 우린 남자인 동시에 여자일 수도 있는 거야.”
나는 안나가 말하려는 핵심을 깨달았다.
모든 우주는 그 속에 성(性)을 품고 있다.

우주는 남성인 동시에 여성이다.
우주는 씨뿌림이며 꽃피움이다.
생각이란 씨앗은 선을 꽃피워낸다.
축복스런 모든 것은
남성이자
곧
여성이다.
사실 모든 존재가 순수한 성(性)으로
이루어졌다.
우리는 그것의 한 면만 빼내어
성(性)을 부풀리게 하기도 하고
왜곡하기도 하지만
그것은 모두 인간의 잘못일 뿐이다.

5

안에서만 보이는 하느님 아저씨

그 두 해 동안은 내게 기쁨과 긍지의 나날들이었다. 사람들은 다투어서 말했다.

"안나가 오늘 뭐라고 말했는지 알아맞춰 봐!"

"오늘 아침에 안나가 뭘 했는지 알아?"

나는 꼬마의 대담성을 떠올리면 으레 빙그레 웃음이 나왔다. 안나와 나의 나이 차이 또한 좋은 웃음거리였다. 그러나 그 웃음에는 따뜻한 사랑이 담겨 있었다. 그 웃음은 이해의 사다리를 좀더 높이 올라갔을 때 나올 수 있는 것이었고 그곳에서는 마음이 너그러워지는 법이었다.

그 사다리는 붐볐다. 그러나 모두가 아주 천천히 천천히 올라가고 있었다. 우리는 다 나름대로의 문제로 씨름하고 있었던 것이다. 어느 선까지는 우리 힘으로 그 문제들을 풀 수 있었다. 그때 우리는 너그럽게 미소지을 수 있었다. 좀더 높은 곳에서는 밑에서 올라오는 이들을 도와 주고 격려해 줄 수 있었다.

두 해 동안 나는 하릴없이 보내지 않았다. 나는 안나가 여기저기 뿌려놓은 진주들을 다는 아니지만 꽤 많이 주워담을 수 있었다. 그에 못지않게 내버려진 진주도 많았다. 서른 해라는 긴 세월 동안 밟히고 난 그 아까운 보물들은 땅속 깊이 묻히고 말았다.

삶의 일 초 일 초가 모두 두뇌의 어느 부분에 기록된다는 말을 들었다. 위안이 된다. 그러나 두뇌의 주름 어느 구석에 그 보물들이 묻혀 있을까? 나는 좀처럼 이 기억의 열쇠를 발견하지 못했다. 그러나 가끔 예기치 않던 말이나 사건을 통해 불현듯 기억이 떠오르는 순간들이 있었다.

안나가 바로 내 코 앞에서 껍질도 채 벗겨지지 않은 생각의 밀로 빵을 굽고 있을 때, 나는 이미 식어 버린 빵을 먹는 것에만 만족했다. 그 당시 나는 덩어리빵은 으레 덩어리빵으로 보인다고만 생각했다. 내게는 덩어리빵(loaf)이나 빵(bread)은 똑같은 말이었고 그 둘의 차이를 몰랐었다. 중요한 것은 빵 자체이며 빵은 수없이 많은 모습으로 구워질 수 있음을 깨달은 그 순간부터, 내 마음 한 구석에는 그 황금 같은 시간을 허비했다는 부끄러움과 자책감이 숨어 있다는 것을 알았다. 나는 덩어리빵의 겉모습은 빵의 음식으로서의 가치와는 아무 상관도 없는 것임을 몰랐다. 모습은 단지 편리를 위한 것일 뿐이다. 그러나 내가 받은 교육은 너무나 모습이나 모양새에 치우쳐 있었다. 내가 배웠던 것 중 얼마나 많은 부분이 단지 편의를 위한 것이었던가! 화가 난다. 그러나 물어볼 사람도 없다. 바른 대답을 해 줄 사람도 없는 것이다. 그런 질문은 또 얼마나 얼빠진 시간 낭비란 말인가! 대답은 뒤가 아닌 바로 내 앞에 있다. 안나가 그 지도를 남기고 갔다. 깡그리 탐사된 땅도 있고, 꽤 많이 답사된 땅도 있으며 또 살짝 힌트만 남긴 곳도 있지만, 그 지도 위에는 대부분 어디로 가야 할지 화살표가 적혀 있다.

어느 날 저녁, 나는 한꺼번에 안나와 나의 관계, 그리고 안나라는 존재에 대해서 처음으로 깨달은 것이다. 이른 겨울밤이었다. 우리는 부엌문을 잠갔다. 부엌 안에는 안나와 나 둘밖에 없었다. 가스등 빛이 안으로 스며들어왔다. 새로 석탄을 한 움큼 올린 화로 위에는 불꽃이 이글거렸다. 식탁 위에는 반 정도 조립하다 만 라디오 세트랑, 자질구레한 물건들이 담긴 박스, 알코올 램프, 납땜기 등이 널려져 있었다.

안나는 팔꿈치를 식탁 위에 대고 손으로 턱을 괸 채 의자 위에 무릎을 꿇고 앉아 있었다. 나는 그 맞은편에 앉아 라디오 세트를 조립하고 있었다. 내 눈길은 라디오 세트, 안나, 벽 위의 그림자, 이 셋으로 나뉘어지고 있었다.

화로 속의 석탄이 따뜻하게 달구어지자 금방 불이 붙었다. 밝은 불꽃에 안나의 그림자가 벽에 뚜렷이 나타났다간 희미하게 되더니 이내 사라졌다. 그림자는 마치 생명을 가진 듯 깜빡거리는 불꽃을 타고 나타났다가는 어디론가 사라졌다. 처음에는 그림 옆에 있는가 싶더니 곧 사라졌다가 이번에는 불쑥 문 옆으로 갔다 다시 커튼 쪽으로 옮아다녔다. 그림자는 바쁘게 춤을 추었다. 내 눈은 그림자를 따라 이리저리 옮겨다녔다.

그림자가 사라졌다. 내 깊은 곳에 뭔가가 가려워지기 시작했다.

안나가 방긋이 웃었다. 내 속에 회전목마가 돌아가고 있었으나 밖으로는 아무 일도 일어나지 않았다. 뭔가 슬쩍 나를 찌르고 갔다. 그것은 내 속에 구멍을 남기고 떠났다.

치이 ―, 치이 ―

납땜소리 외에는 완연한 정적 속에 라디오가 조금씩 모습을 갖추어 가고 있었다. 몇 가지 테스트를 거친 뒤 밸브를 잠그고 마침내 배터리를 연결시켰다. 마지막으로 다시 한 번 훑어보고 스위치를 켰으나 아무 소리도 나지 않았다. 가끔 있는 일이었다. 미터기가 전압 눈금 쪽으로 놓여져 있었다.

아! 여기가 고장난 게로군.

나는 그곳에서 납땜을 떼낸 뒤 미터기를 전류 눈금으로 놓은 다음 미터기를 회로에 꽂고 스위치를 켰다.

아무것도 아닌 실수였었다. 모든 것이 정상으로 되돌아 왔다. 안나의 조그만 손이 내 손등에 올려져 있었다. 안나는 무슨 생각을 하고 있는지 눈섭을 잔뜩 찌푸린 채 미터기를 가리켰다.

"저걸로 뭘 했어?"

"어디가 잘못되었는지 찾아낸 거야."

"다시 한 번 해 보면 안 돼?"

안나는 나를 쳐다보지도 않고 말했다. 눈은 이미 미터기 위에 멎어 있었다.

"지금 막 어디를 어떻게 해 놓은 거야?"

"기껏 고생해서 고쳐놓았는데 다시 고장난 상태로 돌려놓으라 이 말이지?"

안나는 고개를 끄덕였다. 나는 다시 라디오를 고장난 상태로 놓았다.

"이제 어떻게 할까?" 내가 물었다.

"조금 전에 어떻게 했는지 그냥 말만 해 봐."

"하지만."

나는 소리 높이 말했다.

"내가 말을 해 줘도 한마디도 알아들을 수 없을 텐데?"

"무슨 말인지 알고 싶은 게 아니야. 그건 내가 생각하는 것과는 달라."

"우선 전압을 읽으려고 미터기를 여기 눈금에 놓았어. 다시 이 지점의 전압을 측정하기 위해 계량기를 저항 위로 놓아 보았고."

나는 여러 가지 이름을 말할 때마다 그 부품들을 손가락으로 가리켰다.

"이제 여기까지 계속 내린 다음, 아까와 똑같이 되풀이하면, 미터기는 바른 전압을 기록하게 되는 거야."

고장난 부분에 와서 미터기를 훅으로 잠그자 안나는 미터기에 나타난 수치가 전연 다르다고 지적했다.

"바로 그거야."

나는 소리쳐 말했다.

"이제 여기 납땜 부분을 떼어내 보자구. 그리고 전류를 읽기 위해 미터를 여기에 놓고서 무엇이 일어나는지 보면 되겠지."

나는 납땜을 떼어냈다.

"그런 다음 회로에 미터기를 연결하고. 자, 봐! 전압이 없지?"

안나의 손이 다시 내 손을 감쌌다. 나도 고개를 끄덕였다. 아주 조심스럽게 안나는 훅으로 납땜 부분을 열었다간 잠갔다. 전류가 나오지 않았다. 나는 스위치를 켜고 음악소리를 들었다.

새벽 두어 시 무렵,

츠르럭츠르럭하는 커튼소리에 나는 잠을 깼다. 가로등 불빛에 비친 안나의 서 있는 모습이 뚜렷이 보였다. 급행열차가 짙은 밤

의 정적을 가르며 달리고 있었다. 나는 의아했다. 저 시끄러운 열
차소리에도 아랑곳없이 곯아떨어지는 이 잠꾸러기가 어떻게 이 나
지막한 커튼소리에도 잠이 깼을까?

아직도 잠에 취해 몽롱해 있는 나를 여지없이 깨우며 늙은 보시
가 내 가슴팍으로 뛰어내렸다. 겁이 많은 패치는 안나가 따라오는
지 보려고 연신 뒤를 돌아다보고 있었다. 두 해 동안 안나에게 정
이 흠뻑 든 보시와 패치는 늘 안나를 호위하고 다녔다.

"깨어났어? 핀 아저씨?"

"무슨 일이야? 꼬마."

"꽉 찼어. 이잉이잉."

"오!"

나지막한 울음소리가 들린 것 같았다. 그와 함께 지금이 어떤
상황인데 자고만 있느냐는 듯이 패치와 보시가 사정없이 내 가슴
을 내리밟았다. 나는 눈물의 이유가 뭔지 손가락을 꼽으며 지난
밤을 더듬어 보았다. 줄곧 안나는 훌쩍거리고 있었다.

“그것을 한가운데 놓았어.”

앞뒤도 없이 안나가 말을 꺼냈다.

“무엇을 놓았다는 거야?”

“마지막의 그 부품말야, 핀이 푼 것 있잖아?”

“아, 그거. 생각나. 회로의 납땜, 납땜을 풀었을 때.”

“맞아, 그 상자를 한가운데 놓았어?”

“그래.”

나는 대화가 흘러가는 대로 아무렇게나 대답했다.

“그것을 한가운데 놓은 것 같아. 그런데 왜?”

“응, 그게 재밌어.”

“그래, 신나는 일이야.”

나는 영문도 모르면서 맞장구를 쳤다.

“그런데 어떻게 재밌다는 거야?”

안나는 너무 좋으면 우는 버릇이 있었다.

“꼭 교회랑 하느님 아저씨 같애.”

“아, 그래, 참 재미있구나!”

“그렇지? 아주 재밌지?”

새벽 두시였다. 내 두뇌가 돌아갈 리가 없었다. 이 난국을 타개하는 길은 꼼짝없이 일어나는 일 외에는 없는데 날씨마저 지독하게 추웠다.

팟!

나는 궐련에 불을 붙였다. 연기가 내 머리를 두드렸다. 나는 기침을 한 번하고 엔진을 가동시켰다. 두뇌를 저속 기어에 놓은 다음 이리저리 머리를 굴려보았다.

라디오 수리와 교회가 하느님 아저씨와 비슷하다니, 이건 또 무슨 태산인가? 이 새벽에 브레이크는 또 어디서 찾아야 되나? 그것을 멈출 수 있는 것은 아무것도 없었다.

"알았어, 교회에 가는 것이 라디오 수리하는 일과 같다는 말에는 나도 찬성해. 하지만 말야, 제발 좀 천천히 말해. 천천히, 그리고 멋있게……."

"응, 맨 처음 핀은 상자를 바깥에 둔 다음 그것을 안에 넣었어. 그것은 교회 안에 있는 사람하고 같아. 사람들은 늘 바깥만 좋아하는데 안으로 들어가야 해."

"뭐야, 좀 정확히 말해 봐. 차근차근 내가 이해할 수 있게."

안나는 몸을 이완시켰다. 어른이 이해할 수 있는 아주 쉬운 말을 찾아내야 하니까.

"왜 있잖아, 처음에 상자를 가지고 뭘 하려고 했을 때."

"전압을 재려고 했던 거야."

"바깥이었지?"

"물론이지, 회로 바깥 쪽의 전압을 재야 했으니까."

"그리고 나서 맨 나중에는?"

"전류를 쟀어."

"안이야?"

"그래, 안이야. 전류를 재려면 회로 안으로 들어가야 돼."

"사람하고 교회의 관계도 똑같잖아."

그래도 무슨 말인지 나는 몰랐다. 그것을 아는 안나가 연이어 말했다.

"사람들은……"

잠시 여운을 주고는,

"교회에 갈 때……"

그리고는 다시 오래쯤 멈춘 뒤,

"하느님 아저씨를 바깥에서 잰단 말이야."

이 부분을 강조하기 위해 안나는 발가락 끝으로 내 정강이를 마구 찼다.

"그 사람들은 안으로 들어가지도 않고 하느님 아저씨를 재기만 해."

안나는 나의 두뇌 어디선가 불씨가 당겨져 나오기를 기다리고 있었다.

이슥한 밤이었다. 바깥에는 대륙간 급행열차가 제 졸음을 쫓으려는 듯 비명을 지르면서 리버풀 거리로 달리고 있었다.

번쩍!

내가 여기 있음을 알아봤는지 열차는 침대 창가를 지나갈 때 기적소리를 반음 정도 떨구며 내 혼동된 머리를 비웃고 있었다. 졸리운 고급 침대차들도 자장가를 속삭이며 지나가고 있었다.

마침내, 뇌세포 두 개가 탁 부딪치더니 상상의 불씨를 지펴 올렸다. 확실하게 보이지는 않지만 뭔가 지피는 게 있었다.

나는 요즈음 아퀴나스 대전을 읽고 있었다. 그러나 그 책에는 '라디오 수리'에 관해서는 한마디도 들어 있지 않았다. 나는 아퀴나스더러 조금 움직여 안나를 위한 공간도 좀 마련해 달라고 떼를 썼다. 그리고 이것저것 물어보기도 했다. 점차 대답이 짜여져 왔다.

우리는 당연히 크리스천이라고 생각하지만 바깥에 서서 하느님 아저씨를 재는 버릇을 가지고 있다. 여기서는 전압을 재는 것이 아니라 사랑, 친절, 전지전능 따위를 잰다. 우리는 그 자리에 부칠 수 있는 수많은 꼬리표를 가지고 있다, 여기까지는 좋았다. 이제 그 다음은 뭘까? 오, 어렵구나! 이제 내 안의 크리스천이라는 회로를 활짝 열어 젖히고 내 안의 계량기를 빵 쏘면 돼. 아주 간단한 걸 그랬어. 잠깐만 기다려 보라구. 이 복된 순간을 말야. 그럼 '하늘에 계신 아버지같이 되어라'라고 말하는 사람은 누굴까? 바로 그 사람이군. 나는 문제를 거의 다 푼 셈이야. 만약 내가 크리스천 회로 안에 있다면 나는 하느님 아저씨의 진정한 한 부분이, 살아 있는 한 부분이 된다.

"내 자신이 크리스천이라고 생각하면서도 실재론 바깥에서 하느님 아저씨를 재려는 어리석음을 범할 수 있단 말 아냐? 그리고 '하느님 아저씨는 모든 사람을 사랑하고 전지전능하며'라고 말하더라도 그때는 죽어 있는 사람일 뿐이라는 말이지?"

"그건 꼭 사람들의 말이야."

"그래, 하지만 나도 사람이라구."

"그러니까 핀도 알아야 돼."

"무얼?"

"그것이 단지 사람들의 말이란 것을."

나도 지지 않고 대답했다.

"그렇다면 말야, 내가 회로 안으로 들어가서 하느님 아저씨를 잰다면, 그땐 진정한 크리스천이라고 할 수 있지 않을까?"

안나는 고개를 갸웃거렸다.

"왜? 아니란 말야?"

"그러면, 핀도 아리 오빠와 같아질 수 있어."

"걘 유태인인데?"

"그래, 또 알리와도 같아질 수 있고."

"가만, 걘 시크교도잖아?"

"그래, 하지만 그건 괜찮아. 핀이 안에서 하느님 아저씨를 잰다면 말야."

"잠깐만! 도대체 뭘 잰다는 거야, 만일 내가 안에 있다면."

"암것도."

"아무것도 재지 않는다구? 어떻게?"

"상관없기 때문이지. 그땐 핀도 하느님 아저씨처럼 되거든. 핀도 그랬어."

"무슨 말이야? 난 결코 그런 말 한 적 없어 꼬마."

"그랬는걸! 안에서 재면 상자도 그것의 한 부분이라고 말했잖아."

사실이었다. 내가 그렇게 말했었다.

안나에게는 절대적으로 확실한 존재가 있었다. 하느님 아저씨는 모든 것을 만들었다. 따라서 하느님 아저씨가 만든 사물들이 어떻게 움직이고 어떻게 하나로 짜여지는지 알면 그가 어떤 존재라는 것도 알게 된다.

두세 달 전부터, 나는 안나의 진짜 관심은 성격이나 형태와는 아무런 관계가 없다는 것을 알았다. 성격이나 형태는 환경에 따라 바뀌는 바보 같은 버릇일 뿐이다. 물론 얼음이나 수증기가 아닐 때는 액체 상태로 존재한다. 그 형태는 달라진다. 도넛의 형태는 빵의 형태와는 다르다. 그것은 굽는 환경에 따라 달라진다. 그렇다고 안나가 형태나 성격을 무시한 건 아니다. 그것은 쓸모가 많다. 하지만 형태와 성격은 환경에 따라 바뀌는 것이기 때문에 하나하나의 형태와 성질을 뒤좇아 가는 길은 끝이 없다. 우리가 진정 좋아해야 할 것은 행함(function)이다. 신의 바깥에서 그를 재어볼 때 성격과 형태가 나온다. 그것은 끝이 없다. 우리가 선택한 특정한 신의 성격이나 모습은 우리가 믿고 있는 종교의 특성만을 비쳐 줄 뿐이다.

그러나 신 안에 있을 때 우리가 느낄 수 있는 것은 신의 행함이다. 그때 우리는 모두 같은 존재다. 교회와 절, 회교사원, 유태교의 회당, 이 모든 차이들이 사라져 버린다.

그럼 행함이란 무엇인가? 신의 행함은 가장 단순하고 소박하다. 그것은 우리를 신 자신과 같게 하는 일이다. 그때 우리는 신이라는 존재를 판단하거나 잴 수 없다. 진정 그렇다. 안나가 말했듯이 "만일 핀이 하느님 아저씨처럼 된다면 핀은 모를 거야. 하느님 아저씨는 자신이 선한지조차 모르니까."

안나는 하느님 아저씨가 완전한 신사라서 자신이 착하다고 허풍을 떠는 존재가 아니라고 생각했다. 그렇다면 그건 신사가 못 될 것이다. 그것은 사실과 어긋난다. 그러니 하느님 아저씨가 스스로 선하다는 것을 의식하지 못한다는 것이 더 이치에 맞는다.

신의 본질, 신의 행함은 우리를 자신처럼 만드는 데 있다. 여러 가지 종교는 단지 신의 성격이나 겉모습을 판단하고 따지는 도구일 뿐이다. 그중에 하나가 우연히 우리 자신에게 맞았을 뿐이다. 우리가 어떤 피부색이든, 어떤 종교를 믿든 하느님은 온갖 존재를 골고루 비추어 주는 햇님처럼, 아무런 차별없이 우리를 비추어 준다.

그날 새벽 우리는 밤을 지새며 두런두런 애기를 나누고 있었다.

"하이네스 선생님은,"

안나가 말했다.

"하이네스 선생님에게 잘못된 거라도 있니?"

"룰루루루……, 하이네스 선생님은 머리가 좀 이상한가 봐."

"그럴 리가. 그래도 학교 선생님이야. 머리가 돈 사람이 학교 선생님이 될 수 있나?"

"그런데도 그런걸."

"어째서 그런 생각이 들었지?"

"하이네스 선생님은 내가 모든 걸 알 수 없다고 말했어."

"그 말이 옳은 것 같은데."

"왜?"

"왜냐면 네 짱구가 그리 크지는 않거든."

"그것은 바깥이야."

"미안, 깜빡했어."

"나는 안에서 모든 걸 알 수 있어."

"아아! 거긴 얼마나 많은 것이 있니?"

"억억만."

"수보다 더 많이?"

"아니야, 사물보다 더 많은 수가 맞아. 나는 수를 모두 알아. 이름들이 아니라 수야. 이름은 바깥이야. 숫자는 안이고."

"그런 것 같군. 오실로스코프 위에 나타나는 파형곡선은 얼마냐?"

"억억만."

"넌 억억만을 만드는 법을 알아?"

"그럼, 그건 안이야."

"그렇군, 넌 모든 것을 다 볼 수 있어?"

"아니, 그건 바깥이야."

깜찍한 꼬마!

끈질기게 날 괴롭혔던 그 문제를 안나가 지금 막 짜맞추다니!

나는 차마 그 말을 할 수 없었다. 왜 나는 모든 걸 모를까? 아무도 아는 사람은 없으니까! 애쓸 필요가 있을까? 어차피 똑같은데.

우리는 잡담을 계속했다. 시간이 솔솔 흘러가자 여러 가지 일들이 내게 일어나기 시작했다. 확신과 의심이 앞을 다투며 밀려왔다. 질문이 만들어졌다간 이내 사라졌다.

팟!

번개처럼 뇌리를 스쳐가는 생각이 있었다. 내 생각이 옳을 거라고 확신했지만 그냥 흘려보냈다. 나는 여러 가지 문장을 꾸며보았지만 하나같이 부끄럽고 어색했다. 내가 만든 문장들이 나 자신을 아프게 찔렀다. 그러나 내 짐작이 맞다면 안나가 책임을 져야 할 것이었다.

때―앵, 때―앵, 때―앵―

건너편 길 아래서 여섯시를 알리는 새벽 종소리가 들려왔다.

문제는 찾았다. 그런데 이제 대답이 나올 차례였다.

“나에게 말하지 않은 질문이 몇 개야?”

“모든 걸 이미 다 말해 주었는데.”

“정말?”

“아니야.”

안나는 약간 망설이면서 조용히 속삭였다.

“왜 그래?”

“내가 생각하는 것 중에서 몇 개는…… 아주…….”

“이상하다고?”

“응! 화나지 않았지?”

“하나도 화나지 않았어.”

“화낼 줄 알았는데…….”

“그렇지 않아. 그것들이 얼마나 이상한 건지나 말해 봐.”

내 곁에 꼿꼿하게 선 안나는 손가락으로 내 팔을 콕콕 찔렀다. 반박할 수 있으면 해 보라는 뜻이었다.

“2 더하기 5는 4와 같은 셈법이야.”

맞았다!

내 짐작이 맞았다. 나는 안나가 무슨 말을 하는지 정확히 맞힐 수 있었다. 나는 있는 힘을 다해 흥분을 가라앉히려 했다. 나도 내 비밀을 말해 줘야지.

“또는 10이지?”

내가 물었다.

“…….”

마침내 안나는 내 얼굴을 쳐다보며 나지막이 속삭였다.

“핀도 알았어?”

“응. 넌 어떻게 알았어?”

“지름길로 오다가. 있잖아, 왜 그 거룻배 위에서 물에 비친 숫자를 봤어. 그런데 핀은 어떻게 알았어?”

"거울 속에서."

"보이는 유리 속에서?"

안나는 저으기 놀란 표정이었다.

차르륵……!

사슬이 떨어져 나가는 소리가 귀에서 들려오는 것 같았다.

"누군가에게 말해 봤어?"

안나가 물었다.

"서너 번쯤."

"뭐라고들 해?"

"바보 같은 소리 말라는 거야. 괜히 시간만 낭비하지 말라고 말야. 너도 누구에게 얘기해 봤어?"

"딱 한 번, 하이네스 선생님에게."

"뭐라시든?"

"바보래. 그래서 아무에게도 말하지 않았어."

둘이는 깔깔거리고 웃었다.

우리 둘 다 이제 구속에서 벗어나 자유로웠다. 우리는 똑같은 세계를 나누고 있었다. 우리는 똑같은 불로 몸을 녹이고 있었던 것이다. 똑같은 길 위의 같은 자리에 서서 안나와 나는 같은 목적지를 향해 가고 있었다.

이제 우리 둘의 관계가 선명하게 다가왔다. 우리는 서로에게 길벗인 탐구자며 닮은 영혼들이었다.

이익이여! 소득이여! 몽땅 지옥으로 가라!

우리는 같은 음식을 필요로 한 동반자였다. 안나와 나는 5는 5일뿐 다른 것일 수 없다라고만 들어왔다. 그러나 5자는 물이나 거울에 비쳤을 때 2자로 바뀐다! 우리는 빛의 반사작용을 빌어 재미있는 산수를 만들어낼 수 있었던 것이다. 그것은 우리를 매혹시키는 산수였다. 실용적인 눈으로 판단할 때 쓸모가 없을는지 몰라도 그건 우리와 아무 상관도 없었다. 5가 꼭 5여야 하는 것은 편의상의 문제일 뿐 그 외에 5라는 수에 특별한 것은 아무것도 없었다. 5가 다섯을 뜻하는 것은 우리가 만든 규칙일 뿐이다. 원한다면 스스로 만든 규칙에 영원히 매달려 있어도 나무랄 사람은 없다. 또 끝없이 규칙만 만들어낼 수도 있을 터이다.

그런 눈으로는 우리가 시간을 낭비하고 있는 것처럼 보였을 것이다. 그러나 우리는 그렇게 보지 않았다. 그것을 하나의 모험으로 탐구해야 할 미지의 나라로 생각했다. 안나와 나는 수학을 단순한 문제풀이 그 이상으로 보았다. 그것은 대단한 마법이며, 머리를 부수어 버리는 신비한 세계의 열쇠였다. 우리 스스로 만든 규칙을 정성스럽게 밟고 가야 할, 자신이 행한 일에 완전한 책임

을 져야 할, 그런 세계로 들어가는 문이었다.

나는 안나를 보고 손가락을 움직였다.

"5 더하기 2는 10이야."

"2가 되기도 하고."

안나가 맞장구를 쳤다.

"아니면 7도 될 수 있겠지."

도대체 누가 상관하겠는가!

쳐다보아야 할 또 다른 세계가 억억만 개 있었다. 우리는 숨이 가빴다.

"꼬마야, 일어나. 너한테 보여줄 게 있어."

나는 재봉틀에서 쌍날개 거울을 떼어내고 앉았다. 우리는 부엌으로 살금살금 들어갔다. 가스를 켰다. 춥고 어두웠지만 그건 아무래도 좋았다. 우리 안에서 불길이 활활 타오르고 있었다. 나는 크고 하얀 마분지를 찾아내 그 위에 검은 선을 짙게 그었다. 두 거울 사이에 돌쩌귀를 달아 펴진 책처럼 바로 세워 두었다. 거울 사이에는 마분지 위의 검은 선이 가로놓여졌다. 나는 열려진 거울 사이를 보며 각도를 조절했다.

"봐!"

숨을 죽이면서 내가 탄성을 질렀다.

안나는 말없이 거울만 바라보았다. 내가 천천히천천히 거울의 각도를 줄여나가자 안나는 숨을 죽였다. 끝없이 거울 사이를 쳐다보던 안나가 마침내 축 늘어지고 말았다. 안나의 두뇌가 멎어 버린 것이다. 나 또한 처음 거울 사이를 보았을 때의 그 느낌을 생생히 되새길 수 있었다. 이미 나는 거울을 접어 식탁 위에 올려놓은 뒤였다. 급행열차처럼 안나가 내게 부딪혀와 내 목을 꽉 조르면서 끌어안는 것이었다. 안나는 내 등에 구멍이 나도록 치면서 웃다가 웃다가 끝내 울고 말았다.

우리는 아득히 말을 잊어버렸다. 그 순간의 감동은 어떤 말로도 표현할 수 없을 것이다. 몸은 지쳤지만 우리의 마음과 영혼은 결코 지치지 않았다. 결코……

6
거울의 마술

차 한 잔을 마신 뒤 계획을 짰다. 문이 열리는 즉시 시장으로 달려가 울워프네 가게에서 거울 한 꾸러미를 사오기로 했다. 가게문은 아직도 닫혀 있었다. 노점상들은 너울거리는 카바이드 등불 아래 상품을 진열해 두고 있었다. 거리는 농담과 욕지거리와 하룻동안의 행사에 대한 지시와 예고로 왁자지껄했다. 모두들 추워서 발을 동동 구르고 있었다. 커피점에서 흘러나오는 소시지랑 훈훈한 커피 냄새가 시장 구석구석까지 퍼져갔다.

"커피 하나, 치즈케익 둘."

느림보 운전사가 말했다.

"커피 하나, 소시지 둘요."

그 짝인 듯한 사람의 주문이었다.

"어이, 골목대장. 뭐할래?"

이번엔 내 차례였다.

"커피 둘, 소시지 넷이오."

나는 카운터에 돈을 놓고 잔돈을 바꾼 뒤, 찻잔을 손에 들고 왔

다. 안나는 선 채로 큰 찻잔을 두 손에 쥐고 그 속에 코를 깊숙히 박았다. 찻잔 가장자리로 초롱초롱 미소짓는 두 눈은 모든 것을 다 빨아들였다. 안나는 차와 소시지를 한꺼번에 들 수가 없었다. 그래서 내가 대신 왼손 손가락 사이에 끼고는 안나가 달라고 할 때마다 내주었다. 한 손으로 궐련을 가볍게 흔드는 동안 다른 손으로 바로 다음 진열대의 빈자리에 내 잔을 놓을 수 있었다. 엄지 손가락에 성냥을 비벼 담뱃불을 붙이려 했지만 허사였다. 아무래도 그 기술은 익힐 수 없었다. 겨우 성냥황이 엄지손톱 밑에 낄 정도였다. 불이 붙을 것 같지 않았다. 안나가 발을 들어 주었다. 나는 거기에 성냥을 그어 불을 붙였다. 점점 따뜻해지기 시작했다.

"뒤를 조심해요, 뒤를 조심해요."

뱃머리에서 이는 물결처럼 우리는 일제히 가게로 와하고 밀려
갔다가 아침 서리 속에 뜨거운 입김을 내뿜고 치달리는 마차처럼
우루루 밀려나왔다.

"아니!"

가죽치마를 입은 여인의 고함소리가 들렸다.

"내 돈, 시퍼런 내 돈이 없어졌다."

그 여인은 아무나 자기 말을 들어 줄 만한 사람을 붙들고 하소
연을 했다.

"아이고! 그놈이 날 잡네, 그놈이 날 잡아."

"가망이 없군요."

어떤 사람이 말했다.

그때 "종말이 다가왔다!"고 외치면서 샌드위치맨이 나타났다.
그는 커피 한 잔을 구걸했다.

"블리미, 여기 전령 천사가 왔어."

"여기 계셨군요. 죠, 저하고 따뜻한 커피 한 잔 하시죠."

그 느림보 택시운전사였다.

"고마워, 한 잔 주게나."

자칭 천사가 말했다.

"죠, 오늘은 무슨 소식이라도 있나요."

"종말이 가까웠다네."

죠 노인이 신음하듯 말했다.

"무서운 얘기로군요. 지난 주는요?"

"당신의 심판날을 예비하라."

"도대체 그 모든 전갈을 어떻게 받나요?"

"성 베드로로부터 전보를 받는다네."

그때 카운터 끝에서 천둥 같은 소리가 들렸다.

"어느 주정뱅이 자식이 내 소시지를 훔쳐갔어?"

"바로 내 팔꿈치 밑에 있잖아, 멍청아. 그리고 말조심 해, 옆에 아이가 있어."

아리는 한 손으로 소시지를 한 움큼 쥐고 다른 손으로 큼직한 찻잔을 들고 카운터에서 밀치고 나왔다. 그 두툼한 손에 들린 찻잔이 달걀만큼 작아보였다.

"안녕, 꼬마. 이름이 뭐지?"

굵직한 목소리로 아리가 인사를 했다.

"안나요, 아저씨는요?"

"아리. 혼자 왔니?"

"아니, 저기요."

안나는 나를 가리켰다.

"이 이른 아침부터 뭐하러?"

"울워프네 가게문이 열리는 걸 기다리고 있어요."

“거기서 뭘 사려고?”
“거울 몇 개요.”
“멋있는데.”
“한 열 개쯤 살까 해요.”
“열 개나? 무얼 하는데?”
“딴 세계를 보려고요.”
“오!”
안나보다 별로 똑똑해 보이지도 않는 아리가 말했다.
“참 이상한 애로군.”
안나는 미소를 지었다.
“초콜릿 줄까?”
아리가 물었다.
안나가 나를 보았다. 나는 고개를 끄덕이며 말했다.
“그렇게 해 주세요, 아저씨.”
“그냥 아리라고 해.”
아리는 두툼한 손가락을 흔들며 말했다.
“부탁해요, 아리.”
“알프! 여기 초콜릿 두 개만 가져와.”
어깨를 들썩이며 아리가 소리쳤다.
알프가 가지고 온 초콜릿을 아리는 안나에게 내밀었다.
“초콜릿이다, 안나.”
“고마워요.”
“뭐가?”
“아리가.”
안나는 초콜릿 포장을 하나 벗기고는 그것을 아리에게 주었다.
“아리도 같이 먹어.”
“그래, 고맙다 안나.”

막대 끝에 큰 햄이 붙어 있었다. 그 햄을 여니까 큰 바나나 뭉치
가 들어 있었다. 아리는 꼭 자기 덩치만큼 크게 초콜릿을 잘랐다.

"안나는 말을 좋아하니?"

"응."

"그럼 우리 말 노비(Nobby)를 보러 가자."

우리는 모퉁이를 돌아 좁은 옆길로 갔다. 거기 커다란 복마(卜
馬)가 하나 서 있었다. 등에 있는 안장은 반들반들 윤이 나 있었
다. 여물통을 든 아리가 노비에게 다가갔을 때, 노비가 콧김을 내
뿜는 바람에 우리는 졸지에 왕겨와 보리 세례를 받았다. 아리는
노비의 입을 열어 웃음과 사랑을 불어넣었다. 조금 전만 하더라도

소시지로 사람들을 위협하던 아리가 이제 보니 어엿한 어른 구실을 하는 게 아닌가! 꼬마 여자애와 말 앞에 오니 아리도 동화책에 나오는 어떤 거인처럼 녹아 버린 것이다. 아리는 설탕 한 뭉치를 안나에게 건네 주었다.

"노비는 널 해치지 않을 거다. 노비는 파리 한 마리도 잡지 못할 만큼 순하거든."

'너도 그래! 이 착한 멍청아.'

내가 속으로 생각했다.

안나가 노비에게 설탕을 내밀자 노비는 이빨을 보이며 입술을 뒤로 당겼다가 설탕을 넬름 해치웠다.

"안나야, 넌 노비를 타면서 이야기해. 내가 이걸 내린 다음 널 울워프네 가게로 태워다 줄게."

아리는 안나를 가볍게 들어 말 위에 앉혔다. 이제 공주님이 말 위에 탄 것이다. 아리는 짐을 꾸렸다. 과일이 든 나무상자들과 큰 자루들을 마치 솜가방처럼 가볍게 내렸다. 아리는 안나를 마부석에 앉힌 뒤 그 옆에 앉았다. 나는 꼬리판자에 앉았다. 안나가 고삐를 잡았다. 두세 번 "이랴! 이랴!" 하자 말은 뚜벅뚜벅 걷기 시작했다. 가르쳐주지 않아도 노비는 길을 다 아는 것 같았다. 마차가 노비와 아리처럼 워낙 커다랗기 때문에 우리는 시장을 거치지 않고 곧바로 갔다. 마침내 모퉁이에서 멈추었다.

"울워프네 가게야."

아리의 목소리가 커다랗게 울렸다. 마차에서 뛰어내리면서 한 가게를 가리켰다.

"바로 여기다."

"고마워요, 아리."

안나가 대답했다.

"고맙다, 안나."

아리도 빙그레 웃으며 말했다.

"나중에 또 보자."

아리는 노비와 모퉁이를 돌아갔다. 그후에도 종종 아리를 만났다. 울워프네 가게의 카운터에서 점원이 의아해 하며 거울 열 장을 건네 주었다. 우리는 쏜살같이 집으로 돌아온 뒤 바로 식탁을 닦았다. 나는 아교와 천으로 두 거울 사이에 돌쩌귀를 달았다. 그것은 마치 책표지 같았다. 또 안나는 검은 선이 짙게 그어진 커다란 마분지를 가지고 와서 식탁 위에 올려놓았다. 우리는 이 기적책을 열어 마분지 위에 올렸다. 돌쩌귀는 선에서 가장 멀게끔, 그리고 거울의 두 가장자리가 선과 맞물리게끔 두었다. 나는 거울을 들여다보면서 각도를 조정했다. 실제 선과 거울 속에 비친 두 선이 정삼각형을 이루었다.

이번에 거울을 조금 닫아 네모꼴을 만들도록 했다. 안나는 뚫어지게 거울 속을 들여다보았다.

"조금 더."

내가 각도를 조금 좁히자 안나가 수를 세기 시작했다.

"하나, 둘, 셋, 넷, 다섯, 모서리가 다섯 개 생기는데."

안나가 다시 재촉했다.

"조금 더."

잠시 후, 안나가 말했다.

"그걸 뭐라고 해?"

"5각형이라고 해." 내가 말했다.

거울책을 조금씩조금씩 닫아가자 그림자는 6각형, 7각형, 8각형, 36각형까지 나왔다.

안나는 이 거울책을 아주 이상하고 경이로운 책으로 생각했다. 닫을수록 점점 수가 많아지니 분명 이상한 노릇이었다. 더 이상한 것은 책이 한쌍의 거울로 돼 있다는 점이다. 그러나 만일 '한 모꼴' 씩마다 거울 한 짝을 따로따로 가진다면 거울이 백만 짝 아니라 억억만 짝이라도 모자랐을 터이다. 정말 신기한 마술책이었다.

그러나 또 다른 난관이 닥쳐왔다. 책을 계속 덮어가자, 안에 비친 그림자를 볼 수 있는 빛이 없어졌다. 안나는 책을 다 덮었을 때 무엇이 보일까 몹시 궁금해 했다. 그건 정말 어려운 문제였다. 완전히 닫힌 거울책 속에 어떻게 빛을 넣을 것인가?

"무슨 좋은 수가 없을까?"

안나가 물었다.

우리는 성냥이랑 촛불을 버렸다. 마지막으로 회중전등을 사용하기로 했다. 후다닥 회중전등을 분해한 뒤 나는 장치를 하기 시작했다. 전선에다 납땜을 하여 전구와 밧데리에 이었다. 그러나 너무 컸다. 그래서 책을 다 덮을 수 없었다. 그렇지만 이 문제에 대한 해결책이 곧 나왔다. 두 개의 거울을 1.5센티미터 가량 띄우고 평행으로 마주 보게 하니까 거의 생각한 것에 가깝게 되었다. 우리는 그것을 바로 고정시킨 다음 그 위에 옷을 걸쳐 빛을 막았다. 틈새로 보던 안나가 숨을 헐떡였다.

"빛이 수백만 개 있어."

안나가 속삭였다. 그리고 더 놀란 목소리로 말했다.

"핀, 저건 직선이야!"

몇 년 전에 이미 단단히 놀란 나였다. 안나에게 다가가 아주 부드럽게 두 거울의 한쪽 끝을 1.5센티미터 가량 틈새가 생기도록 조였다. 안나는 뒤로 물러서면서 나를 보았다.

"어떻게 했어?"

나는 거울 끝을 죄이는 법을 설명해 주었다.

"저건 세상에서 가장 큰 원이야."

안나가 외쳤다.

세상에서 제일 큰 원을 안나가 뚫어져라 쳐다보고 있는 사이, 나는 거울의 다른 쪽 끝을 죄였다. 세상에서 가장 큰 원은 이제 직선이 되었다가 다른 쪽으로 구부러졌다. 마술의 거울책을 펴고 닫기를 백번도 더 되풀이했다. 거울의 각도에 따라, 수많은 다른 모양이 나왔다. 사람을 깜짝깜짝 놀라게 할 만큼 기묘한 형태가 만들어졌다.

어느 날 오후 새로운 일이 일어났다. 안나가 카드에다 대문자를 크게 써서 거울 각도 사이에 넣은 다음 거울 안을 들여다보았다.

"그것 참 재밌는데."

안나의 머리는 오른쪽과 왼쪽 거울 사이를 부지런히 오가고 있었다.

"정말 재밌는걸."

안나는 혼잣말로 중얼거렸다.

"이번 것은 거꾸로, 그 다음 것은 바로 비치잖아?"

거울에 비친 몇 개의 글자는 앞뒤가 거꾸로인 반면, 바르게 나온 글자도 있었던 것이다. 안나는 거꾸로 비친 글자는 버리고 'A. H. I. O. T. U. V. W. X'만을 남겼다. 나도 슬그머니 안나의 의자 옆으로 끼여들었다. 버려진 글자 사이로 이리저리 찾다가 'A'를 발견했다. 나는 안나 옆에 있는 탁자에 카드를 놓고 거울 하나로 'A'의 각도를 절반으로 잘랐다. 나에게서 거울을 뺏은 안나는 자기가 직접 해보았다. 그 다음 다른 글자도 실험해 보았다. 그러기를 반 시간 가량, 안나는 대단한 발견을 한 듯 외쳤다.

"핀, 거울에 있는 글자 반이 탁자 위에 있는 반과 꼭 같으면 글자는 바뀌지 않아! 'O'은 재밌는 글자야. 수많은 방법으로 가를 수 있거든."

안나는 대칭점의 개념을 깨달았던 것이다. 새로운 놀이요, 새로운 경이의 세계였다. 안과 밖, 오른쪽과 왼쪽이 바뀐 것도 있었지만, 바뀌지 않은 것도 있었다. 우리는 밀리와 케이트가 선물한 손바닥 거울 위에 깨지지 않도록 나무를 댄 다음, 거리로 나갔다. 우리는 언제나 이 거울을 갖고 다녔다. 길 아래로 어슬렁어슬렁 내려가 길 위에 있는 자갈돌의 예기치 않은 구조를 보곤 했다. 딱정벌레, 나뭇잎, 씨앗, 전차표들이 차례차례 마술책 속으로 들어갔다. 이런 재미라면 평생을 바쳐 하더라도 손해볼 것 같지 않았다. 마술책에 색전구를 끼워 넣고 스위치를 넣은 다음, 우리는 틈새로 들여다보았다. 우리는 단 한 줌의 돈으로 피커딜 서커스, 블랙풀, 사우스엔드의 극단을 모두 합쳐도 못 따라올 묘기를 만들어 보였다. 그것은 기적 같았다. 뿐만 아니라 쓸모도 있었다. 한 번에 물건의 양면을 다 볼 수 있었던 것이다.

"한 물건의 둘레를 한꺼번에 다 볼 수 있다면 기적의 주사위를 만들 수 있을 텐데."

경이에 찬 눈으로 안나가 말했다. 우리는 기적의 주사위를 만들기로 작정했다. 틈새로 돌쩌귀를 한 다음 무명실로 주사위 중앙에 물체를 달았다. 너무 어두워 빛을 안으로 보냈다가 '앗!' 하고 비명을 지르고 말았다. 물건이 입체적으로 보이는 게 아닌가! 얼마나 많은 거울을 사다 날랐는지 모르겠다. 한 백 개쯤은 넉넉히 되었으리라. 거울에서 플라톤의 '이데아' 그림들이 몽땅 나왔을 뿐만 아니라, 심지어 플라톤이 꿈도 못 꾸던 모습 몇 개까지 덤으로 나왔다. 덤으로 나온 것은 특이했다. 우리는 우리가 만든 거울책으로 들어가 결코 말로 그려낼 수 없는 별 희한한 그림들을 다 보았다. 기적의 세계에 사는 사람만이 뜻을 이해할 수 있는 기묘한 산수를 발견했다. 우리는 종이철에 우리 식의 계산을 했다. 곤란한 점은 진짜 종이를 보지 않고 수직의 거울에 비친 종이를 보고 계산한다는 데 있었다. 참을 수 없는 긴장이 몰려올 때도 있었지만, 우리는 그것을 이겨냈다.

어느 날 저녁, 거울책은 단순한 거울책이 아니라 기적의 책이라는데 우리는 뜻을 모았다. 어원사전을 찾아보았다.

*거울(Mirror)은 라틴어 놀라다(mirai)에서 왔다.

*기적(Miracle)은 라틴어 놀라운(mirus)에서 왔다.

우리는 하느님 아저씨가 자신을 본따 사람을 만들었다는 것을 잘 알고 있었다. 충분히 그럴 수 있을 것이다.

"하느님 아저씨가 아주 큰 거울을 만들어 놓으셨을지도 몰라, 핀."

"그럴지도 모르겠군."

"하느님은 그것으로 뭘 하시고 싶었을까? 핀."
"모르겠는데……."
"아마 우리는 다른 쪽에 있는지도 몰라."
"어째서?"
"아마도 틀린 쪽에 있는지 몰라."
"그건 단지 생각이야, 꼬마."
"그래서 우리가 틀리게 보고 있는지도 몰라."
"그래, 우리가 틀리게 보고 있는지도 몰라."
나는 뜻도 모르고 맞장구를 쳤다.
"수처럼."
"수라니?"
"응, 거울 속의 수 말야."
"어째서 그래?"
146 "거울 속의 수는 뺌(－) 수이지, 더함(＋) 수가 아니야."
"그만둬, 꼬마야. 무슨 말을 하려고 그래?"
안나는 종이에 0, 1, 2, 3, 4, 5라고 썼다.
"이건 더함(＋) 수야."
"만일 거울을 0에 놓으면 비친 숫자는 $-5, -4, -3, -2, -1$로 나와. 그것은 뺌(－) 수야."
나는 안나의 논리를 따라가 보았다. 거울에 비친 수는 뺌 수였다. 안나가 이어 말했다.
"사람들은 뺌(－) 사람들이야."
나는 손을 내저었다.
"멈춰, 그 말은 모르겠어."
안나는 의자에서 뛰어내려오더니 책 꾸러미를 안고 비틀비틀 의자로 되돌아 갔다. 의자에 앉은 안나는 탁자를 쾅쾅 쳤다.
"이게 0이야, 이건 0이고 저건 거울이야."

"그건 알겠어. 저건 거울이야."

나도 식탁을 두드렸다.

"그 다음은 뭔데?"

안나는 식탁 위에 책을 놓았다.

"이건 +1이야."

안나는 나를 쳐다보며 말했다. 나는 고개를 끄덕였다. 안나는 두번째 책을 그 위에 얹었다.

"이건 +2야."

나도 따라 고개를 끄덕였다.

"이건 +3, +4."

책이 자꾸자꾸 쌓여 나갔다. 자기가 하는 말의 뜻을 내가 알아듣자 그제서야 만족한 듯 안나는 책을 한꺼번에 안고 바닥으로 내렸다.

"이제," 안나가 말했다.

어려운 부분으로 넘어온 게 분명하다.

"…… 책이 어디에 있어?"

안나는 엉덩이에 손을 얹고서 머리를 갸웃하며 말했다.

"이것 보라구, 나에겐 없어." 내가 대답했다.

쾅―쾅―, 다시 안나는 탁자를 내리쳤다.

"아래, 그건 이 아래 있어."

거기가 어딘 줄도 모르면서 무턱대고 맞장구를 쳤다.

"뺌 책 1권은 책 하나만큼한 구멍이고, 뺌 책 2권은 책 두 권만큼한 구멍이야. 그건 어렵지 않아."

그 요령을 알고 나니 어려운 것도 아니었다. 그래서 나도,

"뺌 책 8권은 여덟 권의 책만한 구멍이지."

라고 아는 척했다. 안나는 가정교사처럼 물었다.

"뺌 책 10개의 구멍과 더함 책 15개를 가지면 모두 몇 권의 책

을 가진 셈이야?"

나는 상상으로 +책이 하나씩하나씩 구멍으로 사라지는 것을 보았다. 10개를 구멍 속에 잃어버리고 나니까 5개가 남았다.

"다섯 권!"

내가 뽐내며 말했다.

"그런데 뺌 사람들과 무슨 관계가 있어!"

나는 불쌍한 듯이 쳐다보는 안나의 시선에 움츠러들다가 꼭 뺌 구멍 속으로 빠져들 것만 같이 느껴졌다.

"만일 사람들이 거울 사람들이라면 그 사람들은 마이너스(−) 사람들이야."

누구라도 알 수 있는 분명한 말이었다. 우리는 모두 하느님 아저씨가 자기 모양을 본떠 사람들을 만들었음을 알고 있다. 그 본 딴 것이 이 거울 속에 있다. 거울은 앞과 뒤를 왼편과 오른편을 바꾸어 놓는다. 본딴 것, 곧 상(像)은 마이너스 사물이다. 한꺼번에 생각해 보자. 하느님 아저씨가 거울의 플러스(+) 쪽에 있는 것이다. 우리는 이 사실을 알아야 한다. 아장아장 걷는 아기를 위해 엄마가 몇 걸음 물러서는 것은 아기가 걸을 수 있도록 격려해 주기 위해서다. 하느님 아저씨도 꼭 같다. 하느님 아저씨는 우리를 거울의 마이너스(−)편에 놓아 두고, 우리 스스로 플러스(+)편의 길을 찾도록 물러서서 보고 계신다. 당신도 알겠지만, 하느님 아저씨는 우리를 자기처럼 되도록 바라는 것이다.

"마이너스(−) 사람들은 구멍 속에 살아."

"그럴 수밖에, 그런데 무슨 구멍일까?"

"서로 다른 구멍들."

"아! 그렇군, 어떻게 다른데?"

"어떤 것은 크고 어떤 것은 작아."

안나가 이어 말했다.

"모두 다른 이름을 가졌어."

"다른 이름? 이를테면?"

구멍 주위를 돌듯, 안나는 이름들을 늘어놓기 시작했다.

"탐욕, 악, 잔인한 것, 거짓말쟁이."

거울을 놓고 보았을 때 우리가 있는 쪽에서는, 맨바닥에 사는 사람들을 비롯해 여러 가지 깊이를 가진 구멍들로 흩어져 있다. 반대로 하느님 쪽에는 얼마든지 그 구멍을 막을 수 있는 것들이 있는데, 이를테면 관용, 친절, 진실 등이다. 지혜가 있는 사람들이라면 누구나 그것들을 요청할 수 있다. 우리가 그 구멍을 막는 만큼 우리는 더 하느님편에 가까워진다. 그걸 다 막고도 남음이 있다면 그때 우리는 플러스(+) 쪽에 와 있는 것이다. 다시 말해 하느님 쪽이다. 하느님이 자기 거울을 들여다보면서 우리를 보고 있음을 잘 아는 우리지만, 하느님 아저씨를 볼 수는 없다. 그것은 거울 속에 비친 상(像)이 우리를 못 보는 것과 같다.

"핀의 비친 얼굴이 핀을 보지는 못하잖아?"

안나의 지론이다. 때로 하느님 아저씨는 어떤 사람의 구멍 안에 뭔가를 갖다놓고 그를 위해 구멍을 막아 주는 일이 있다. 그것이 우리가 말하는 기적(miracle＝mirror＋cle)이다.

하느님은 사람들의 대화로부터 멀리 떨어져 있지 않다. 그뿐인가! 그는 점점 더 사람들을 놀라게 하는 힘을 가지고 있다. 제각기 다른 말로 하는 모든 사람들의 기도를 하느님이 다 이해하심은 물론 다 듣고 계신다는 사실은 정말 깜짝 놀랄 일이긴 하지만, 그것도 안나가 발견한 수많은 기적의 낟가리에 비하면 아무것도 아닌 게 되어 버린다. 그중 가장 놀라운 기적은 그 기적들을 찾아내어 이해할 수 있는 능력을 우리에게 주었다는 일이다.

안나는 하느님 아저씨가 자신의 창조의 이야기를 쓰고 있다고 생각했다. 그는 줄거리를 다 짜놓고 일이 어떻게 되어갈지 정확히 알고 있다. 이 부분에 대해서만은 우리는 하느님 아저씨를 도울 수 없다. 그러나 하느님 아저씨가 책장을 넘기는 것만큼은 도울 수 있다. 안나는 그 책장을 넘기고 있었던 것이다.

어느 날 나는 주일학교 선생님과 마주쳤다.

"잠깐만요. 안나 있죠? 안날 수업 시간에 좀 얌전하게 굴게끔 교육시켜 주셔야겠어요."

"그래요? 대체 안나가 수업 시간에 어떤 짓을 합니까? 또 선생님 말씀을 따르지 않는 것도 있습니까?"

주일학교 선생님은 안나의 머리에 대해 소상히 말해 주었다.

"첫째, 안나는 말을 가로막습니다. 둘째, 안나는 내 말에 꼬박꼬박 대꾸를 해요. 셋째, 안나는 나쁜 말을 쓰죠."

"잘 알겠어요. 물론 안나가 욕설을 할 때도 있겠죠. 그렇지만 나쁜 뜻으로 그런 말을 쓴 것은 아닐 텐데요."

그러나 내가 쏜 화살은 과녁을 빗나가고 말았다. 안나가 선생님이 말하는데 끼여들고 대꾸를 하는 것은 짐작이 갔지만 선생님은 거기에 대해 자세한 앞뒤 이야기를 해 주지 않았다.

그날 저녁, 나는 안나에게 이야기를 끄집어냈다. 주일학교 선생님에게 들은 이야기다.

"더 이상 주일학교는 안 갈래, 핀."

"왜 안 간다는 거야?"

"선생님은 하느님 아저씨에 관해 아무것도 가르쳐 주시지 않아."

"네가 잘 듣지 않았겠지."

"아냐, 잘 들었어. 하지만 선생님은 아무것도 말해 주시지 않았어."

"그럼 아무것도 배우지 않겠다는 거야?"

"가끔씩은 배울게."

"오, 그건 좋아, 그런데 무얼 배우니?"
"주일학교 선생님이 겁먹었다는걸."
"왜 그런 말을 해? 선생님이 겁먹었다는 걸 네가 어떻게 안다구?"
"선생님은 하느님 아저씨가 더 커지도록 하시지 않거든!"
"하느님 아저씨가 크다구?"
"그럼, 그는 착하고 커."
"그리고 우린 작고?"
"바로 그래. 우린 작아."
"큰 차이가 나?"
"그럼, 큰 차이가 나지. 차이가 작을 때도 있어. 만일 차이가 없다면 아무 가치도 없어, 그렇잖아?"
혼동스러운 말이다. 나는 쩔쩔 매고 있었다. 이번에는 안나가 쉽게 풀어 주었다.
"하느님 아저씨와 내가 크기가 꼭 같다면 핀은 알아보질 못할 거야."
"그래, 무슨 말인지 알겠다. 차이가 아주 커야만 하느님 아저씨가 크다는 말이 이치에 맞구나."
"때때로."
하면서 안나는 토를 달았다. 생각했던 것만큼 쉽지는 않았다
쉬운 단계에서는 하느님 아저씨와 우리 사이의 차이가 커야만 하느님 아저씨다워진다는 것은 납득이 되었다. 그런데 차이가 무한해질때, 그때 하느님 아저씨는 어떤 상태일까? 절대적인 존재가 될 것이다.
"이 모든 게 주일학교 선생님과 무슨 관계지? 선생님도 틀림없이 차이를 아실 텐데."
"그래 맞아."

안나가 고개를 끄덕였다.

"그럼 뭐가 문제야?"

"내가 사물들을 발견할수록 하느님 아저씨는 더 커져가는 거야."

"그래?"

"물론 선생님도 차이가 크다는 걸 말씀하셨어. 하지만 하느님 아저씨는 더 이상 커지지 않고 그 자리에서 스톱했어. 선생님이 겁먹은 거야."

"어이. 잠깐만! 선생님이 차이를 크게 두셨는데 하느님 아저씨가 그대로 한 말은 어찌된 거냐?"

나는 대답을 놓친 거나 다름없었다. 이건 정말 포기할까 보다.

안나는 아주 조용히, 그러나 단숨에 말해 버렸다.

"선생님은 사람을 아주 작게 만들었어."

그리고 다시 내게 물었다.

"핀? 왜 우리가 교회에 가?"

"하느님 아저씨를 더 알려고."

"모르기 위해서야."

"뭘 모른다는 거야?"

"하느님 아저씨를."

"잠깐, 잠깐, 너 화가 난 게로구나."

"아냐, 화나지 않았어."

"안나, 분명히 화났는데?"

"그게 아냐, 우리는 하느님 아저씨를 정말, 정말 크게 하려고 교회에 가. 하느님 아저씰 정말, 정말, 정말 크게 만들면, 그땐 정말, 정말 하느님 아저씨를 알 수 없게 돼……, 그게 하느님을 참으로 이해하는 거야."

내 머리가 미처 못 따라 간다는 걸 눈치챈 안나는 약간 놀라고

풀이 죽었지만, 그래도 차근차근 설명해 주었다.

우리가 작을 때는 신을 이해할 수 있다. 신은 왕좌—물론 금으로 된—에 앉아 있다. 그는 멋있는 구레나룻에 왕관을 쓰고 있다. 모든 사람들은 신에게 도취된 듯 찬송가를 부른다. 그 신은 참 쓸모있는 신이다. 우리는 그에게 물건도 요구할 수 있다. 뿐만 아니라 그는 우리의 적을 죽여 주며 옆집에 있는 깡패 녀석에게 별안간 마술을 걸어 벌을 내리기도 한다.

우리는 신을 너무 잘 알고 있다. 그리고 쓸모도 너무 많다. 그래서 신은 물건처럼 변해 버렸다. 물론 물건들 중에서 가장 중요한 물건이지만 결국은 물건일 뿐이며 그것도 깡그리 알고 있는 물건인 것이다. 우리가 조금 자라면, 자신도 조금 달라졌음을 우리는 안다. 여전히 우리는 그가 어떤 존재라는 걸 뚜렷이 인식하고 있다. 그런데 우리가 신을 잘 알고 있다고 생각하는 것과는 정반대로 신은 우리를 알지 못하는 것 같다. 이게 문제인 것이다. 신은 우리가 새 장난감, 새 자전거, 새 자가용을 샀다는 사실을 모르는 것처럼 보인다. 그래서 우리는 신에 대한 우리의 인식을 조금씩 바꾼다. 어떤 방식이든, 어떤 상태로든, 신을 알고 있는 한 우리는 신의 크기를 줄어 들게 하는 것이다. 그는 다른 물건들처럼 알 수 있는 물건이 되어 버렸다. 그러나 신은 우리의 삶 전체를 걸쳐 조금씩조금씩 깃털을 갈고 나타난다.

마침내 우리는 신을 전혀 알지 못한다는 사실을 허심탄회하게 받아들인다. 여기까지 자라면, 우리는 신에 알맞는 크기를 되돌려 주게 되고, 그때 그는 우리에게 빙그레 웃음을 보내 주신다.

7

그림자는 빛보다 빠르다

안나는 모든 일에 열중해 들어갔다. 그리하여 어떤 일이라도 겁
먹지 않을 만큼 높은 수준까지 올라갔다. 안나는 모든 것과 만날
준비가 되어 있었다. 그것이 어떤 차원에 있더라도 아무 문제가
없었다. 표현할 적당한 말이 없는 일에 뛰어들 때도 많았다. 그럴
때면 전혀 새로운 말을 만들어내거나 옛것을 가지고 새롭게 고쳐
썼다. 어느 날 저녁 '빛이 헤어진다'라고 말한 것이 그 한 예다.

빛이 헤어진다는 것쯤은 알고 있었어야 했지만, 나는 그러질 못
했다. 우리는 회중전등과 줄자로 단단히 무장한 채 어두운 밤거리
로 나가야 했다. 가까이 있는 쓰레기통과 담벽의 도움을 받아 빛
이 정말 '헤어진다'는 것이 증명되었다. 회중전등은 지름이 10센
티미터였다. 회중전등을 쓰레기통 위에 얹고 빛을 철로 벽 위를
향해 보냈다. 우리는 빛의 조각을 쟀다. 지름이 1미터였다. 쓰레기
통과 회중전등을 서너 발자국 뒤로 물린 뒤 빛조각을 다시 재어
보았다. 이번에는 지름이 1. 37미터가 나왔다. 과연 빛은 헤어진
셈이었다.

"핀, 왜 이렇게 돼?"

우리는 집 안으로 들어가 종이와 연필을 갖고 나왔다. 내가 설명해 줄 차례다.

"헤어지지 않도록 할 수 없을까?"

우리는 반사경과 렌즈에 관해 말했다. 반사경과 렌즈를 가져온 뒤 만약의 경우를 대비해 알맞은 장소에 놓아 두었다.

안나는 거울책에서 재미있는 사실을 발견했다. 안과 밖, 왼쪽과 오른쪽을 바꾸어 놓을 수 있었다. 자기의 세계에서는 사실이지만 다른 사람이 보기엔 공상일 뿐이라는 것에 조금도 거리끼지 않았다. 안나는 사람들이 '사실(fact)'이라 말하는 것을 너무나 잘 알고 있었던 것이다.

사실은 뜻(meaning)의 단단한 껍질이고, 뜻은 사실 속의 부드러운 살이었다. 사실과 뜻은 삶의 두 톱니바퀴였다. 사실이라는 톱니바퀴가 뜻이라는 톱니바퀴를 너무 세게 몰고 가면 둘은 엇갈리게 된다. 그러나 공상의 톱니바퀴가 그 둘 사이에 살짝 들어가면 둘은 같은 방향으로 돌아간다. 예나 지금이나 공상은 중요하다.

거울책, 곧 기적의 책은 왼쪽과 오른쪽을 바꾸어 준다. 처음부터 아예 물건을 거꾸로 놓아 보면 어떨까? 뉴톤은 뉴톤의 법칙이 있듯이 안나에게도 안나 나름의 법칙이 있었다. 그것은 안과 밖을 바꾸고, 다음 위아래를, 앞뒤를, 왼쪽과 오른쪽을 바꾸어 놓는 법칙이다.

"핀! room(방)을 거꾸로 적으니까 moor로 되네?"

room은 벽으로 둘러싸인 공간이다. moor는 그 반대니까 '벽으로 둘러싸이지 않은 공간'이라는 셈이다. 그런데 우리가 다루는 주제는 방이었다.

"핀! roof(지붕)를 거꾸로 적으니까 foor가 되네? 그 속에 'l'

를 넣어 floor(바닥)를 만들어도 돼?”

“물론이지.”

“핀, 그럼 rood는 창문이야? door(문)를 거꾸로 적으면 rood
가 나오는데.”

“핀, lived(살았다)의 거꾸로는 devil(악마)이라는 걸 알아?”

그럼 ANNA(안나)를 거꾸로 적으면? 묘하게도 역시 AN-
NA(안나)다.

다 재미로 했던 건데 이따금 적잖이 놀라운 일이 나타나는 것이
었다.

말들은 살아 있었다. 안나는 말들을 쪼개 다시 붙였다. 거창한
어원의 발견은 못 했지만 말을 배워 사용하는 법을 알았다. 큰 제
약 속에서 그렸기 때문에 아주 아름다운 것은 아니지만, 그림도
그렸다. 색안경을 끼고 그린 자기 그림을 보고 안나가 웃었다.

“핀, 파랑 안경을 빨강 안경으로 바꿔 줄 수 있겠어?”

안나는 빨강 안경을 끼고 그림을 그렸다. 원래 어떻게 보일까

하는 탐구심 충족이 목적이었던 까닭에 그림은 벽에 걸지 않았다.
　꽃도 볼 수 있다!
　안나는 꽃에도 어떤 눈이 있다고 생각했다.
　"꽃이 볼 수 없다고 말하는 건 너무 잔인해! 빨간 꽃은 빨간 꽃잎과 파란 잎을 통해서 볼 수 있을지도 몰라. 그 꽃에게는 세계가 어떤 모습으로 보일까, 핀?"
　수학도사(?)인 나에겐 수학에 다가가는 안나의 자세가 무척 흥미로웠다. 그것은 분명 깊은 사랑이었다. 수는 아름답고 재미있다. 그러니까 그건 틀림없이 하느님 아저씨 것이었다. 하느님 거라면 우러러보아야 한다. 하느님 것은 고분고분했다. 때때로 이해하기 어려운 것도 있지만 하느님 아저씨가 잘 일러두었던 모양인지 수들은 자기가 어디에 어떻게 자리잡아야 할지 잘 알았다. 이따금 하느님 아저씨의 뜻에 맞추어 수들은 계산이나 거울책에 숨었다. 거울책은 지독히 복잡했다. 그런데 이상한 일이 생겼다. 안나는 한동안 수들과의 사랑도 시큰둥해졌다. 나는 까닭을 몰랐다. 하이네스 선생님과 같은 주일학교에서 가르치는 찰스가 귀뜸을 해 주었다. 하이네스 선생님은 산수를 가르쳤는데 안나가 종종 딴전을 부렸단다.
　산수시간, 하이네스 선생님이 안나를 붙들고 늘어졌다.
　"만약 한 줄에 열두 송이의 꽃이 있다고 해요. 그런데 안나가 열두 줄을 가지고 있다면 꽃은 모두 합해서 몇 송이가 될까요?"
　불쌍한 하이네스 선생님! 차라리 12×12가 뭐냐고 물었다면 좋았을 것을! 안나는 콩콩거렸다, 내키지 않는다는 듯.
　"만약 그렇게 꽃을 키우면 피가 나는 꽃을 가지면 안 돼죠."
　완고한 하이네스 선생님은 한 발짝도 물러서지 않았다.
　"안나가 지금 한 손에 사탕 일곱 개와 다른 손에 사탕 아홉 개를 가지고 있다고 해요. 모두 합해 몇 개 가지고 있는 거예요?"

"하나도 없어요. 전 이 손에도 하나도 안 가질 것이고, 이 손에도 하나도 안 가질 거예요. 없는 걸 있다고 하면 답이 틀려요."
참을성도 많은 하이네스 선생님은 다시 한 번 물어보았다.
"그게 아니라, 안나가 가진 척해 봐요."
안나는 사탕을 가졌다고 생각했다. 그리고 씩씩하게 대답했다.
"열네 개!"
"오! 아니에요. 열여섯 갭니다. 일곱 더하기 아홉은 열여섯."
"그건 저도 알아요. 그렇지만 선생님이 제게 가진 척하라고 말씀하셨어요. 그래서 저는 하나를 먹고 하나는 다른 아이에게 주었다고 생각했어요. 그러니까 열넷이 나왔어요."
선생님의 얼굴이 불그락푸르락했다. 안나는 선생님의 마음을 누그러뜨리고 싶었다.

“선생님, 실은 그 답이 제 맘에 썩 들지를 않았습니다. 그런데.”

아마 자책하는 마음이었으리라! 우러러보고 아껴야 할 하느님 아저씨의 소중한 물건, ‘수’를 사람들이 마구 대하는 것은 견딜 수 없는 상처였다. 그 때문에 안나는 점점 다른 일에 몰두하게 되었다.

수에 대한 마지막 타결은 어느 한여름의 저녁 거리에서였다. 딩크가 섬돌에 앉아 숙제를 하고 있었다. 열네 살난 딩크는 센트럴 학교에 다니고 있었다. 거의 불가능해 보이는 각도에서 공을 골인시키는가 하면 철도 옆 담 위에서 단 일격에 크라켓 6점타를 날릴 수 있는 그 딩크가 어쩐지 수학에는 깡통이었다. 딩크가 말했다.

“저 바보 같은 영감.”

“무슨 말이야, 딩크?”

“지금 저 영감은 목욕중이거든.”

“오늘 금요일이 아니지?”

“그것과 금요일과 무슨 관계라도 있어?”

“지겨운 밤이야.”

“그건 금요일하고 아무 관계도 없어. 근데 영감이 지금 뭘하고 있어?”

“수도꼭지를 말이지 두 개씩이나 틀어놓고는 정작 호스를 꽂지는 않았어, 글쎄.”

“그런 영감 데리고 사는 엄마들도 많아, 그냥 그럭저럭 살아가나봐.”

“우리집 목욕탕에는 수도가 없어. 수도꼭지는 뜰에 있는데 거기는 보일러로 연결된 물통에 물이 가득 차 있어.”

“그런데 딩크, 넌 도대체 뭘하고 있는 거니?”

“욕조에 물이 가득 차려면 얼마나 시간이 걸리는지 알아보려고 그래."

"저 영감은 결코 목욕을 하지 못할걸, 또 너도 계산을 해낼 수 없을 거고."

"결코라니?"

"저렇게 발가벗고 서 있으면 십중팔구는 감기에 걸리고 말걸?"

"멍텅구리 영감 같으니."

"관둬. 딩크! 공이나 차자구. 골키퍼는 내 차지야."

우리가 하는 농지거리를 다 듣고 있던 안나가 몸서리를 쳤다. 산수는 악마의 작품이야. 그것은 하느님 아저씨의 진짜 작품인 수들로부터 멀어지게 하고 멍청이로 만들어 버리는가 봐!

우리는 밤늦도록 공을 차고 놀았다. 손은 더러운 먼지투성이였다. 클리프랑 죠지랑 나는 뜰을 지나 문 쪽으로 가고 있었다. 거기 안나가 기다리고 있었다. 왜 저럴까 생각하며 나는 안나에게 달려갔다. 쪼르르, 안나도 나를 향해 달려왔다.

"왜 그래? 무슨 일이 일어난 거냐?"

"오, 핀!"

안나는 나를 감싸안았다.

"굉장해, 기다릴 수가 없을 정도야."

"뭐가 굉장해?"

안나는 호주머니를 뒤지더니 뭔가를 내 손에 넣어 주었다. 네모마다 숫자가 적힌 그래프지였다. 단번에 알 수 있었다. 왼쪽 윗모서리에 −2자가 적혀 있었다. 줄을 따라 −1, 0, 1, 2, 3, 4, 5, 6, 7이 적혀 있고, 그 다음줄에는 8, 9, 10으로 나아갔다. 모두 여섯 줄로 되어 있는 그 숫자들은 맨 오른쪽 아랫모서리에서 57로 끝나 있었다. 순서대로 숫자가 적혀 있는 간단한 도식이다.

'반짝' 하고 떠오르는 것이 있나 하고 안나는 내 얼굴을 살펴보고 있었다. 딱하게도 내 얼굴에 그럴 기미는 조금도 나타나지 않았다. 다만 수수께끼를 푸느라 끙끙거리는 모습 외에는.

"보여 줄게, 신나는 게 있어."

안나는 신이 나서 내 팔을 끌었다. 우리는 길 위에 웅크리고 앉았다. 집으로 돌아가던 노동자들이 재미있는 듯 미소를 지으며 우리 주위로 몰려들었다. 안나는 작은 네모들 넷으로 이루어진 큰 네모를 손가락으로 가리켰다. 위에 있는 두 네모에 22, 23이 아래 네모에 32, 33이 적혀 있었다.

"두 개씩 서로 더해 봐."

22와 33을 대각선으로 그리면서 말했다.

"55인데."

"이제 이 둘을 더해 보면?"

다시 23, 32를 대각선으로 그으며 말했다.

"55." 웃으며, 내가 대답했다.

"똑같애."

안나는 기뻐서 어쩔 줄 몰랐다.

"정말 놀랍지, 핀?"

안나는 다시 열여섯 개의 작은 네모들로 이루어진 큰 네모를 그렸다. 연필로 쓱쓱 두 번 긋더니 네 개의 작은 네모들을 가진 네모 네 개로 나누었다.

"이쪽과 이쪽."

오른쪽 위에 있는 네 개의 네모와 왼쪽 아래에 있는 네 개의 네모를 가리켰다. 왠지 답은 똑같았다. 우리는 30분 동안 네모를 가지고 요술을 부렸다. 대각선으로 연결한 숫자의 짝 합은 또 다른 짝의 합과 항상 똑같았다. 한 대각선은 다른 대각선의 쌍둥이 형제였다. 어떤 신비한 작용에 의해 대각선 숫자의 짝 합은 모두 같았다. 착하기도 한 노신사 하느님이 이번에도 다시 기적을 부린 게다.

그날 저녁 늦게까지 나는 안나의 이야기를 들었다. 내키는 대로 아무 자리에나 0을 놓고 이런 스코어를 수도 없이 올렸다는 것이다. 아주 복잡한 짝들도 발견했단다. 진짜 하느님 작품인 '하느님 아저씨의 수'는 끝이 없는 기적이었다. 그에 비해 목욕탕물 채우는 따위의 셈법이란 '악마가 사용하는 수들'이었다.

산수 교과서와 같은 악마 작품에 대한 거부감은 지독하게 뿌리 깊이 박혀 버렸다. 이 세상에서, 아니 저 세상에서도, 안나를 이 악마 작품에 가까이 하게 할 존재는 결코 없을 것이다. 이 모든 악마 작품은 숫자로 할 수 있는 것과 할 수 없는 것을 보여 주는 수단일 뿐이었다. 그러나 나는 거기에 구애받지 않았다. 그 점에서는 하느님 작품도 똑같으니까.

'두 사람이 두 시간 동안 구멍을 파고 또.' 이런 식으로 골칫덩어리 속으로 들어가야 된다고 말하는 산수책들이 있다. 그러나 그 산수책에는 바른 질문이 나와 있지 않다. 무엇 때문에 구멍을 파야 하는가?라는 물음이 빠져 있는 것이다.

산수책에서는 똑같은 구멍을 팔 사람을 다섯 데려온다. 단지 얼마나 시간이 걸리는지 알아보려고? 목욕탕 속의 사람은 또 어떤 가? 수도꼭지를 두 개나 열어놓은 채 고의적으로 호스를 버려 두는 사람이 실제로 있다는 말은 할 수 없을 것이다. 꽃줄에 대해서도 마찬가지다.

안나는 6이라는 숫자의 추상개념을 알고 있었다. 여섯 개의 사과에서 ‘여섯’을 떼어내어 ‘여섯’ 대의 버스에 적용시킬 줄 알았다. 그렇다고 6의 개념이 속속들이 규명된 것은 아니었다. 그림자의 성질을 이해했을 때에 가서야 안나는 수의 본질에 깊숙히 들어가게 되었다. 그림자란 ‘어떤 것의 없음’이라고 놓고 생각해 볼 때, 그건 이상한 현상이기도 했다. 그림자는 연쇄반응을 일으켰다. 안나는 곧장 온갖 방향으로 달려 나갔다.

긴 겨울을 보낼 소일거리로 우리는 마술 환등기랑, 크리스탈 궁전에 있는 유리칫수나 대피라미드 건축에 쓰이는 돌의 숫자 따위에 관심이 있는 사람이 아니라면 별로 교육적이지도 않을 교육용 슬라이드를 가지고 있었다.

진짜 교육적이면서도 재미있는 것은 슬라이드가 달리지 않은 불켜진 마술 환등기였다. 빗살 앞에 손을 두면, 마술 환등기는 스크린 위에 베드 시트 같은 그림자를 만들어냈다. 그래서 재미있었다. 또 세 개의 엉뚱한 생각을 불러일으켰으므로 교육적이었다.

“환등기를 켜도 돼?”

안나가 물었다.

“뭘 보려고?”

“아무것도, 그냥 환등기를 켜놓고 싶어서.”

평소답지 않은 대답이었다.

늘 이런 식의 얘기가 오갔다. 안나는 환등기 앞에 앉아 세모꼴의 빛을 뚫어져라 쳐다보고 있었다. 나도 호기심이 부쩍 일어났다. 그러나 안나는 오랜 시간을 꼼짝도 하지 않았다. 그러면 나의

궁금증은 도취된 듯한 안나의 얼굴과 무엇이 있길래 저럴까 하는
두 가지의 생각이 들었다.
　네모진 빛을 응시하길 일주일, 마침내 안나는 일생에 걸친 고뇌
를 내뱉듯 이렇게 말했다.
　"핀, 빛 앞으로 성냥갑을 들어봐 줄래."
　그랬더니 스크린에 손과 성냥갑 그림자가 시커멓게 들어왔다.
오랫동안 꼼꼼히 따져보던 안나가 목소리를 높였다.
　"이제 책을."
　다시 빛살 속으로 책을 가져왔다. 그리고서 숨을 죽이며 바라보
았다.
　이러기를 수십 번, 가스등을 가득 채우고 식탁 위에 앉아 나는
대답을 기다린다. 아무 대답도 없다.
　나는 도저히 참을 수 없었다.
　"머리통 속에 뭘 삶고 있는 거냐? 꼬마."
　아무렇지도 않은 척 꾸몄다. 안나의 얼굴은 나를 향했지만 눈은
어딘가 다른 쪽으로 가 있는 게 아닌가!
　"그것 참 재밌는데. 참 재밌단 말이야."
　안나의 내면이 어떤 축을 중심으로 서서히 돌아가고 있는 듯한
기묘한 느낌이 들었다. 눈은 앞을 향해 똑바로 고정되었고, 머리
는 아주 천천히 왼쪽으로 돌아가고 있었다. 돌연 안나가 킥킥 웃
기 시작했다. 나 혼자 떨어진 섬에 앉아 마지막 페이지가 사라진
추리소설을 읽고 있는 듯한 궁금증이 밀려왔다.
　이 같은 일이 며칠간이나 계속되었는지 모른다. 평상시처럼 안
나는 신나게 놀기 좋아하는 예전 모습 그대로였다. 그러나 내게는
손톱을 물어뜯는 듯한 좌절감과 걱정이 겹친 나날들이었다.
　어느 날 안나가 종이 한 장을 스크린 위에 꽂아 달라고 졸랐다.
그날의 주제는 물 항아리였다.

“연필로 이 종이 위에다 항아리 그림자를 그려 줘, 핀 선생님.”

나는 한 손에 항아리를 들고 다른 손에 연필을 쥔 채 서있었는데 그림을 그릴 수가 없었다. 나는 스크린에서 두 발자국 떨어져 있었기 때문이다.

“어이쿠, 이건 도저히 힘들어.”

그러나 안나는 내 말을 못 들은 척 배우들을 지휘하는 영화감독처럼 의자에 앉아선 막무가내로 우기는 것이었다.

“제발 살려 줘, 꼬마 감독님!”

“아무 거나 가지고 와서 그 위에 앉으면 되는데.”

할 수 없이 작은 테이블 위에 책 꾸러미를 쌓아올린 다음 나는 그 위에 앉았다. 그리고 종이 위에 항아리의 윤곽을 스케치했다.

“이제 그걸 오려 줘.”

내 잘난 재주를 그런 하찮은 일에 허비하다니! 은근히 부아가 났다.

“꼬마야, 네가 좀 하지 그래?”

"제발, 핀, 부탁해요. 응?"

못 이기는 척 나는 그것을 오려서 안나에게 건네 주었다.

환등기를 끄고 가스등을 켠 채, 오려낸 부분을 바라보던 안나의 긴장된 얼굴이 서서히 풀어지고 있었다. 무슨 까닭인지 고개를 끄덕이는 게 사뭇 흡족한 표정이었다. 안나는 다시 오려낸 종이를 낱말 맞추기 페이지에 모셔두었다.

다음날 밤.

나는 여전히 종이를 세 번씩이나 오려내야 했다. 도저히 영문을 몰랐다. 내가 아무런 실마리도 찾지 못했건만 안나는 문제를 풀어냈다. 그래서 사실과 생각을 정리하는 중인 것 같았다.

사흘 뒤, 이번엔 마술 환등기를 켜달라는 것이다.

사흘간을 교묘한 말로 질문하더니 다시 또 사흘 동안 모나리자처럼 수수께끼 같은 미소를 지었다. 그리고 마침내.

모든 것이 완성된 것이다.

"이제,"

확신에 가득 찬 목소리로 안나는 외쳤다.

"이제 끝냈어."

책에서 항아리 그림자의 오린 종이 네 장을 꺼낸 뒤 탁자 위에 올렸다.

"핀, 이것 좀 들어 줄래?"

나는 다시 빛살 속에 오려낸 종이를 들고 있었다. 속으로 의아스러웠다. 그림자의 그림자라, 그걸 가지고 뭘 하려나?

"그렇게 말고, 스크린에 수직으로 들면 좋겠는데."

"알았어."

나는 다시 수직방향으로 들었다.

"핀, 뭐가 보여?"

나는 안나 쪽으로 얼굴을 돌렸다. 눈을 감고 있었다.

“일직선이 보이는데.”

“이제 다음번.”

나는 다시 다음 것을 스크린에 수직으로 들었다.

“뭐가 보여?”

“일직선.”

세 번째, 네 번째. 다 똑같이 직선이 나오는 것이었다. 생쥐든, 산이든, 임금님이든 그 어떤 것도 그림자를 하나 만들어낸다. 그런데 여기 신기한 사실이 있다. 그 어떤 것의 그림자를 스크린에 수직으로 두었을 때 그것은 모두 직선을 만들어낸다! 안나가 이 사실을 입증했다. 이것 말고 또 재미난 점이 있다. 눈을 뜬 안나는 다시 나를 쳐다보았다.

“핀, 스크린에 수직으로 선을 들고 있어 볼래? 머릿속에서만 해도 돼. 뭐가 보여?”

“점.”

“맞아.”

안나의 미소는 환등기의 빛살보다 더 밝았다.

“난 아직도 네 생각을 모르겠는걸.”

“수의 정체에 관한 거야.”

안나의 나에 대한 가장 멋있는 찬사는 침묵이었다. 나는 안나의 침묵을 ‘잘했어, 핀 혼자서 그걸 해낼 만큼 머리가 좋구나’라는 뜻으로 받아들이기로 했다. 내 ‘마음의 체조’는 항상 ‘이런 뜻이야’로 끝났다.

안나가 발견한 것은 이렇다 ; 하나의 수는 다양한 사물들을 헤아리는 데 쓰인다. 예로서 7은 7명의 아기, 7장의 수표, 7권의 책 등으로 쓰일 수 있다. 그렇다면 분명 사물들에 어떤 공통적인 요소가 있을 거라고 추론해 볼 수 있다. 우리 눈에는 보이지 않는 공통분모 같은 것일게다.

그럼 그것을 어떻게 찾을까?

그건 무엇일까?

사물은 모두 그림자를 가지고 있다. 그런데 그림자가 되면 우리가 셀 수 없는 것들, 이를테면 빨강, 단맛 따위들은 잃어버린다. 그림자에 남는 것은 모습뿐이다. 그렇지만 그 그림자 안에는 아직 몇 개의 정보가 남아 있다. 그림자는 필요치 않은 것들을 많이 걸러내므로, 이 그림자의 그림자는 더 많은 것을 잃어버릴 것이다.

여기서, 만일 스크린에 수직으로 다시 어떤 그림자를 놓아보자. 그 그림자의 그림자는 직선으로 나온다. 스크린에 수직으로 두었을 때, 그림자의 그림자는 모두 직선이 나오는데, 차이점은 직선마다 길이가 다르다는 데 있다. 그런데 여기서 다시 당신은 이 차이점을 없애 버리고 싶다 하자. 이 문제를 어떻게 풀어낼 것인가?

그것은 지극히 간단하다. 모든 직선들을 빛에 놓고 그림자를 만들어내면 된다. 즉 그림자의 그림자의 그림자다. 그것이 공통분모, 당신이 원하는 것이다. 그 공통분모는 점이다! 이런 방법으로 셈할 수 없는 정보는 마지막 한 조각까지 다 걸러낼 수 있다.

수많은 사물들을 하나의 점으로 줄인 후, 안나는 다시 사물들을 거꾸로 부풀여 나갔다. 안나는 종이 위에 연필로 점을 콕 찍었다.

"핀, 놀랍지?"

안나는 점을 가리키면서 말했다.

"이것은 나, 또는 버스, 또는 그 모든 것의 그림자의 그림자의 또 그림자야, 그건 핀의 것일 수도 있어?"

내 자신을 살펴보았지만 아무래도 점이 있다는 실감이 나지 않았다. 어쨌든 내게도 점이 있긴 있나 보다. 안나는 점을 직선으로, 직선을 면으로, 다시 실재 사물로 불려 나갔다. 그런데 실재 사물부터 더 높은 차원으로는 어떻게 다시 부풀려질까? 거기서 안나는 원숭이처럼 점점 높은 차원의 나무를 타고 오르기 시작했다. 이런 논리로 보면, 한 사물은 보다 더 복잡하고 정교한 어떤 것의 그림자며, '그 어떤 것'은 또 그것보다 한 단계 높은 차원에 있는 어떤 존재의 그림자일 뿐이다. 이렇게 무한히 계속될 것이다.

깜짝 놀랄 일이다. 그러나 우리는 아무것도 아닌 것이라고 배워 왔다. 점에 이르면 더 이상 줄일 수가 없다. 반대로 사물을 부풀려 나가면 멈추는 곳은 어딜까? 영원히 계속되지 말란 법도 없다. 너무나 복잡해 더 이상 불려지지 않는 것 딱 한 가지 외에는, 다름 아닌 우리의 하느님 아저씨다!

안나는 무한한 연속의 양끝에 이르렀다. 한쪽 끝은 '점'이며 또 다른 끝은 하느님 아저씨였다.

다음날 우리는 공원으로 가 오리에게 먹이를 주고 있었다. 내가 먼저 말을 꺼냈다.

"안나, 그림자에 대한 아이디어를 어떻게 발견했지?"

"성경에서 나왔어."

"성경 어디에서?"

"하느님 아저씨는 유대 사람들을 자기 그림자 속에 안전하게 보호할 거라고 하셨어."

"오!"

"그리고 베드로는."

"베드로가 무얼 했는데?"

"사람들을 좀더 낫게 만들었어."

"어떻게?"

"자기 그림자를 아픈 사람들에게 두었어."

"오, 그래. 그걸 미리 알았어야 하는 건데."

"그리고, 악마."

"그는 어떻게 들어갔는데."

"그의 이름이 뭐야?"

"사탄."

"다른 이름은?"

"마귀."

"아냐, 다른 것 있잖아?"

"아, 루시퍼!(Lucifer, 빛을 나르는 사람)"

"그거야, 무슨 뜻이야?"

"아마 빛이지?"

"또 예수님은?"

"예수님이라니?"

"뭐라고 하셨어?"

"많은 말을 하셨을걸."

"자신을 뭐라고 불렀어?"

"착한 목자."

"다른 것은."

"음. 길?"

“또 다른 것은?”

“오! 빛 말이지?”

“그래, 악마와 예수님은 둘 다 빛이야. 예수님이 뭐라고 말했는지 알아? ‘나는 빛이다.’”

“뭐 때문에 그렇게 말씀하셨을까?”

“혼란에 빠지지 말라고.”

“어떻게 혼란에 빠지는데?”

“두 종류의 빛이 있어. 하난 꾸민 빛이고 또 하나는 참빛이야. 루시퍼와 하느님 아저씨.”

이 첫 번째 아이디어로부터 두 번째 아이디어가 쉽고도 자연스럽게 흘러 나왔다. 하느님 아저씨와 더불어 그 창조물을 이해하는 데는 그림자가 가장 중요한 몫을 하는 것처럼 보였다. 첫째 우리는 하느님 아저씨가 빛임을 알고 있다. 둘째 우리는 사물이 하느님 아저씨의 창조물임을 안다. 마지막으로 그림자를 만들어내는 스크린이 우리에게 있다. 스크린은 산수나 기하 따위를 가능케 하는 나머지 정보들을 죄다 걸러내 주는 물건이다. 당신은 하느님 아저씨가 싱거운 산수나 기하 따위에 기적의 작품을 허비해 버릴 만큼 어리석다고는 생각하지 않을 것이다.

그림자에 대한 안나의 마지막 깨달음은 비바람이 몹시도 몰아치는 겨울밤에 왔다. 나는 따뜻한 불 옆에 앉아 편안히 책을 읽고 있었다. 그때 연필이랑 공책을 만지작거리던 안나가 심심풀이로 말했다.

“핀, 뭘 읽고 있어?”

“시간과 공간에 관한 건데, 네겐 재미없을 거야.”

“뭐라고 쓰여 있는데?”

“시간과 공간…… 그리고 빛.”

마지막 말이 대실수였다.

“오!”

안나는 글쓰기를 멈추었다.

“빛에 대해 뭐라고 했어?”

목둘레가 가려워지기 시작했다. 빛과 그림자라면 안나의 전공 아닌가!

“글쎄. 아인슈타인이란 친구가 말야, 빛보다 빠른 건 아무것도 없다고 했대.”

“오!”

안나는 다시 글을 쓰기 시작했다. 그러더니 불쑥 어깨를 들썩이며,

“그건 틀린 말이야!”

“틀렸다고? 맞아. 그런데 왜 날 물고 늘어지는 거야?”

농담이 엉뚱한 결과를 낳고 말았다.

“핀이 무얼 읽고 있는지 몰랐어.”

“알았어, 그럼 빛보다 빨리 가는 게 뭔지 말해 봐.”

173

“그림자.”

“그럴리가 없어.”

나는 바로 면박을 주었다.

“빛과 그림자는 동시에 가는 거야.”

“왜?”

“왜냐구? 그림자를 만드는 것은 빛이니까.”

내 머리가 서서히 혼란을 일으키기 시작했다.

“봐, 그림자는 빛이 없는 곳에 생겨. 빛이 생기기 전에 먼저 그림자가 올 수는 없어.”

안나는 이 말을 잠시 동안 되새김질하고 있었다. 그 동안 내 눈은 다시 책 속으로 파묻혔다.

“그림자가 더 빨라. 내가 보여 줄게.”

“그래 어디 보자. 증명해 봐.”

폴짝 의자에서 뛰어내려온 안나는 외투를 껴입고 대형 회중전등을 집어들었다.

“어디로 가니?”

“저 아래 공동묘지 쪽으로.”

“어이쿠, 비가 억수같이 퍼붓고 게다가 깜깜한 밤인데?”

안나는 그 큰 대형 회중전등을 내게 흔들어 보였다.

“빛이 있으면 그림자를 볼 수 없어.”

밖은 칠흑처럼 어두웠고, 비는 또 장대처럼 쏟아지고 있었다.

“대체 왜 공동묘지로?”

“거긴 긴 담이 있어.”

공동묘지 쪽으로는 길도 제대로 나 있지 않았다. 그것도 한쪽은 철로 벽과, 또 한쪽은 공동묘지 담과 경계를 지고 있는 터라 불빛조차 스며들지 않았다. 담의 중간 지점까지 와서 우리는 멈추어 섰다.

"이제 뭐 해?"

내가 오들오들 떨며 물었다.

"핀은 여기 서 있어."

나는 담에서 90센티미터쯤 떨어진 길에 서 있었다. 또 안나가 말했다.

"나는 저 위로 갈게. 거기서 핀에게 빛을 비추어 줄게. 그때 벽에 비친 핀의 그림자를 봐."

안나는 어둠 속으로 총총히 사라졌다. 갑자기 어둠 속에서 회중전등 빛이 이리저리 일렁이는가 하더니 이윽고 내게로 비쳐왔다.

"준비됐어?"

어둠을 뚫고 안나의 목소리가 메아리쳤다.

"그래!"

"그림자가 보여?"

"아니!"

"더 가까이 갈게, 보이면 말해!"

빛살이 나에게 꽂힌 채, 전등빛이 가까이가까이 다가왔다. 나는 고함을 질렀다. 그림자가 저 멀리 담 끝에서 희미하게 보이는 것이었다.

"그림자를 잘 봐!"

내가 있는 곳에서 60센티미터 떨어진 곳으로부터 안나는 공동묘지 담을 끼고 내게로 걸어오고 있었다. 나는 어둠 속으로 옮겨가는 그림자를 눈으로 따라갔다. 그림자는 분명 안나의 걸음보다 빠른 속도로 내게 다가오고 있었다! 내가 있는 곳을 지날 때는 속도가 약간 느려지더니, 나를 지나치자 다시 빨라져 버렸다. 빛을 내게로 비춘 채, 안나는 다시 뒤로 걸어왔다. 어느새 안나가 내 옆에 와 있는 게 아닌가!

"보여?"

안나의 물음이다.

"그래, 봤어."

"그림자가 더 빠르지?"

"확실해. 그런데 어떻게 알아낸 거지?"

"차 있지? 차 위에 있는 빛을 보고 알았어."

"물론 내 그림자가 네 걸음보다 빠르긴 해. 그건 사실이야. 하지만 그림자가 빛보다 빠른 건 아냐."

회중전등의 빛은 벌써 수미터 앞으로 나가고 있었다. 바깥의 실험이 끝났으니 내면의 실험을 시작하느라 바빴던 것이다.

나는 안나의 손을 잡았다.

"이리 와. 공주, 차나 한 잔하며 빵이나 뜯자. 마비 아줌마네가 좋지?"

마비네로 가는 도중, 우리는 샐리를 만났다.

"미쳤어? 얘! 이런 야밤에 아일 데리고 나다녀?"

"데리고 가는 거냐? 이게? 끌려가는 거지!"

"오! 또 발동이 났구만."

"그래, 함께 마비네로 가서 차나 한 잔 해."

"좋아."

내가 고기파이를 후딱 해치웠을 때, 마침 안나의 안의 실험이 끝났다.

"해는 차 위의 빛과 같애."

다시 조금 생각해 보더니 꼬마는 내 쪽을 향해 미처 써보지도 않은 포크를 찔렀다.

"또 핀은 지구와 같애. 벽은 억억만 미터 밖에 있어. 그러나 그것은 가상의 벽일 뿐이야."

꽝!

샐리와 부딪치는 바람에 안나는 현실로 돌아왔다. 그제야 샐리가 여기 있었음을 처음 알았다.

"안녕, 샐리."

안나가 생긋 웃으며 인사했다.

"안녕, 꼬마야. 이번엔 뭐가 나왔어?"

안나는 나를 뚫어지게 바라보았다.

"해는 지구의 그림자를 가상의 벽에 만들어."

"글쎄올시다. 확신할 수 없군요, 꼬마 공주님."

"아냐, 그럴 수 있어."

꼬마 공주는 미소를 띠며 말했다.

"머릿속에선 가능한 일이야. 만일 지구가 해를 돌고 그림자가
……."

"억억만 떨어져 있는 벽 위로 간다면."

내가 안나 대신 말해 버렸다.

빙그레 웃으며 안나가 말했다.

"얼마나 빨리 그림자가 벽으로 가게?"

포크를 고기파이에 콕 찌르고선, 해를 돌아가는 지구처럼, 고기파이를 머리 주위로 빙빙 돌렸다. 꼬마의 머리가 한 쪽으로 기울었다. 빙그레 웃는 얼굴이 내 대답을 재촉한다. 그러나 나는 대답을 할 겨를이 없었다. 아주 오랫동안 생각해 보기 전에는 1초 만에 억억만 미터의 거리를 말할 엄두를 낼 수 없었다.

그림자가 빛보다 도저히 빨리 갈 수는 없음을 굳게 믿고 있었다. 아인슈타인 아저씨가 실수를 할 리가 없었다.

이제 와서 생각해 보니 내가 어디서 실수를 했는지 깨달은 것도 같다. 빛과 그림자에 대한 계산이 아닌 안나의 교육에 관한 문제다. 나는 안나에게 알맞고 바르게 행동하는 길(道)을 가르쳐 주지 못했다. 재미있고 빠르고 어려운 길은 몽땅 보여 줬어도 바른 길은 가르쳐 주지 않았다. 우선 내 자신부터 무엇이 바른 길인지

확신할 수 없었던 것이다. 따라서 아주 자연스럽게 안나는 스스로
길을 찾아내야만 했던 것이다. 그래서 내게는 모든 게 어려웠다.

8
신의 신비를 엿본 밤

안나는 말을 크게 질문과 대답으로 나누었다. 대답은 어떤 만족을 주긴 하지만 질문이 더 중요했다. 학교나 성당 같은 곳에서의 문제점은 질문보다 이미 만들어진 답을 더 중요시한다는 데 있었다. 그것은 생명력이 없다. 질문이란 나아가고자 하는 강렬한 내적 충동이다.

진정한 질문은 싱싱하게 살아 움직이며 그 자체 속에 과녁을 가지고 있다. 꼬마 안나도 역시 하늘나라나, 대천사, 아기천사와 같은 것이 진짜로 있다고 믿었다. 그러나 조각이나 문학작품에서 그러하듯, 그들이 우리 인간의 모습을 모델로 하여 그릴 수 있는 존재는 아니라 여겼다. 사람들은 하늘나라가 어디어디에 있다 하며 서로 주장하고 다툰다. 그러나 그 주장과 다툼 자체가 지금 이곳에는 없다는 것을 스스로 폭로함이 아닌가!

안나는 느꼈다.

하늘나라에 대한 진정한 질문은 '어디'가 아닌, 얼마나 감각이 완전하게 살아 있느냐의 문제였다. 자신의 온몸, 마지막 세포 하나까지도 사랑과 예지의 물결로 춤출 때 감각은 완전하게 살아난다.

하느님 아저씨가…….

그렇다. 그가 상상도 할 수 없는 먼 곳에서 우리 말을 듣고 우리 생각을 읽으며 우리를 볼 수 있다는 것은 엉뚱하고 근거 없는 생각은 아니다. 천사도 마찬가지! 그러나 인간처럼 그들이 눈, 코, 입 따위를 가졌다는 생각은.

하이네스 선생님과 캐슬 신부는 이상하게도 '봄', '앎'이라는 말을 입에 달고 다녔다. 뒤퉁스러운 그 버릇이 꼬마에겐 쓰디쓴 상처 같았다.

어느 일요일 아침, 캐슬 신부는 교회에서 일장 설교를 하기 시작했다.

"우리는 하느님을 만나보고 영생을 얻어야 합니다. 내가 그분을 마주 보고 섰을 때 하느님의 얼굴은."

안나는 내 손을 꽉 쥐고 있었다. 꼬마의 귓속말은 온 실내 속으로 메아리쳤다.

"하느님 아저씨에게 얼굴이 없다면 어떻게 하려고? 하느님 아저씨에게 눈이 없다면 어떻게 할까? 핀, 응?"

청중들의 술렁임이 있었다. 잠깐 어물어물하던 캐슬 씨는 청중들의 시선을 끌면서 설교를 계속 진행시켰다. 다시 안나가 큰 목소리로 말했다.

"그땐 어떻해?"

"난 모르겠어."

나는 인지를 펴 입술에 갖다대면서 속삭였다. 꼬마는 내 손을 끌면서 가까이 오라고 손짓했다. 안나의 입술이 내 귓속을 파고든다.

"하느님 아저씨는 얼굴이 없어."

'어째서?' 라는 뜻으로 나는 안나를 보며 눈썹을 치켜올렸다. 꼬마는 다시 입술을 내 귓속에 꽂더니,

"하느님 아저씨가 모든 사람을 일일이 돌아다볼 필요는 없거든."

이제 꼬마는 혼자 고개를 끄덕이며 제자리에 돌아가 앉고선 손목을 모았다.

집으로 돌아오는 길에 내가 물었다.

"'얼굴을 돌려본다' 는 게 무슨 뜻이지?"

"응. 내겐 앞도 있고 뒤도 있으니까 내 뒤에 있는 것을 보려면 난 뒤를 돌아보아야 해. 하느님 아저씨는 그럴 필요가 없어."

"그럼 어떻게 하시는데?"

"하느님 아저씬 앞만 있고 뒤는 없어."

"아! 그렇구나."

나도 고개를 끄덕였다.

하느님 아저씨에겐 뒤가 없다! 그것은 어떤 향기로운 웃음으로 나를 사로잡았다. 참으려고 온갖 애를 다 썼지만 끝내 웃음이 터져나오고 말았다.

"왜 그래, 핀 아저씨?"

갑작스런 웃음에 안나는 당황한 듯했다. 여전히 깔깔거린 채 나는 말했다.

"뒤가 없는 하느님 아저씰 생각해 봐!"

살그머니 안나의 두 눈이 감겼다. 생긋 웃음은 마침내 불꽃으로 변했다.

"하느님 아저씨에겐 또 하나가 없어!"

팽팽하게 당긴 줄처럼 안나의 웃음은 온 길가로 울려 퍼졌다. 사람들의 찌푸린 눈살들이 그 웃음을 가로막았다.

"하느님 아저씨에겐 엉덩이가 없어."

다시 안나는 '전진, 크리스천 병사들아'라는 곡에 맞추어 노래를 부르기 시작했다. 이제 찌푸린 눈썹들은 모두 경악스런 얼굴로 바뀌었다.

"더러워"라고 '일요일 옷'이 내뱉는가 하면, "미개인 꼬마"라고 '일요일 장화'가 욕지거리를 했다. 양복 조끼에 달랑달랑 매달린 '일요일 시계'도 "사탄의 양"이라고 욕설을 퍼붓는 것이었다. 그러나 안나는 아랑곳하지 않고 하느님 아저씨와 함께 웃고 있었다.

조금 가다가 안나는 나와 함께 새로 발견한 놀이를 했다. 제 영혼을 하느님에게 쏘아올렸듯이 몸을 내게 부딪혀 왔다.

그 말은 농담이 아니었다. 안나는 말썽꾸러기나 바보가 아니다. 그 말은 안나의 영혼이 폭발함이었다. 이 말과 함께 자신을 하느님 아저씨에게 맹렬히 내던졌던 것이다. 그러자 하느님 아저씨는 안나를 잡았다. 안나는 하느님이 자기를 잡아 준다는 것과 거기에 아무런 위험도 없음을 굳게 믿었다. 다른 길이 없었다. 그에게 가려면 몸의 내던짐이 필요했다. 그것이 구원을 향한 안나의 길이었다.

나와의 놀이도 비슷했다. 꼬마는 저 멀리서 달려와 나에게 세게 부딪혔다. 자기가 달려올 때는 제 힘이지만 내게 안겼을 때는 완전히 맡긴 듯 녹실녹실해진다. 자기를 안도록 날 도와 주지도 않을 뿐만 아니라 안전하게 부딪히려고 몸을 사리지도 않았다. 사실 안전과 그런 몸짓과는 아무런 관련도 없는 것이다. 그러나 구원은 다른 존재에 대한 맡김과 믿음을 뜻한 안전을 확보하기란 쉽다. 하느님 아저씨가 여섯 달 동안 면도를 하지 않고도 거뜬히 살아갈 수 있는 슈퍼맨이고, 대천사들이 날개 달린 남녀 모습을 하고 있으며, 아기천사들이 참새 한 마리도 못 들어올 날개를 한 토실토실 살진 애기라는 둥, 이런 말을 받아들이기만 하면 된다.

안나의 예지는 그렇지 않았다. 안전함에 대한 모든 허상을 창조 적으로 무너뜨렸을 때만 구원이 올 수 있다고 보았다.

하루하루를, 순간순간을, 안나는 그토록 뜨겁게 살았다. 삶을 온몸으로 받아들였고, 삶의 받아들임 속에 죽음마저도 받아들였다. 죽음은 자주 입에 오르내렸다. 그러나 두려움이 아닌, 언젠가 일어날 수 있는 일로 여겼다. 초조한 마음으로 죽음을 기다리는 것보다는 오기 전에 미리 알아둠이 훨씬 낫다고 생각했다. 안나에게 죽음이란 더 큰 세계로 들어가는 문이었다. 죽음의 문제에 대한 열쇠를 마련해 준 사람이 엄마였다. 안나와 마찬가지로 엄마에게도 과녁을 가진 질문을 할 수 있는 멋진 재주가 있었다.

어느 날 저녁, 엄마가 질문을 던졌다.

"하느님의 가장 위대한 창조행위는 뭘까?"

"인간을 창조했을 때요."

창세기도 보지 않은 나의 대답이었다. 엄마 말에 따르면 내 대답이 틀렸다. 그래서 또 다른 대답을 내보았지만 이번에도 역시

틀렸다. 창조의 엿새를 내리 훑어보았지만 눈만 껌벅거리는 게 고작이었다. 더 이상 생각해 볼 게 없었다.

생각의 밖으로 뛰쳐나왔을 때에야, 엄마와 안나 사이에 말없이 오가는 따뜻한 교감을 알아차릴 수 있었다.

엄마는 자주 미소짓곤 했다. 엄마의 미소는 크리스마스 트리와 같았다. 그 미소에 반짝반짝 불을 켜면 우리의 시선은 모두 엄마에게 쏠렸다.

안나는 엄마를 열렬하게 쳐다보고 있었다. 그렇게 둘은 마주보고 있었다. 내 눈에는 엄마와 안나의 마음이 점점 다가가 그 사이의 거리가 사라져 가고 안나의 열렬한 눈빛이 엄마의 함박미소 속으로 녹아들어가는 것이 보였다.

둘을 가로막고 있던 간격이 점차 사라지고 있었다. 안나가 푸른 눈으로 그 간격을 뚫어내고 있는 동안에 엄마는 미소로 그것을 녹이고 있었던 것이다.

봉숭아 씨앗이 터지듯 깨달음도 갑자기 일어났다. 안나의 얼굴에 놀란 빛이 가득 찼다. 가만히 식탁 위로 손을 얹으며 안나는 곧추 일어섰다. 이제 둘 사이의 간격은 완전히 녹아 버렸다. 환한 미소가 안나의 볼에도 피어났다.

"일곱 번째 날이군요. 꼭 일곱 번째 날이군요."

두 사람을 번갈아 보면서, 나는 관심을 끌려고 음, 음 하고 목청을 가다듬는 시늉을 했다.

"난 모르겠는걸, 하느님은 엿새 동안 기적을 다 행하시고 잠시 쉬려고 창조의 문을 닫아 버렸어요. 그게 뭐가 재미있어요?"

안나는 의자에서 뛰어내려와 내 무릎 위에 올라앉았다. 무슨 말인지 알겠군, 이건 보지도 듣지도 못하는 아기인 내게 말을 걸어오는 안나의 자세다.

"왜 하느님 아저씬 일곱째 날에 쉬었을까?"

안나가 질문 꼭지를 틀었다.

"아마 엿새 동안 고되게 일하셨기 때문에 힘이 딸리셨나보지."

"피곤 때문에 쉰 것은 아닐 거야."

"그렇잖구? 난 그걸 생각만 해도 피곤한걸?"

"하느님 아저씬 달라. 핀, 하느님 아저씨는 지치지 않으셨어."

"그래?"

"그럼, 그렇지만 쉬긴 했어."

"하느님이 쉬셨다고?"

"응, 그게 가장 큰 기적이야. '쉰다는 것' 말야. 하느님 아저씨가 일을 시작하기 전엔 어땠을까, 핀?"

"지독히 큰 혼돈이 아니었을까?"

"그럴 땐 쉴 수 없잖아?"

"그래 네 말이 맞아, 그 다음은?"

"응, 그가 모든 걸 만들기 시작했을 때 혼돈은 서서히 사라졌을 거야."

"그럴 법한 얘기야."

나는 고개를 끄덕였다.

"모든 것을 다 만들어내신 하느님 아저씨는 혼돈을 없앴어. 그 다음 쉴 수 있었어. 그 때문에 쉰다는 것은 모든 것 중에서 가장 큰 기적이야. 그렇지 않을까?"

그렇게 생각해 보니 그런 것도 같았고, 그 생각이 맘에 들기도 했다. 그러나 내가 꼴찌반에 있는 애기 수준 같다는 생각 때문에 내게는 틈만 나면 덫을 놓으려는 엉뚱한 버릇이 있었다.

"그 모든 혼란으로 하느님이 무얼 하는지 다 알아."

나는 내 잘난 생각이 꽤 대견스럽게 느껴져 목에 힘을 줘가며 말했다.

"무얼 하는데?"

안나가 물었다.

"그걸 사람들의 머리통 속에 집어넣으셨어."

큰 폭탄이라도 터트리려 했었는데 그만 불발탄이 되고 말았다. 그 대신 두 사람은 인정해 준다는 표정으로 흡족히 고개를 끄덕였다. 나는 재빨리 그 뜻을 알아차렸다. 나는 날쌔게 '뒤돌아 섯'을 한 다음 나도 그 둘의 수준에 끼일 수 있는 어엿한 자격을 갖추었다는 듯이 둘의 인정을 받아들였다.

그러나 문제가 남았다. 또다시 꼴찌열에 떨어지지 않으려면 '왜 하느님은 사람들의 머리통 속에 혼돈을 집어넣는 일을 그만두시지 않을까? 라고 멋지게 말해야 될 텐데 글쎄, 그 말은 또 나오지도 않는 것이었다!

"웃기는 일이야, 이 혼돈은."

나는 이렇게 시작해 버렸다.

"아냐, 쉬는 것이 무엇인지 정말 알려면 먼저 머릿속에 혼돈이 들어 있어야 돼."

"오, 그래, 그래, 그게 이유인 것 같애."

대화는 내가 의도했던 것과는 영 엉뚱한 쪽으로 흘러간다.

"죽음이란 쉬는 것이야. 죽는다는 것은 앞으로 나아가기에 앞서 지나간 일들을 한꺼번에 되돌아 볼 수 있는 시간이야."

죽는다는 것은 소란을 피워야 할 문제는 아니었다. 죽어가는 순간이야 힘겨울 수도 있겠지만, 삶을 참답고 온전하게 살아 버린 사람에게는 아무런 어려움이 없다. 죽는 순간을 위하여 준비가 필요하다. 오직 하나의 준비란 참답게 사는 일밖에 없다는 것을 우리는 그래니 하딩 할머니의 죽음을 보고 배웠다.

하딩 할머니가 돌아가시기 바로 전에 안나와 나는 할머니의 손을 잡고 앉아 있었다. 할머니는 자신의 죽음을 기뻐하고 있었다. 그 삶이 어려워서가 아니다. 기쁘게 살았기 때문에 기쁜 마음으로

죽을 수 있었던 것이다. 아흔세 해의 아름다운 삶을 가지런히 다
듬고 정리하기를 소망했기 때문에 그녀는 휴식이 가까웠음을 오히
려 기뻐했다. 그때 하딩 할머니는 안나랑 나에게 고요히 말씀하셨
다.

"귀여운 것들, 꼭 안과 밖이 바뀌는 것 같구나."

어느 초여름 아침, 하딩 할머니는 잔잔한 미소를 띤 채 숨을 거
두었다. 하딩 할머니는 행복하게 살았기 때문에 또 행복하게 죽었
다. 하딩 할머니는 자신의 생애 중 두 번째로 교회에 갔다. 거기서
장례식이 치뤄졌다.

하딩 할머니의 장례식이 있은 3주 뒤, 우리는 또 한 번 장례식
에 참가해야 했다. 익살꾸러기 스키퍼가 죽었던 것이다. 장례식에
참석한 사람은 우리패 스무너더댓 명, 노인 예닐곱, 스키퍼 또래

스무 명 가량이었다. 일찌기 사람들은 "스키퍼는 오래 살지 못할 거야."라고 말들했었다. 그 말이 맞았다. 폐가 나빠 죽었던 것이다.

스키퍼는 타고난 재담꾼이었다. 스키퍼는 가는 곳마다 익살과 웃음의 폭탄을 터뜨리고 다녔다. 너무 잘 웃는 것이 잦은 기침의 원인이 되었다. 죽기 직전에는 기침 때문에 고생을 많이 했다. 죽었을 때가 열다섯 살이었다. 금발의 푸른 눈에 눈처럼 투명한 살갗의 소녀 스키퍼는 생김새에 걸맞지 않게, 열다섯 해라는 짧은 삶을 꼬박 웃음과 농담으로만 보냈다. 우연인지 필연인지 스키퍼는 죽기 전 수주일 전에 우리랑 죽음에 관한 애기를 하지 않았던가!

"어떻게 죽어?"

번티가 말문을 열었다.

"그건 쉬워. 그냥 숨을 쉬지 않으면 돼."

누군가의 대답이었다. 스키퍼가 그 말을 가볍게 받았다.

"그래, 정말 쉬워. 쉽게 죽으면 돼."

장례식은 스키퍼와 같은 익살꾼에게는 어울리지 않을 정도로 엄숙했다. 캐슬 신부가 스키퍼의 순수함을 애기하자 누군가 킥킥 웃기 시작했다. 눈을 위로 치켜 뜬 캐슬 씨는 말했다.

"이제 스키퍼 양은 천국에 가 있습니다."

"아멘!"

꼬마 도라를 제외한 모든 아이들이 감격한 듯 일제히 입을 벌리고 위를 쳐다보았다. 누군가가 발꿈치로 도라를 찔렀다.

갑자기 '저기 위를 봐'라는 수군거림이 들렸다. 도라도 고개를 쳐들고 교회 천장을 바라보다가 균형을 잃고 그만 쿵하고 뒤로 넘어졌다.

"사탕이 바닥에 떨어졌단 말이야."

　캐슬 신부는 스키퍼의 말을 듣고 있다는 표정을 지으면서 그것을 중얼거렸다. 어쨌든 말을 하는 것은 스키퍼가 아니었다. 죽은 사람이 대답을 할 수 없다는 것은 참 편한 일이었다. 스키퍼가 이 우스꽝스러운 광경을 지켜보면서 '무슨 고리타분한 소리를 하고 있는 거야, 술고래 영감.'이라며 우스개를 터뜨리고 있을 모습이 눈에 선했다.

　다행히도 스키퍼의 농담을 듣지 못한 캐슬 신부는 장례식 예배를 무사히 마쳤다. 우리는 떼를 지어 묘지로 갔다. 마지막 애도를 표하기 위함이었다. 아이들은 무덤 속에 장신구 등 여러 가지 물건을 던져 넣고는 무덤가를 나왔다. 우리는 모두 무덤에서 몇 발자국 떨어진 곳에 서서 마지막으로 무덤가에 남아 있는 버즈를 기다렸다. 스키퍼와 버즈는 서로 좋아하는 사이였다. 우리는 무덤 위에 꽃을 놓고 있는 천사의 대리석상을 지나 공동묘지문을 나왔다.

"스키퍼가 이제 날개를 달았을까?"

한 아이가 대화의 불을 당겼다.

"그럴 거야."

다른 아이가 대답했다.

"나에겐 날개 달릴 생각만 해도 끔찍해."

"왜 그래?"

"날개가 달려 있으면 셔츠를 어떻게 벗어?"

"이 멍청아, 천사들은 셔츠를 입지 않아."

"그럼 뭘 입어?"

"나이트 가운을 입지."

190 "난 나이트 가운 안 입을 거야. 꼭 계집애 같아 보여."

그때 누군가 화제를 바꾸었다.

"매기, 하늘나라가 어디에 있어?"

"저 위의 어딘가에 있을 거야."

"없는 것이 더 나아."

"왜?"

"하늘나라가 있다면, 스키퍼가 너를 골탕먹이려고 위에서 잔뜩 벼르고 있을걸."

"끔찍하다, 애."

"버즈, 스키퍼가 죽었으니 이제 다른 사람과 결혼할 거니?"

"바보 같은 계집애, 질문하구는."

"매기야, 신교도와 캐슬 신부와 또 유태인의 하늘나라는 다 달라?"

"아냐, 하늘나라는 하나밖에 없어."

"그럼 왜 제각기 다른 교회와 유태교 예배당들이 있어?"
"그걸 모르겠단 말이야."
"스키퍼가 악마에게 갔다고 생각해?"
"안 가는 게 좋았는데. 악마는 이틀도 못 가 스키퍼를 차낼 거야."
"불쌍한 악마 영감. 끝없이 웃어야만 될 테니까."
"악마는 참지 못할걸."
"무얼?"
"웃음을. 아마 우스워 벽 위로 뛰어올라갈 거야."
"스키퍼가 뭘 하고 있다고 생각해?"
"아마 성가를 부르고 있겠지."
"농담하지 마. 쉬지도 않고 성가를 불러댄다는 소린."
이것은 매트의 목소리였다.
위를 쳐다보며 매트가 목청껏 소리를 지르자, 모든 아이들이 따라 불렀다.

> 샘, 샘, 더러운 영감쟁이
> 프라이팬에 얼굴 씻고
> 걸상다리로 머릴 빗는
> 샘, 샘, 더러운 영감쟁이

"아마 스키퍼는 지금쯤 모든 천사들에게 이 노래를 가르쳐 주고 있을걸."
"맞아. 전에도 한 번 스키퍼가 랭카셔의 어떤 노인 한 사람한테 이 노래를……."
"그게 아냐. 바보야, 그건 더러워."
"그렇지 않아. 하느님도 웃으실걸."

“아냐, 하느님은 절대로 웃지 않으실 거야.”

“하느님이 우리 똥방뎅이루 무얼 만드실까?”

“더러워. 그게 전부야.”

“왜 모든 사람들이 하느님을 불쌍한 존재로 만들어 버릴까? 내가 하느님이라면 실컷 웃기나 할 텐데.”

“그래 맞아. 예수님은 어떻고?”

“성성화들이나 그림을 보면 모두 기생오라비 같아.”

“안 그래! 임마.”

“그의 아버지인 요셉도 바람둥이였대나봐”

“예수도 그랬어.”

“예수는 화려한 술잔치를 베풀었대.”

“어디 그런 말이 있어?”

“성경에. 그는 물을 포도주로 바꾸었대.”

“우리 아빠가 들으면 아마 그 기술을 배우려고 달려들걸. 멋진 일인데.”

“네 아빠는 아무 일도 못 해.”

“왜 나는 똥방뎅이란 말을 못 해?”

“안 되니까 안 되는 거야.”

“예수도 그렇게 말한 적 있어.”

“그는 똥방뎅이란 말은 안 했어?”

“어떻게 알아?”

“그는 엉덩이라고만 했어.”

“아냐, 그는 이디시 말을 했어.”

“얼간이.”

“주일학교의 한 놈팽이는 비는 천사가 우는 거래. 도대체 천사가 뭣 때문에 울겠어?”

“너 같은 바보나 그런 어리석은 질문을 하지.”

“하느님도 질렸을걸.”

“왜?”

“그 모든 질문과 기도 때문에.”

“내가 하느님이라면 모든 사람을 막 웃겨 줄 텐데.”

“네가 하느님이라면 그렇게 할 필요가 없어.”

“내가 하느님이라면 사람들 머리에 날벼락을 때려 주겠어.”

“그것 참 좋은 생각인데.”

“그리고 기적도 베풀고 말야.”

“그러지 말고 새로 교회를 하나 차리지 그래?”

“어이구 지겨워. 이미 교회는 질리도록 많아.”

“그게 아니고, 내 말은 기도도 없고 찬송가도 안 부르는 교회 말야. 우리는 모두 악마에 대한 우스개 소리나 하고, 그것만으로도 악마는 내뺄걸.”

“그래. 그것 참 좋은 생각이야, 웃는 교회란.”

이제 대화는 우스개 소리에서 점차 진지한 색깔을 띠기 시작했다. 한여름 밤의 번개처럼, 대화는 번쩍하는가 싶더니 이내 활활 타올라 어둠을 환히 비추면서 철학, 신학, 삶의 방식들과 같은 소중한 문제들을 담금질하고 지나갔다. 안나가 애타게 기다렸던 것도 이런 화제들이었다.

스키퍼의 죽음은 안나에게 또 다른 충격을 주었다. 아마 그것을 통해 안나는 죽음은 삶의 한 부분이며 그 뒤의 삶은 죽음의 한 요소라는 것을 깨달은 것 같았다.

그날 밤, 커튼 뒤에서 들려오는 절망에 싸인 울음소리에 나는 잠을 깼다. 나는 안나에게 걸어가 안나를 감싸안았다. 처음에는 악몽을 꾸었겠거니 생각했다. 아니면 스키퍼에 대한 슬픔 때문이었을까!

나는 안나를 부드럽게 껴안고 안나의 기분을 돌려보려고 일부러 소란을 떠는 시늉을 했다. 위로해 주려고 안나를 꼭 껴안았지만 안나는 내 팔을 빠져나가 침대 위에 꼿꼿이 서 있었다. 갑작스런 사태 변화에 더럭 겁이 난 나는 어찌할 바를 몰랐다.

나는 가스불을 켰다.

울적했다.

안나는 눈을 부릅뜬 채 침대 위에 서 있었다. 두 뺨에 눈물이 흘러내리고 있었다.

불현듯 늘 방 안에 있던 물건들이 무한한 공간 속으로 사라져 버린 것 같았다. 바깥 세계는 녹아 버렸다. 뭔가 말하고 싶었지만 나는 아무 말도 나오지 않았다. 입술만 얼어붙은 것이 아니라 감각 또한 마비되어 버렸다.

내 마음은 원을 그리며 빙글빙글 돌아가는데 몸은 움직여지지 않았다. 아무리 움직이려 해도 몸은 얼음처럼 움직일 수가 없는 것이었다. 그러나 정녕 두려운 것은 안나가 나를 보고 있지 않다는 것에 있었다.

안나의 세계에 나는 없다. 나는 안나를 도울 수 없다.

나는 마침내 울고 말았다. 나 때문인지 안나 때문인지 알 수 없었다. 그러나 눈물젖은 허무한 마음속을 가득 채우는 안나의 절실한 목소리.

"하느님 아저씨, 하느님 아저씨, 부디부디 참된 질문을 하는 법을 가르쳐 주세요. 아! 하느님 아저씨, 올바른 질문을 할 수 있도록 저를 도와 주세요."

그 순간은 그대로 영원으로 통했다. 그 영원 속에서 본 안나는 마치 불꽃 같았다. 이내 그 불꽃은 내게도 스며들었다. 눈부신 빛이 나를 감싸고 돌았다.

그 순간 나는 생생히 보았다. 내 자신의 본래 모습을. 그것은 다른 어떤 것과도 비길 수 없는 고유한 존재였다. 이 축복, 이 아름다움, 나는 전율했다.

그런데 힘이 하나도 없었다. 그 순간을 어떻게 버티어냈는지 모를 일이다. 어떤 기묘하고 신비로운 길을 통해 나는 난생 처음으로 나 자신의 참모습을 깨달은 것이다. 부드럽고 따스한 손길이 내 얼굴 위에 닿았다. 그 손은 내 눈물을 닦아 주었다.

"핀, 핀."

그 소리에 방은 다시 제자리로 돌아왔다. 모든 것이 예전 그대로였다.

"핀, 왜 울고 있어?"

안나가 물었다. 그 목소리는 아득하게 느껴졌다. 나는 우는 까닭을 몰랐다.

"에이 젠장."

나는 욕을 하기 시작했다. 아직도 내 몸의 세포 하나하나가 떨리고 있었다. 안나의 입술이 내 입술 위로 겹쳐졌다. 안나는 따습게 내 목을 끌어안았다.

"그러지 마, 핀. 모든 게 괜찮아, 모든 게 괜찮아."

경이롭고 아름다운 그 순간을 생각으로 잡아보려고 나는 애를 썼다. 동시에 그 아름답고 거룩한 순간에서 일상세계로 되돌아 오려고도 안간힘을 썼다. 그것은 끝없는 사다리 아래로 내려옴과 같았다. 따스한 미소를 지으면서 안나가 말했다.

"핀, 돌아와 기뻐."

다시 안나는 속삭였다.

"핀, 사랑해."

나는 '그래 나도, 널 사랑해'라고 말하고 싶었지만 혀 끝이 떨어지지 않았다.

기이했다. 나는 두 개의 길을 한 번에 마주 보고 있었다. 친밀한 일상세계로 돌아오고 싶은 마음과 그 아름다운 순간을 다시 맛보고픈 마음이 동시에 일렁이고 있었다.

갈팡질팡 아득한 신경 속에서 나는 축 늘어진 채, 침대로 옮겨져 있는 자신을 발견했다. 나는 거기에 누워 그것이 어떤 체험이었는지 물어볼 실마리를 찾고 있었다. 그러나 말은 의미를 가지는 꼴로 짜맞추어지질 않았다.

현실세계가 다시 제대로 돌아가게끔 만든 것은 내 손에 들려진 차 한 잔이었다.

"이걸 마셔봐. 핀, 쭉 들이켜."

파자마 위에 낡은 내 청스웨터를 껴입고서 안나는 침대 위에 앉아 있었다. 안나는 뜨겁고 달콤한 차 두 잔을 끓여왔던 것이다.

안나가 성냥을 그어 궐련에 불을 붙이는 소리가 들렸다. 안나는 불이 붙은 궐련을 내 입술에 물려 주었다. 나는 팔꿈치를 딛고 일어났다.

"무슨 일이었어, 핀?"

"하느님만이 아실 테지. 너는 좀 잤니?"

"아냐, 오랫 동안 깨어 있었어."

"난 네가 악몽을 꾸는 줄 알았어."

"아니야."

안나는 미소를 지으면서 말했다.

"기도하고 있었어."

"네 기도하는 법이 너무나……."

"그래서 울었어?"

"모르겠어, 그런 것 같애. 갑자기 모든 게 텅 비었어. 환한 빛에 감싸이는가 싶더니 모든 게 너무나 아름답게 느껴졌어. 그 순간 내 자신을 바라보고 있는 또 하나의 나를 발견했어. 그건 한편으로 고통스럽기도 했어, 처음으로 내 참모습을 받아들인다는 것이."

잠시 동안 침묵을 지키고 있던 안나가 아주 나지막한 목소리로 속삭였다.

"그래, 나도 알아."

앉아 있기에 나는 너무나 지쳐 있었다. 나는 안나의 팔에 머리를 기대고 누웠다. 그것은 옳은 일 같지는 않았다. 오히려 거꾸로 됐어야 했을 것이다. 그러나 그 상태가 무척 좋았고, 실제로 내게 절실히 필요했던 것이다. 그런 자세로 우리는 오랫동안 있었다. 안나에게 물어볼 게 하나 남아 있었다.

"안나, 하느님 아저씨께 부탁할 참된 질문이란 뭐지?"

"아! 그저 슬퍼서 그래. 그게 다야."

"뭐가 슬퍼?"

"사람들이."

"알겠어. 그런데 사람들의 뭣이 슬퍼?"

"사람들은 커갈수록 더 지혜로워져야 돼. 보시나 패치는 그래. 그러나 사람들은 그렇지 못해."

"사람들이 지혜롭지 못하다고 생각해?"

"사람들의 상자는 점점 더 조그맣게 되고 말았어."

"질문들은 상자 속에 있어. 그리고 그 질문들이 갖는 대답은 상자의 크기에만 맞아."

"어려운 말인데, 좀더 말해 주렴."

"말하기 어려워. 그것은 대답이 상자와 꼭같은 크기란 소리야. 그것들은 같은 차원에 있어."

"오!"

"이차원의 질문을 하면 나오는 대답도 이차원이야. 그것은 닫혀진 상자와 같애. 사람은 자기가 들어 있는 상자 밖으로 나올 수 없어."

"무슨 말인지 알 것 같구나."

"질문은 가장자리로 갔다가 거기서 멎고 말아. 그건 감옥과 같
애."
"우리는 모두 어떤 종류의 감옥 속에 갇혀 있다는 말 같은데."
안나는 고개를 가로저었다.
"아니야, 하느님 아저씨는 그렇지 않을 거야."
"나도 그렇게 생각해. 그럼 참된 대답은 뭐야?"
"하느님 아저씨에게 맡겨. 그러면 하느님 아저씨가 알아서 우리
에게 답을 주셔."
"우리는 그렇지 않아?"
"응, 우리는 하느님 아저씨를 작은 상자 속에 가둬 버렸어."
"우리가 그러지는 않았을 텐데."
"아냐, 그랬어, 언제나. 우리가 그를 진정으로 사랑하지 않기
때문이야. 우리는 하느님 아저씨를 자유롭게 놓아드려야 돼. 그것
이 사랑이야."
안나는 하느님 아저씨를 찾아다녔다. 안나의 소망은 오직 하느
님 아저씨의 세계를 좀더 잘 이해하는 것이었다. 그 탐구는 열렬
하면서도 즐거웠고 진지하면서도 밝은 마음이었다. 신을 우러러보
았지만 또한 당당했다. 그 목적지는 하나지만 길은 여러 가지로
모색했다.
정말 신비로운 일이다. 안나는 일 더하기 이는 삼이라는 평범
한 법칙 속에서도 신의 존재를 느낄 수 있었다. 나아가 꽃 한 송
이, 한 줌의 흙에서도 신의 암호를 풀어낼 수 있었다. 나와 만나기
전부터 안나는 그런 힘을 가지고 있었을 것이다. 신의 발견의 끝
에서 내가 안나 곁에 있었던 것은 온전히 나의 행운이었다. 안나
말을 듣고 있노라면 혼자 힘으로도 날아갈 듯이 고양되었다. 안나
가 움직이는 것을 보는 것만으로도 나도 모르게 존재의 비밀을 엿
볼 수 있게 되었다.

신의 증거는 도처에 깔려 있었다. 신의 증거가 아닌 것이 없었다. 그러자 일들이 걷잡을 수 없게 변했다. 하느님 아저씨가 존재하는 증거는 수많은 방식으로 배열될 수 있었다. 안나는 어떤 배열방식을 받아들이는 사람에게는 어떤 특정한 이름이 붙는다는 것을 깨달았다. 확정된 증거만으로도 억억만의 이름이 나올 수 있다고 안나는 생각했다.

유태교 회당, 회교사원, 절, 교회 그 외의 여러 가지 예배형식은 저마다 하나의 배열방식이다. 물론 과학 실험실도 그중에 속한다. 하느님 아저씨는 다른 어떤 이름으로도 불릴 수 있다. 신을 '진리'라고 부르는 사람도 역시 신을 사랑하고 있는 것이다. 합리적인 생각과 행동을 가진 사람이라면 이를 부정할 수 없을 것이다. 안나는 알리의 하느님이 자기가 잘 알고 있는 하느님 아저씨보다 덜 친절하고 덜 자애롭다고 말할 수 없었다. 또한 자기의 하느님 아저씨가 캐시의 하느님보다 더 중요하고 위대하다고 말할 수도 없었다. 여러 다른 하느님을 말하는 것은 아무런 의미가 없었다. 그런 류의 이야기는 필연적으로 사람을 미치게 한다.

안나에게 신이란 전부가 아니면 아무것도 아니었다. 오직 하나의 하느님 아저씨밖에 없었다. 만일 하느님이 하나라면 여러 가지 서로 다른 예배방식, 예배자들에 부여한 다른 이름들, 예배형식들은 모두 오직 하나로 해서 생긴 것들이었다. 그것은 모두 하느님 아저씨에 대한 증거를 다른 방식으로 배열한 것이었다.

이 문제의 영감을 얻은 곳은 피아노다. 나는 외우는 곡만큼은 피아노로 칠 수 있었지만 악보를 읽을 줄은 몰랐다. 귀로 음악을 듣고 머릿속에 리듬을 베낄 수는 있어도 같은 곡을 악보를 보고 연주하면 축 늘어진 비가처럼 바뀌어졌다. 그 콩나물 대가리들은 나를 아주 곤궁에 빠뜨렸다. 내가 칠 수 있는 것은 기타를 치기 위해 악보 밑에 손가락 짚는 법이 그려져 있는 플랫 표시라든가 가장조7 Am7, 가장조 Am 등의 표시가 붙은 코드(chord)를 통해서였다. 궁색하긴 했으나 내가 배운 피아노곡들은 이런 방식으로 배운 것이다.

그것은 나름대로 큰 이점이 있었다. 여러 가지 음들을 한꺼번에 모아 무슨 코드, 무슨 코드라고 분류한 뒤에 어려운 곡들도 거뜬히 쳐낼 수 있었다. 안나에게 피아노를 가르쳐 준 것도 코드를 통해서였다. 안나는 곧 장조코드, 단조코드, 단조7, 감음정, 중음정들을 가지고 놀 수 있게 되었다. 안나는 화음의 이름을 알았고, 그것을 분류하는 방법도 알았다. 화음 즉 코드는 오선지 위의 위치에 따라 이름이 붙여진다는 것도 알았다. 물론 일군의 음들이 왜 코드(chord)라고 불리는지도 살펴보았다. 우리는 위클리 사전을 찾아보았다.

200   chord; 화음, accord(일치)와 같은 어원에서 왔음.

우리는 다시 accord란 말을 찾아보았다.

accord; 동의, 일치

몇 시간 뒤, 안나는 아이들과 돌차기 놀이를 하다 말고 나에게로 달려왔다. 안나의 눈과 입이 경이로움으로 딱 벌어져 있었다.
"핀!"
안나의 목소리는 감격한 듯 떨리고 있었다.
"핀, 우리는 모두 똑같은 화음으로 연주하고 있어."
"난 놀라지 않아. 그런데 무슨 이야기냐?"
"핀, 그것은 모두 교회의 다른 이름이야."
"그것과 화음이 무슨 관계가 있는데?"

“우리는 모두 같은 화음을 가지고 하느님 아저씨께 연주를 하지만 이름은 제각기 달라.”

안나와 얘기하노라면 신나는 것은 바로 이런 일이었다. 안나는 하나의 주제에 대해 원리를 알아낼 때까지 주물럭거린 다음, 다른 것 속에서도 똑같은 원리가 들어 있는지 찾으러 다니는 힘을 가지고 있었다. 안나는 사실을 무척 존중했다. 그러나 사실의 특징 때문이 아니라 그것을 여러 가지 주제로 응용시킬 수 있다는 점에서 사실을 중요시했던 것이다. 만일 미학의 가치를 설득하는 논쟁을 만났다면, 안나는 미학의 원리를 완전히 파악할 때까지 모든 방법으로 샅샅이 뒤져보았다가 그 논의 전체가 신의 존재에 필요한 요소라는 걸 보여 주었을 것이다. 미학에는 불협화음도 나올 수 있을 것이다. 그러나 그 불협화음까지도 안나에게 가면 짜릿짜릿한 감격을 주는 존재들로 변하고 말았다.

“핀, 화음의 이름은.”

안나가 다시 말을 걸어왔다.

“그것이 어째서? 안나?”

“화음의 이름은 하느님 아저씨를 가리킬 순 없어. 하느님 아저씨라면 여러 다른 이름으로 불릴 수는 없거든.”

“네 말이 옳은 것 같구나. 그럼 화음의 이름은?”

“그것은 나 또는 알리야. 아니면 핀이 될 수도 있어. 그래서 모두 이름이 다른가봐. 그래서 교회도 다 다른가봐.”

꼬마의 말이 맞지 않은가?

우리는 모두 같은 화음으로 연주를 하지만 우리는 그 사실을 망각하고 있다. 당신은 당신의 화음을 C장조(C major)라 하고, 나는 나의 화음을 A단조(A minor)라 한다. 나는 나 자신을 크리스천이라 생각하고, 그대는 그대 자신을 회교도, 불교도, 유태교도 등으로 생각한다. 그러나 실은 다 하나의 존재, 신의 변주음일 뿐이다. 하느님 아저씨는 음악을 꽤 잘하시는 것 같다. 그는 모든 화음의 이름을 다 알고 있다. 그대가 연주를 계속하는 한, 그걸 무슨 이름으로 부르든지 하느님 아저씨는 상관하지 않을 것이다. 그대가 연주한다는 그 점만을 기껍게 생각해 줄 것이다.

9

밤이 더 좋아, 밤은 영혼을 별까지 닿게 해주니까

우리에게 밤이 그토록 신비로웠던 것은 안나와 내가 밤에 만난 까닭일까? 하물며 밤은 그 자체로 놀라운 힘을 간직함에 있어서라. 대낮의 온갖 경치와 소리들도 밤이면 고즈넉이 잦아든다. 낮처럼 혼란스럽게 뒤섞이지 않고, 사물과 소리들이 고요히 가라앉는 밤에는 낮에는 결코 일어날 수 없는 일들이 일어난다. 밤이 오면 가로등하고도 도란도란 얘기를 나눌 수 있다.

"햇님이 좋아."

안나가 말했다.

"하지만 햇님은 사물들을 너무 밝혀서 멀리 볼 수 없게 만들어."

"햇빛은 너무 눈부셔 앞이 안 보일 때도 있긴 하지."

이렇게 맞장구를 쳤지만 안나 뜻은 그게 아니었다.

"낮엔 영혼이 아주 먼 곳으로 갈 수 없어. 보이는 곳 안에서 멈추기 때문에."

"그래?"

"밤이 더 좋아. 밤은 영혼을 늘어뜨려서 별까지 닿게 해 주거든, 그리고 그것은."

안나는 또박또박 말하기 시작했다.

"아주아주 먼 길이야. 밤이 되면 멈추지 않고 곧장 날아갈 수 있어. 귀도 마찬가지야. 낮엔 너무 시끄러워 잘 들리지 않지만 밤이면 뭐든지 잘 들려. 밤은 우리를 늘어뜨려 줘."

나는 아무런 대답도 하고 싶지 않았다. 밤은 늘어뜨리는 시간이다. 그리하여 우리는 우리 자신을 종종 늘어뜨렸다.

엄마는 우리가 밤나들이 다니는 것을 조금도 놀라워하지 않았다. 늘어뜨림의 중요함을 몸소 잘 알고 있을 뿐더러 자신이 곧 늘어뜨림의 대가였다. 조금만 여유가 있었더라도, 엄마는 기꺼이 우리에게 동참했을 텐데.

엄마는 늘 말씀하시곤 했다.

204

"재밌게 보내거라. 그러나 너무 헤매지는 마라."

엄마에게 별들 속에서 헤매는 것을 설명해 줄 필요는 없었다. 헤매는 것과 길을 찾는 것은 동전의 양면에 지나지 않는다고 생각하셨다. 분명 수백만의 엄마 가운데 한 사람이었건만 우리 엄마에겐 남다른 어떤 천재적인 힘이 있었다. 우리가 밖에 나가지 않고 있으면 엄마는 "밖에 나가지 않으련?"라든가 "비가 심하게 오니?" 또는 "폭풍우가 몰아치고 있는 게냐?"라고 말씀하시곤 했다. 아무리 나쁜 날씨에도 우리더러 밖으로 나가 놀든 밤구경을 하라고 부추겼다. 거리에는 창문을 활짝 열어 젖히면서 아이들의 이름을 불러대는 엄마들의 소리가 귀에 울렸다.

"이 비 속에서 뭘 해! 빨리 들어와."

비가 오나, 눈이 오나, 바람이 불거나, 폭풍이 불어오거나 밤낮을 가리지 않고 엄마는 '나가서 해보라'며 용기를 북돋워 주셨다. 엄마는 하느님의 일(엄마는 그렇게 표현했다)로부터 우리를 떼내어 보호해 주려고 하지 않았다. 그러나 얼마 동안 우리 자신으로 부터는 보호를 해주셨다. 우리가 집으로 돌아오면 큰 솥에 불을 넣어 뜨거운 물을 끓여 주셨다. 마침내 우리 스스로 할 수 있을 정도로 철이 들었다고 느끼셨을 때 그러길 멈추었다. 엄마는 또 밤을 지새우는 일을 놓쳐 버려서는 안 될 중요한 일로 여겼다. '밤사람'들은 아주 멋진 사람들이었다. 그들은 모두 하나같이 이야기 나누기를 좋아했다. 우리더러 미쳤다거나 얼간이라고 생각하는 사람은 극히 소수에 불과했다. 하긴 대놓고 우리를 꾸짖는 사람도 있었다.

"이런 시간에 아이를 데리고 가는 것 좀 봐! 미쳐도 단단히 미쳤군!"

"집에 가서 자지 그래, 그러면 나쁜 일은 만나지 않지."

그 사람들은 밤이 나쁜 일이나 쓸모없는 일, 실수나 저지르는 시간으로 생각했던 모양이다. 하느님을 두려워하는 사람들은 밤에 잠을 잔다. 그들에게 있어 밤이란 한바탕 싸우러 다니는 '더럽고 추잡한 사람들'과 악마를 위한 시간일 뿐이다. 우리는 좋았던 것 같다. 밤거리를 그렇게 쏘다녔지만 한 번도 더러운 사람, 추잡한 사람, 악마와 맞딱들여 본 일이 없다. 우리가 만난 사람들은 전부 멋진 사람들뿐이었다. 밤을 나쁘게 생각하는 사람들을 처음 만났을 때, 그저 순진하게 우리는 밖에 나가는 것을 좋아한다고 설명해 주었지만 사람들은 그 말을 듣고는 한 술 더 떠서 우리가 완전히 미친 거라고 단정지어 버렸다. 그래서 우리는 그런 사람들이 말을 걸어오면 말없이 앞으로 가버렸다.

한 번은 밤길을 걷다가, 밤사람 서넛이 옹기종기 모여 있는 것을 보았다. 그 사람들과 헤어져 왔을 때 안나가 말했다.

"핀, 재밌지 않아! 모든 밤사람들은 이름을 가졌어."

정말 그랬다. 모닥불 주위에 모여 있는 밤사람들을 만나면 우리

가 미처 인사를 꺼내기도 전에 밤사람들이 먼저 인사를 건네 왔
다.

　"이 사람은 릴이야. 머리가 좀 이상하지만 그래도 괜찮아."

　"우리 영감은 부싯돌 영감이야."

　그의 진짜 이름은 로버트 아무개였다. 그러나 모두 부싯돌 영감
이라고 불렀다. 서로 이야기할 시간이 많아서인지, 자기 주장이
그리 심하지 않아서인지는 몰라도 밤사람들은 서로 끝없이 이야기
를 주고받았다.

　어느 날 밤, 술병이 돌려졌다. 손에서 손으로, 모닥불 주위를 한
바퀴 돌고 있었다. 한 번 건널 때마다 더러운 소매로 술병의 주둥
이가 닦여졌다. 나도 후다닥 병주둥이를 닦아낸 뒤 거나하게 쭉
들이켰다. 마시지 않았어야 했다. 창자가 한 바퀴 거꾸로 도는가
싶더니 확 타버렸다. 기침과 함께 입술이 화끈화끈 타올랐다. 눈
물이 흘러내렸다. 나는 다음 사람에게 술병을 넘겨 버렸다. 술맛
은 뭐랄까, 잘 익힌 동백주(冬柏酒)에다 다이너마이트를 입힌 것
같았다. 한 모금 마시면 좋은 체험이 되고, 두 모금 마시면 형벌이
고, 세 모금 마시면 아예 초상이 난다.

　"쯧, 처음 마셔본 게로군."

　부싯돌 영감이었다.

　"그렇습니다."

　나는 숨을 헐떡이며 말했다.

　"그리고 마지막입니다."

　"계속 마셔보면 괜찮아질걸세."

　릴 할머니가 말했다.

　"젠장, 이걸 뭐라고 하죠?"

　한숨 돌리며 말했다.

　"레드 비디(Red Biddy)라 하는걸세."

부싯돌 영감이 말했다.

"좀 싸늘할 때 마시면 추위를 쫓아 주지."

다정한 릴 할머니의 목소리였다.

"제겐 석유 같은걸요."

"그건 그렇지 않아. 조금 지나봐야 제맛을 아는 법이야."

안나도 맛보고 싶어했다. 나는 손수건 한 귀퉁이에 레드 비디한 방울을 떨어뜨렸다. 한편으로 언제 불꽃을 튀기며 폭발하지 않을까 조마조마하면서.

술에 젖은 손수건 모서리를 쪽 빨더니 안나는 인상을 찌푸리면서 말했다.

"윽, 끔찍해."

모두 배꼽을 잡고 한바탕 웃었다. 병주둥이를 소매로 닦아내는 의식이 계속되는 것은 좀 기묘하게 느껴졌다. 아마 빅토리아 시대부터 내려온 관습일 게다. 어떤 세균이라도 들어갔다 하면 다 타버렸을 것이다. 이 쓴 체험 뒤로 우리는 다시는 술을 입에 대지 않았다. 대신 차와 코코아를 마셨다. 우리는 기름통 위나 나무상자위에 앉아 다 쪼그라진 머그잔에다 차를 따라 마시며 불 위에 소시지를 굽고 있었다. 그러면서 시간이 가는 줄도 모르고 이야기꽃을 피웠다.

아랫동네에서 온 콘빅트 빌은 항해중에 겪은 모험담을 늘어놓았다. 그는 적어도 하루에 네 번의 힘든 모험을 할 정도로 기묘한 체험을 했단다. 그게 진짜가 아닌들 무엇이 문제가 될 것인가? 상상이라 할지라도 그건 구수한 재담이요, 순수한 서사시였다. 어떤 의미에선 그것은 진실이기도 했다. 별들이 사람을 늘어뜨려 주었으니까. 별들이 마음이라는 상자의 감옥을 깨뜨리고 상상력이 날아다니게 했으니까.

기름통 위에 여왕처럼 앉은 안나는 늘 모든 밤사람들의 관심을

사로잡았다. 밤사람들의 모험담에 귀기울이는 안나의 얼굴은 모닥
불에 비쳐 더욱 빛났다. 안나는 귀여운 춤으로, 때로는 노래나 이
야기로 어른들을 즐겁게 해 주었다. 그러던 어느 날 밤, 안나가 상
자의 뚜껑을 열었다. 부싯돌 영감은 안나를 번쩍 들어 포장상자
위에 앉혔다. 스무 명 남짓한 사람들이 일제히 안나를 쳐다보았
다.

"옛날 옛날에 한 임금님이 살고 계셨대요. 그 임금님은 어떤 사
람의 목을 베려고 했대요. 바로 그때 아기가 생글생글 미소를 짓
고 있었답니다. 그것을 본 임금님의 가슴이 갑자기 변하기 시작했
답니다."

사람들은 모두 고개를 끄덕였다. 콘빅트 빌이 말했다.

"아! 그건 힘이 센 거야. 미소라는 건. 그걸 들으니 이런 옛날
이야기가 생각나는걸."

그러면 또 새로운 환상의 체험담이 꾸며지기 시작하는 것이다.

우리가 처음으로 우디 노인을 만난 것은 쌀쌀한 늦겨울의 어느
밤이었다. 밤사람들은 우디 노인을 무척 흠모했다. 우디 노인은
학식이 높고 점잖은데다 자신의 삶에 만족해 했다. 키가 큰 우디
노인은 전봇대처럼 자세가 곧았다. 매부리코에 턱수염을 길게 기
른 노인의 눈은 무한의 세계 어딘가를 바라보고 있었고, 그 목소
리는 군밤처럼 구수하고 부드러웠다. 미소는 입가만 조금 스치고
지날 뿐이었다. 진정한 미소는 눈에 담겨져 있었다. 미소띤 눈길
에는 사람들을 포근히 감싸 주는 힘이 있었다. 눈속에 보물이 가
득 담겨 있어서 그가 미소지을 때면 그 보물들이 우리에게 쏟아져
내렸다.

우리가 모닥불 옆으로 다가갔을 때, 우디 노인은 얼굴을 들고
잠시 우리를 재보았다. 아무도 말이 없었다. 노인의 눈길은 나에
게서 안나에게로 가 뚝 멎었다. 미소를 띠며 손을 안나에게 내밀

자 안나도 작은 손을 건네 주며 노인의 손을 잡았다. 아주 오랫동안 둘은 그렇게 서로에게 향기로운 보물을 전하면서 마주 보고 있었다. 금세라도 미소가 번질 것만 같았다. 아무런 말도 필요없었다. 완전하고 깊은 감응이 곧바로 오갔다. 자기 앞에 선 안나를 보며 우디 노인이 말했다.

"이러기엔 나이가 너무 어리지 않아? 어린 숙녀 아가씨."

우디 노인을 곰곰이 생각하느라 안나는 아무런 말도 하지 않았다. 그는 대답도 요구하지 않고 묵묵히 기다리고 있었다. 노인은 시험을 통과했다. 그래서 마침내 안나의 대답을 받을 수 있었다.

"난 충분히 살았습니다, 우디 씨."

안나는 아주 조용히 대답했다.

미소를 머금은 채, 우디 노인은 나무상자를 옆으로 옮기면서 툭툭 쳤다. 안나가 그 위에 앉았다. 서 있는 사람은 나뿐이었다. 주위를 뒤져 나무상자를 하나 찾아낸 다음 나도 한 자리 끼여들었다. 침묵이 잠시 흘렀다. 파이프를 꺼내 연기가 잘 빨리는지 살펴본 후 흡족해진 노인은 이제 불가로 가 담배에 불을 당겼다. 안나의 머리에 손을 얹은 채 앉으면서 뭔가 내가 알아들을 수 없는 말을 했다. 둘은 웃었다. 우디 노인은 흐뭇하게 파이프를 쭉 빨았다.

"시를 좋아하나?"

노인이 안나에게 물었다.

안나는 고개를 끄덕였다. 우디 노인은 엄지로 담뱃불을 골랐다. 노인은 담배연기를 빨아들이며 말했다.

"시란 무엇인지 알고 있니?"

"예, 그건 바느질과 같아요."

"그래."

노인은 고개를 끄덕였다.

"바느질이란 무슨 뜻이지?"

"그것은요, 다른 여러 가지 것들에서 전혀 새로운 무엇을 만들어내는 것이랍니다."

"음, 그건 꽤 훌륭한 시의 정의로구나!"

안나가 물었다.

"아저씨, 질문 하나 해도 돼요?"

"물론이지."

우디 노인은 인자하게 고개를 끄덕였다.

"왜 집에서 살지 않으세요?"

우디 노인은 파이프를 쳐다보더니 턱수염을 쓸었다.

"그에 대한 진정한 대답은 없는 것 같구나. 그렇게 하지 말고 다르게 한 번 물어보지 않으련?"

안나는 잠시 생각해 보았다.

"왜 어둠 속에 사세요?"

"어둠 속에 산다?"

노인은 구수한 미소를 지으며 말했다.

"그것은 쉽게 대답해 줄 수 있겠구나. 하지만 내 대답을 알아들을 수 있을지 모르겠구나."

"대답이라면 알아들을 수 있어요."

"그래 정말 그렇구나. 대답이라면 알아듣겠지. 그건 사실이지. 오직 그것이 대답일 때만……."

그는 잠시 멈추었다가,

"어둠을 좋아하니?"

안나는 고개를 끄덕이며 말했다.

"어둠은 우리를 커다랗게 펼쳐 줍니다. 어둠은 상자도 커다랗게 펼쳐 줍니다."

노인의 볼이 붉어지는가 싶더니 빙그레 웃음이 나왔다.

"그렇고 말고, 그렇고 말고."

노인은 다시 자기 이야기를 했다.

"내가 어둠을 좋아하는 이유는 밤엔 나 자신의 모습을 볼 수 있어서지. 낮에는 다른 사람들이 내 모습을 보고 평하지만 밤엔 내가 나 자신의 모습을 보고 평할 수 있거든, 이해할 수 있겠지?"

안나는 미소를 지었다. 우디 노인은 마디진 손을 펴서 부드럽게 안나의 눈을 감겼다. 안나의 두 손을 잡고 노인 자신의 어떤 내면의 나라에 내려놓았다.

런던시에서도 유별나게 이 지역은 낮에 보면 꼭 푸줏간 같았다. 그러나 어슴푸레한 모닥불 앞에서 본 그곳은 온통 마술과 신비의 나라였다. 우디 노인은 이제 낭랑하고 힘찬 목소리로 신과 안나와 모든 인류에게 바치는 시 한 수를 읊었다.

믿음 속에 있을 때
나는
눈으로 그대를 사랑하지 않습니다.
눈은 그대 속의
수많은 잘못만을 보는 까닭입니다.
하지만
눈이 경멸하는 그것을
사랑하는 이는
나의 이 가슴입니다.

구운 밤빛의 빙그레 웃음이 마술에서 깨게 했다.

"이 시를 아니? 이것은 셰익스피어의 소네트란다. 사람들은," 세계를 감싸안는 듯한 표정으로 그는 입을 벌렸다.

"너에게 두뇌와 오감만을 발달시키라고 부추길 거야. 그러나 그것은 반쪽이란다. 인간의 다른 반쪽은 가슴과 지혜를 키우는 데 있다는 걸 명심해라."

그는 늙은 손으로 파이프 끝을 톡톡 건드려 보더니 다음 말을
이었다.

"평범한 지혜가 있고, 공상과 예찬이 있고, 추억이 있어."

우디 노인의 얼굴이 하늘을 향했다. 그의 몸이 우리와 함께 낡
은 깡통 화롯불을 따뜻이 쬐고 있는 동안 그의 영혼은 포근한 별
빛을 받으며 춤을 추고 있었다.

"결코 누구에게도 완전에 이르는 자신의 권리를 빼앗기지 마라.
낮의 빛은 두뇌와 오감을 위한 것이지만, 밤의 어둠은 가슴과 지
혜를 위한 거란다. 결코, 결코 두려워하지 마라. 너의 두뇌는 언젠
가 너를 버릴 수 있을지언정, 너의 가슴은 결코 너를 저버리지 않
을 것이다."

유성처럼 반짝반짝 사랑의 자취를 뒤로 남기면서 그가 돌아왔
다. 그는 일어나서 크게 기지개를 켰다. 모든 사람들의 얼굴을 둘
러보던 눈길이 다시 안나에게 멎었다.

"그대를 잘 알아요. 꼬마 숙녀, 그대를 잘 알아요."

수수께끼 같은 말을 남기고, 외투를 어깨 위로 끌더니 우디 노
인은 어둠 속으로 나갔다. 잠시 멈추어 서서 다시 한 번 안나에게
미소를 보냈다. 그는 안나에게 팔을 펴며 노래했다.

그리하여
여인은
하나하나의 상태에서
보편적인 힘을
뽑아낸다.
온갖
이름과 운명으로

옷을 입힌 뒤
아무도 몰래
감각의 문을 뚫고 들어와
마음속에 깃들게 하네.

　그리고 우디 노인은 떠났다. 아니 떠난 게 아니라 그의 어떤 부분이, 아마도 가장 큰 부분이 남아 있었다. 그것은 지금까지 남아 있다. 우리는 10분 남짓 불을 바라보면서 앉아 있었다. 아무런 질문도, 아무런 대답도 하지 않았다. 떠날 때 우리는 밤사람에게 작별인사조차 하지 않았다. 우리 또한 많은 것을 뒤에 남겨둔 채.

10
안나의 우주

　우리는 각자 생각에 빠진 채 둥둥 떠서 런던 밤거리를 걸어가고 있었다. 앞에 자동청소차들이 거리의 쓰레기를 치우고 있는 모습이 보였다. 차도와 보도에 물을 흩뿌리면서 청소차는 다가왔다. 청소차에 달린 큰 원통의 빗자루가 내일을 위해 런던 거리를 깨끗이 청소해 주고 있었다. 물보라가 우리 쪽으로 날아올 때마다 안나랑 나는 이리저리 깡충깡충 뛰어다녔다. 신이 오른 안나는 아예 떼굴떼굴 구르며 폭소를 터뜨렸다. 꼬마가 저멀리 사라지는 청소차를 가리켰다.

　"요정! 요정 같아!"

　"그래, 그래, 요정이야."

　"핀이 내게 읽어 준 장난꾸러기 퍽(역주 : 셰익스피어의 「한여름 밤의 꿈」에 나오는 인물) 같아."

　밤에 취하고 기쁨에 들뜬 나는 곧장 옆에 서 있는 우체통 위로 뛰어올랐다. 나는 허리를 펴고 선 채 밤의 여신에게 요정 퍽의 시를 낭독했다.

전에
내 빗자루와 함께
여기로 보내졌다네.
문 뒤의 먼지들을
쓸기 위하여.

　선녀 티나니아(역주 : 셰익스피어의 「한여름 밤의 꿈」에 나오는 인물)가 우체통 둘레를 발 끝으로 빙빙 돌며 선녀춤을 추는 모습이 아른아른했다. 그때 저 멀리서 순경이 다가오고 있었다. 나는 구름을 손가락으로 가리키며 외쳤다.
　"오, 영혼이여! 그대 어디로 방황하고 있는가?"
　멀리 들려오는 "너는 어디로 방황하고 있다고 생각하나?"라는 순경의 대꾸는 우리의 웃음소리 속에 묻혀 버렸다. 우체통에서 뛰어내린 나는 안나의 손을 덥석 잡고는 가물가물하는 거리 청소차를 따라 달리기 시작했다. 스프레이가 뿜어내는 물보라를 뚫고, 우리는 차 앞으로 달려가 기다렸다. 있는 힘을 다해 달린데다가 웃음까지 겹쳤으니 숨이 가빴다.
　"저것 봐! 나방(역주 : 셰익스피어의 「한여름 밤의 꿈」에 나오는 인물)과 겨자씨(역주 : 상동)야."
　"아냐, 저건 완두꽃(역주 : 상동)과 거미집(역주 :상동)이야."
　청소차가 우리 곁을 지나가자 우리의 발과 다리가 흠뻑 젖어들었다. 몇 미터 가다가 차가 멈추어 섰다. 이제 스프레이가 꺼졌다. 차 문이 열리고 '겨자씨'가 내렸다. 183센티미터 키에 100킬로그램의 덩치라니, 겨자씨치고는 너무 컸다. 안나와 나는 서로 얼굴을 보며, 배꼽을 잡고 낄낄거렸다. 앞에서는 '겨자씨'가 우리를 겨누어 다가오고 있고, 뒤에는 경찰이 뚜벅뚜벅 소리를 내며 우리를 압박해 오고 있었다. 부리나케 숨을 죽이고 골목길로 내뺀 다음 안전한 거리에서 우리는 멈추었다. 순경과 '겨자씨', 게다가 '나방'까지 합세하여 아래쪽으로 두리번거리며 우리를 찾고 있었다. 아마 젊은이들의 미친 짓거리라고들 했을까? 안나의 손목을 꼭 잡고 나는 다시 뛰기 시작했다. 한참 달려가니 템즈 강변의 도로가 보였다. 우리는 둑으로 올라갔다. 템즈 강이 흐르는 것을 바라보면서, 샌드위치를 꺼내 먹었다. 뚝딱 샌드위치를 해치운 다음, 나는 궐련을 피워 물었다. 안나는 아래로 내려가 혼자 돌차기 놀이를 하기 시작했다. 안나는 30미터 정도 나아갔다가 뒤로 뛰어들어와 내 앞에 섰다.

"핼로우, 핀 오빠."

빙글빙글 돌자 치마가 낙하산처럼 부풀어 올랐다.

"핼로우, 안나 양."

나는 고개를 숙이며 우아하게(?) 손을 내밀었다.

"하나, 둘, 셋, 넷."

안나는 노래를 부르며 뛰어가더니 멈추어 서서 사뿐사뿐 춤을 추기 시작했다. 티없이 맑은 기쁨의 샘처럼.

다시 뛰어온 안나는 부드럽게 손을 움직여 담으로 기어올랐다. 내게서 스무 걸음 앞에 서더니 다시 뒤로 돌아 파르르 떨면서 다른 손으로 담을 잡았다. 이렇게 스무 번에서 서른 번 정도를 되풀이하더니 수미터가 되는 담을 몽땅 답파하는 것이었다. 때론 빠르게, 때론 느리게, 손을 파도처럼 움직여 담벼락을 오가고 있었다. 담에는 아무런 글씨도 없었지만 속으로 안나는 내면의 칠판에 뭔가를 쓰고 있었던 것이다.

뚝하고 안나의 동작이 멎었다. 힘차게 머리를 흔들자 황금빛 광채가 머리 둘레에 일다가는 어둠 속으로 사라졌다. 머리를 숙인 채 또각또각 발장난을 하자, 자갈소리가 일었다. 그렇게 아무런 방향도 없이 안나는 걸었다. 자신도 무얼하는지 몰랐으리라. 걸음에는 오직 한 방울의 의식밖에 없고, 나머지는 모두 내부의 무언가를 축으로 하여 돌아가고 있었다. 그것은 안나가 막 끝마무리를 하고 있다는 긴급신호다. 다시 궐련에 불을 붙였다. 내가 신호를 맞게 읽었다면 앞으로 적어도 한 시간은 담배를 피울 겨를이 없을 건 뻔하다. 걸음이 멎었다. 안나는 다시 담으로 돌아와 2,3분간 담벽에 기대고 섰다. 골똘히 생각에 빠진 안나는 자갈 위로 발을 1미터 가량 질질 끌고 갔다. 다시 발뒤꿈치와 뒤통수만으로 벽에 기댔다. 하마터면 나는 고함을 지를 뻔했다. 그랬더라도 별로 달라지지는 않았으리라. 안나에겐 바깥은 안중에도 없었던 것이다. 내 목소리가 들릴 리가 없다. 꼬마는 뒤로 걷거나 깡충거리거나 뛰어오르는 것이 아니었다. 아예 떼굴떼굴 뒤로 구르는 것이었다. 그러길 20,30미터 꼬마는 머리와 발 끝으로 균형을 잡았다. 몇 번이고 그 모양을 되풀이하던 안나는 마침내 머리를 내 다리에 묻어왔다.

"어휴! 어지러워 죽겠다."

바지 속에서 목소리가 들려왔다.

"그게 진리야."

내가 대꾸했다.

"벽은 단단해."

"네 머리도."

"아얏! 아파."

나는 무릎을 깨물렸다. 나는 안나에게 주의를 주었다.

"내 머리도 아파."

"그건 네 잘못이야. 그렇게 바보처럼 굴다니, 무엇 때문에 그랬지?"

"생각중이었어."

"그게 생각이었다고? 제발 하느님! 전 결코 배우고 싶지 않아요.”

“핀! 내가 무얼 생각하고 있었는지 알아?”

고개를 들고 안나가 나를 쳐다본다.

“만약 내게 선택권이 있다면 말야. 아니, 내겐 없어.”

내가 자기를 골려 주고 있음을 꼬마 안나는 알고 있었다. 슬그머니 미소짓는 폼이 내게 선택권이 없나보다.

“그건 빛일 수 없어.”

안나는 반박할 수 없는 최후 선언을 내린다.

“그래, 좋아, 그게 빛이 아니라면 무엇이야?”

“하느님 아저씨는 빛일 수 없어.”

정에 맞은 돌처럼 쩡하고 세계가 깨어져 나갔다. 약간 조바심이 난 하느님 아저씨도 황금옥좌의 끝으로 나와 자기의 얼굴이 어떻게 주조되고 있는지, 구름 사이로 엿보고 있을 것만 같았다. 목구멍이 근질근질해지기 시작했다. ‘편안히 쉬십시오. 하느님 아저씨, 이 아인 안심하셔도 돼요. 당신의 얼굴은 마음 푹 놓고 계셔도 이 아이가 멋있게 만들어 드릴 테니까요.’ 위를 보며 그렇게 소리치고만 싶었다. 수만 년간 우리 인간들이 주물러온 하느님의 형상에 하느님 자신도 염증을 느끼고 계시지 않을까? 그러나 하느님 아저씨를 그리려는 인간들의 노력이 끝나기엔 아직도 한참 멀었다.

“그는 빛일 수 없어. 핀.”

“내가 어떻게 알겠니? 이 멍청한 내가?”

“하느님 아저씨는 그럴 수 없어, 만약 그가 빛이라면 우리 눈에 보이지 않는 장파와 단파는 어떻게 해?”

우리는 가시광선 안의 파동만 볼 수 있고 그 너머는 눈으로 볼 수 없다. 안나는 가시광선 밖의 파동을 이야기하고 있는 것이었다.

"무슨 말인지 이제 알겠어. 그 파동들을 우리 눈으로 볼 수 있다면, 모든 게 다 달리 보일 거야."

"나는 빛이 우리 속에 있다고 생각해."

"그럴 수도 있겠군. 네 말이 맞을지도 모르겠다."

"우리에게 '보는 법'을 비추어 주는 근원은 그 빛인가봐. 나는 그렇게 생각해."

안나는 고개를 끄덕이며 말했다. 위층에서(?) 하느님 아저씨도 무릎을 치면서 천사들에게 이렇게 말했으리라.

"저건 어때? 멋있지?"

안나의 말은 계속되었다.

"그래 맞아, 우리 안에 있는 빛은 바깥의 빛을 볼 수 있게 하는 근원이야. 그리고, 그리고 핀……."

안나는 신이 나서 깡충 뛰었다.

"우리 바깥에 있는 빛은 안에 있는 빛의 근원이야."

안나는 혼잣말로 나지막히 이 말을 몇 번이나 되풀이했다. 빙그레 웃으면서,

"멋있어. 핀, 멋있지 않아?"

나도 맞장구를 쳐 주었다. 하지만 오늘 밤만큼은 그것으로도 배가 터질 것만 같았다. 그날 밤 일어났던 것을 다 소화해 내려면 나는 시간이 좀 필요했다. 그러나 안나는 그것을 단숨에 해치워 버린 것이다.

"핀, 분필 좀 줄 수 있어?"

이제 분필이 바람쐬일 시간이었다. 나는 호주머니를 뒤졌다. 그때는 숨쉬는 것만큼 당연하게 나는 분필을 가지고 다녔다. 그것은 어디고 나를 따라다녔다. 분필을 가지고 다니노라면 종종 공상에 빠져들었다. 나는 오페라 공연장에 들어간다. 공연이 끝나자 어떤 사람이 앞으로 나와 말한다. "청중 여러분 중 분필을 가지신 분

안 계십니까?" 그러면 내가 벌떡 일어서서 말한다. "예, 내가 몇 개 가지고 있지요. 무슨 색을 원하시지요?" 박수, 박수.

그러나 안나밖에는 아무도 분필을 달라는 사람이 없었다. 안나는 공상을 위한 받침대로 분필을 사용하지 않았다. 대신 멋들어진 어떤 발견을 설명하는데 사용했다.

안나와의 외출은 크게 세 가지로 나뉘어진다. '바람쐬기'는 오늘 밤과 같은 것이다. '바람쐬기'의 요구는 쉽게 충족되었다. 분필, 줄, 물들인 솜 몇 뭉치, 플라스틱 밴드, 작은 병 한두 개, 연필, 종이, 펜, 장신구 몇 개 등이 담긴 작은 깡통 두 개로 충분했다.

두 번째 부류는 '산책'이었다. 이 경우는 조금 더 복잡했다. 위의 깡통 두 개에다 헐어빠진 그물, 잼단지, 여러 가지 크기의 상자, 깡통, 백 등이 필요했다. 이상적인 것은 '산책'에 필요한 모든 도구들을 가득 싣고 나를 수 있는 5톤짜리 트럭이었을 것이다. 만약 곤충, 딱정벌레, 송충이, 개구리알 등 안나가 가져다 나르는 이 모든 것을 어머니이신 자연이 조금만 더 자애롭게 보살펴 주었다면 그것들이 모두 살아나 런던 시가 멈추어 버렸을 것이다.

마지막은 '뚜렷한 목적을 갖고 산책하기'였다. 이것은 평생을 악몽에 시달리게 할 만큼 끔찍한 경우다. '뚜렷한 목적을 갖고 산책'하다가 우발적으로 만나는 모든 것을 다 거두어 담으려면 적어도 세 대, 아니 여섯 대의 가구 진열차를 불러야 했을 것이다. 오일 리그, 에어콤프레셔, 30미터의 사다리, 잠수기, 크레인 한두 대와 같은 것들이 필요했다. 딱 세 번 이것을 치르고 났는데 나는 일주일 동안 서지도 못한 채 *끙끙* 앓아야 했다.

나는 안나에게 분필을 건네 주었다. 안나는 차도에 무릎을 꿇고 앉더니 붉은 색의 큰 동그라미를 그리기 시작했다.

"이게 나라고 생각해 봐."

안나가 말했다.

콕콕콕, 내키는 대로 안나는 점을 찍었다. 똑같은 수의 점들을, 동그라미 안에도 찍었다. 담 위에 앉아 편안히 쉬는 나를 안나가 손짓으로 불렀다. 나는 안나 곁에 쪼그리고 앉았다. 안나는 두리번두리번하더니 나무를 가리켰다.

"저것은,"

동그라미 밖의 점 하나를 가리키면서 십자(＋)를 그렸다.

"이 점이야."

그 다음 동그라미 안에 있는 점 하나를 가리키면서,

"이건 내 속에 있는 나무야."

"전에 한 번 본 것 같은데."

나는 중얼거렸다.

"그리고 저것은,"

안나는 환호의 함성을 지르면서 동그라미 안의 점 하나를 가리켰다.

"날으는 코끼리야! 그런데 바깥의 코끼리는 어딨는 걸까? 핀?"

"그런 짐승은 없단다. 따라서 밖에 있을 리가 없겠지."

"그렇다면 그게 어떻게 내 머릿속으로 들어왔을까?"

안나는 무릎을 꿇고 앉으면서, 초롱초롱한 눈으로 나를 응시했다.

"나로선 어떤 것이 네 머릿속으로 들어가는지 모르겠지만, 날으는 코끼리란 순전히 상상이란다. 그건 사실(fact)이 아냐."

"내 상상도 하나의 사실이 아냐? 핀?"

고개를 갸웃하며 안나가 물었다.

"맞아, 물론 너의 상상이 사실이긴 하지만, 상상에서 나오는 것이라고 다 사실인 것은 아니거든."

나는 조금씩 당황해지기 시작했다.

"그렇다면 그것이 어떻게 안으로 들어갈 수 있지?"

안나는 쿵하고 동그라미 안으로 뛰어들어갔다.

"만일 밖에 있지 않다면,"

몇 번 더 땅을 쿵쿵 밟더니,

"이것은 어디에서 왔어?"

내가 대답할 겨를도 주지 않는 것이 오히려 고맙게 여겨졌다. 안나는 일어나서 자기가 만든 이 우주, 동그라미 주위를 도느라 여념이 없었다.

"이 안에 없는 것이 저 밖에는 많다."

금 쪽에서 중심 쪽으로 깡충 뛰어들어간 안나는 이제 다시 무릎을 꿇고 앉았다.

"핀, 내 그림이 맘에 들어?"

"응, 썩 좋은데."

안나는 두 손을 무릎에 올리고 물었다.

"그것이 어디에 있었지?"

나는 원 밖의 점 하나를 가리켰다.

"저기쯤일 거야."

주춤주춤 뒤로 물러난 꼬마는 동그라미로부터 멀찌감치 떨어진 곳까지 갔다. 안나는 손가락으로 동그라미의 중심을 가리켰다. 다시 안나는 손가락으로 말을 끄집어내는 시늉을 했다.

"저기, 저기가 내가 이 동그라미를 그린 곳이야……. 그건 내 안이지."

오랫동안을 안나는 침묵 속에 머물러 있었다. 그림 위로 손을 휙 돌리더니 안나는 수수께끼 같은 목소리로 말했다.

"때때로 내가 안에 갇혀 있는 건지 밖에 갇혀 있는 건지 모르겠어."

안나는 안과 밖의 점들을 만지면서 말을 이어갔다.

"재밌어, 안을 보고 바깥에 있는 것을 발견할 때가 있는가 하면, 밖을 보면서 안에 있는 것을 발견할 때가 있으니. 이건 정말 재밌단 말이야."

우리가 안나가 그린 '우주'의 동남부를 골똘히 쳐다보고 있을 때, 북서쪽으로부터 반짝반짝 광을 내며 잠수함만한 부츠 한 켤레가 걸어오고 있었다.

"그렇지, 이 꼬마가 만약 요정 퍽이나 선녀 티나니아가 아니라면……."

부츠의 주인공이 말했다.

"천만에, 오베론(역주 : 셰익스피어의 「한여름밤의 꿈」의 인물)이야."

나는 거의 반사적으로 중얼거렸다. 고개를 들고 위를 봤더니 맙소사 바로 그 순경이 아닌가!

"집이 없어? 어디로 가려고, 차도에 그림이나 그리고."

"우린 집이 있어요."

나의 대답이었다.

안나가 말했다.

"이것은 그림이 아니에요, 아저씨."

여전히 쪼그리고 앉은 채였다. 경찰이 되물었다.

"그럼, 그게 뭐야?"

"이건 정말 하느님 아저씨랍니다. 이건 내 안에 있고 저건 내 밖에 있어요. 그러나 모두 하느님 아저씨인걸요."

순경이 말했다.

"그건 그렇고, 꼬마야, 너는 아직도 도로에 그림을 그리고 있는데, 그건 법으로 금지되어 있어."

앞으로 나간 안나는 부츠를 자기 우주로부터 떠밀어냈다. 순경은 안나를 내려다보았다.

"당신은 수억만의 별들을 밟아 버린 겁니다."

내가 점잖게 순경을 나무랐다. 그는 이 세상의 법과 질서를 대표했겠지만 안나는 보다 높은 차원의 법과 질서에 관계하고 있었음이다.

"이건 아저씨랍니다."

조금도 겁먹은 기색이 없이 안나는 당당히 밀고 나갔다.

"그리고 이건 내 안에 있는 아저씨예요. 그렇지, 핀?"

"그렇습니다. 경관 나으리, 저건 꼭 아저씨랍니다."

내가 맞장구를 쳤다.

"사실은 저것같지는 않고⋯⋯."

안나는 발을 끌면서 몇 발자국 옆으로 나아가서는 큰 동그라미를 그렸다.

"아저씬 이렇게 보여요."

안나는 새 동그라미 속에 다시 점들을 가득 찍었다. 그들 중 점하나를 가리켰다.

"저건 아저씨 속에 있는 나예요."

이번에는 먼젓번의 동그라미를 가리켰다.

"그러나, 저 점은 원래는 저 동그라미예요. 그게 진짜 나랍니다."

순경은 앞으로 몸을 굽혀 안나의 우주를 보았다. 나는 으쓱하고 어깨를 올렸다. 헛기침을 몇 번 한 순경은 바깥의 점 하나를 가리켰다.

"이게 뭔지 알아요? 티타니아 선녀님?"

"뭐예요?"

안나가 되물었다.

"이건 경사나으리예요. 그가 몇 분 뒤 올 텐데, 그때까지 이 그림을 지우지 않으면 선녀님은 틀림없이 이 무리에 끼게 될 거예요."

그는 큰 동그라미를 그리기 시작했다.

"이게 뭔지 알아요? 이건 말이지요, 경찰서예요."

넓적하니 핀 미소가 거친 목소리를 조금은 부드럽게 해주었다. 내가 준 손수건으로 안나는 웨스트민스터의 강변도로에서 제가 만든 우주를 지웠다. 그리고서 일어선 안나는 탁탁 쳐서 분필가루를 털어낸 뒤 손수건을 나에게 되돌려 주었다. 안나가 순경에게 말했다.

"아저씨는 맨날 여기서 일하세요?"

"대부분은 그렇지."

순경이 대답했다.

"아저씨……."

꼬마는 순경의 손을 잡고 강둑으로 끌고 갔다.

"템즈 강은 물인가요, 아니면 물이 흘러가는 통론가요?"

순경은 힐끗 안나를 쳐다보더니,

"물론 물이지, 물이 없는 강은 있을 수 없잖아?"

"아! 그것 참 이상해요. 비가 올 때 그건 템즈가 아니고, 그 비가 통로로 들어가야 템즈죠. 왜 그래요, 아저씨?"

"저 꼬마가 날 놀리고 있잖아?"

그가 나를 보고 말했다.

"뭘 그래요? 그건 아무것도 아니랍니다. 나는 하루종일 당하는 일인걸요, 뭐."

그는 도저히 더 이상 못 참겠다는 듯이 명령했다.

"썩 꺼지지 못해? 너희 둘 이건 마지막 경곤데, 빨리 집으로 가는 게 좋을걸?"

순경은 손가락을 가리키며 말했다.

"'완두꽃'과 '거미집'이 말야……."

순경 아저씨는 끝내 웃음을 참지 못하여 얼굴이 일그러지고 말았다.

"곧장 올 거란 말야. 그때까지 여기 남아 있으면 시퍼렇게 볼기짝이 멍들 때까지 맞을 거야, 알지?"

순경 아저씨는 제법 멋진 말을 했다고 생각하면서 씨익 웃었다.

“희극이야, 온 세상이 희극 투성이야.”

나는 혼자 중얼거렸다. 그러면서 나는 안나의 손을 잡고 그자리를 떠났다.

“멋있는 작품이었어, 훌륭해. 꼬마, 템즈에 대한 것 말야.”

“아!”

하고 안나가 속삭였다.

“그러나 핀, 어디서부터 템즈 강이고, 어디부터 템즈 강이 아닐까? 그 표시가 있을까?”

우디 노인의 말이 맞았다. 대낮의 빛은 감각을 가르치지만, 밤은 지혜를 기르고, 상상을 뻗어나가게 하는가 하면, 환상을 선명하게 만들어 주며, 추억을 버리며, 모든 가치관을 바꾸어 주었다. 비로소 나는 왜 사람들이 밤에 잠들어 버리는지 깨닫게 되었다. 그것이 더 쉬웠기 때문이다, 훨씬 더.

228

11
사랑은 스스로 가득 찬 곳에서

전쟁의 조짐이 역력했다. 거리는 이미 방독면을 쓴 사람들로 붐볐다. 앤더슨 방공호에서 파견 나온 대원들이 뒷뜰에 함석판 더미를 쌓아올리느라 바빴다. 화생방, 사이렌, 방공호에 이런 전쟁 대비책들이 전염병처럼 번져갔다. 전쟁의 어두운 구름은 모든 곳으로 퍼져 나갔다. 아이들이 공놀이를 하던 담벽은 이제 전쟁 공고판으로 바뀌었고, 벽에 설치되어 있던 게시판은 등화관제로 덮히고 말았다.

이제 우리는 새로운 경기규칙을 배워야 했다. 간간이 전혀 뜻하지 않은 지시가 나오기도 했다. 전쟁이라는 전염병은 아이들에게도 파고들었다. 공은 이제 폭탄이 됐고, 크리켓 배트는 총으로 둔갑해 버렸다. 아이들은 하늘을 보며 '따따따' 총을 쏘는 시늉을 했다. 그러면 다른 아이들이 '으아아' 하고 비명을 지르면서 고통스럽게 죽어가는 시늉을 했다.

"빵, 빵, 너희들은 죽었다!"

안나는 내 손을 꼭 쥐고서 내 옆에 바짝 기대어왔다. 총놀이는 안나가 즐길 수 있는 놀이는 결코 아니었다. 그 몸짓과 시늉은 실재 일어나는 일에 속한 것이었고, 안나는 그 실재의 일이 무엇인지 아주 분명하게 알고 있었다.

안나의 팔에 이끌려 나는 방 안으로 들어갔다가, 다시 뜰로 나왔다. 그러나 거기도 썩 좋은 풍경은 아니었다. 옥상에 설치된 방공기구들이 하늘을 조롱하고 있었던 것이다. 하늘을 욕되게 하는 이 방해꾼들을 쓸쓸히 바라보면서 안나는 동그라미를 그리며 놀았다. 그리고는 다시 뚫어져라 내 얼굴을 쳐다보면서 나를 향해 두 팔을 벌렸다. 얼굴을 잔뜩 찌푸린 채.

"왜? 핀, 왜?"

내 대답을 애타게 기다리며 얼굴을 쳐다보았지만 나는 아무런 대답도 줄 수 없었다. 꼬마는 무릎을 꿇고 뒷뜰에 자라고 있는 들꽃 몇 송이를 부드럽게 쓰다듬었다. 그때 보시가 달려와 안나의 다리에 머리를 대고 문질렀다. 길다랗게 누워 있던 패치도 조심스럽게 안나를 쳐다보았다. 안나가 꽃을 만지며 뜰을 둘러보고 있는 모습을 지켜보던 그 한 시간이 내 삶의 가장 아름다웠던 순간들이다. 안나의 가녀린 손가락이 딱정벌레에서 꽃으로, 자갈돌에서 송충이로 경건하면서도 우아하게 옮겨다니고 있었다.

나는 언제 울음이 터질까 하고 기다리고 있었다. 이제 막 안나가 내 품으로 뛰어들겠구나 하고 기대했지만, 나로서는 안나의 마음속에 무슨 일이 일어나는지 알 수 없었다. 안나가 받은 상처는 나의 위로로 메꾸어지기에는 너무 깊었다는 것 외에는.

조금 전에 궐련에 불을 붙이려 했으나 뜻대로 되지 않았다. 다시 한 번 성냥불을 입술 사이로 가져간 순간, 아주 나지막한 안나의 목소리가 들려왔다.

"미안해."

분명 나에게 한 이야기는 아니었다. 하느님 아저씨에게 한 이야기도 아니었다. 안나는 꽃들에게, 땅에게, 보시, 패치, 곤충, 딱정벌레들에게 말하고 있었다. 한 인간이 세상의 모든 다른 존재들에게 용서를 빌고 있었던 것이다. 괜시리 내 자리도 아닌 곳에 끼여든 것만 같아 나는 부엌으로 들어가 욕지거리를 했다.

안나를 만난 뒤부터 욕지거리가 훨씬 더 잦아졌구나!

나는 묘한 충격을 받았다. 그러지 말아야 될 것이었지만 어쩔 수가 없었다. 불이 붙지 않는 궐련을 입에서 빼내자 궐련이 입술에 붙어서 입술이 당겨지는 것 같았다. 괜히 궐련에 대고 욕설을 해댔지만, 우울한 마음은 가시지 않았다.

얼마 동안을 앉아 있었는지 모른다. 영원히 그렇게 있었던 것만 같았다. 나를 다시 뜰로 뛰쳐나가게 만든 것은 내 스스로 만든 공포였다. 나는 상상 속에서 안나를 그토록 상심하게 만든 녀석들을 기관총으로 무수하게 난사했다.

나 자신의 폭력성에 당황한 나는 안나가 어떤 신비한 힘으로 내 생각을 눈치챘을까 봐 다시 뒷마당으로 빠져 나왔다. 안나는 보시를 무릎에 앉힌 채 담에 기대어 있었다. 내가 다가가자 안나는 가만히 웃어 주었다. 그러나 그 웃음은 홍조가 만발한 웃음이 아니었다. 다만 내 폭력성의 문을 닫아 줄 만큼의 쓸쓸한 웃음이었다.

나는 부엌으로 들어가 주전자에 물을 끓였다. 얼마 지나지 않아 안나랑 나는 담에 기대어 코코아를 마실 수 있었다. 나는 질문이 앞을 다투어 일어났지만 입을 뗄 용기가 나지 않았다. 안나가 괜찮은지 확인해 보고 싶었지만 나로서는 그 확인을 어떻게 받아내야 할지 몰랐다. 괜찮지 않았던 것이다. 한 걸음 한 걸음 다가오고 있는 전쟁의 공포가 안나의 마음 깊숙한 곳에 충격을 주고 있었다. 나는 그것을 잘 알고 있었다. 그러나 겉으로 보기에 안나는 아무 탈없이 지내는 것처럼 보였다. 우리 목 뒤를 조르고 있던 이 전쟁이 안나에겐 영혼의 깊은 슬픔이었다. 내가 걱정했던 것이 바로 그 점이었다.

그날 저녁, 안나는 잠자리로 돌아갈 채비를 하고 있었다.

"좋으면 내 침대로 와서 함께 자지 않으련?"

안나를 위로해 주고 다독거려 주고 싶었던 것이다. 다른 사람을 위로해 준답시고 자신의 공포와 슬픔을 은폐해 버리는 어리석음을 범하기는 얼마나 쉬운 일인가! 안나를 위로해 주려면 무슨 짓을 못 하겠는가 하고 생각했었다. 그러나 위로받아야 할 사람은 오히려 나이며, 안나의 순수하고 온전한 힘이 얼마나 크게 나를 감싸 주고 있었는지를 그날 밤에서야 비로소 깨달았던 것이다. 나와 함께 있었던 짧은 삶을 통해 보았을 때, 안나는 모든 사람들 가운데 서도 가장 온전하고 차분하며 가장 솔직했다. 턱없이 지나친 지식을 무시하며 쓸모없는 가식을 떼어내고 사물의 본질과 핵심을 발견해 내는 안나의 힘은 정말 마술 같았다.

"핀, 난 핀을 사랑해."

안나가 말할 때면 모든 낱말들은 독특한 생기를 띠고 하나씩하나씩 되살아난다. 낱말 속에 가득한 의미를 불어넣기 때문이다. '나'라는 말 하나 속에 전적인 힘이 담겨 있었다. 어떤 '나'도 안나에게는 존재의 숨결로 꽉 차 있었다. 빛이 그렇듯 안나의 '나'도 바래지지 않았다. 그것은 순수했고, 그 하나로서 전부였다. '사랑'도 감상적이거나 나약한 말이 아니었다. 안나의 '사랑'은 용기와 격려로 가득 차 있었다. 안나가 생각하는 사랑은 다른 이들 속에 있는 완전에 이를 수 있는 씨앗을 발견해 내고 거기에 물을 뿌려 주는 일이었다. 안나는 한 사람을 전체적으로 보았으며 전적으로 만났다. 안나가 보는 '핀'은 나의 일부분이 아닌 나의 전체였다.

우리를 가장 뚜렷하고 전체적으로 볼 수 있는 이는 하느님 아저씨다. 안나의 모든 노력은 하느님 아저씨처럼 되는 것으로 모아졌다. 충분하게 노력하는 이라면 그 비밀을 깨달을 수 있으리라.

나는 하느님 아저씨에 대한 안나의 자세를 거의 다 이해할 수 있었으나 하나만은 도저히 알 수 없었다. 그것은 '당신은 이것을 지혜롭고 슬기로운 사람에게는 숨기지만 아기에게는 보여 줍니다.'라는 시의 구절 속에 감추어져 있었는지 몰랐다.

내가 모르는 어떤 길을 통해 안나는 벽 위로 올라가 저편에 있는 장엄한 신의 영광 속으로 들어갔다. 그리고 거기서 살고 있었다. 그 신은 달콤하고, 재미있으며, 사랑스러웠다. 신은 안나 앞에 자신을 솔직히 드러내 보였다. 신은 자기를 알기 위해 다가오는 안나에게 어려움은 내려 주지 않았다. 우리로서는 알지 못해도 분명 좋은 목적을 위해 신은 우리 앞에 커다란 장애물을 만들어 놓는 일이 가끔 있다. 그러나 안나에게는 그런 어려움이 닥치지 않았다. 우리가 자주 다루었던 신의 모든 속성을 안나는 보았고, 그 참뜻을 깨달은 뒤 마침내 그 뜻에 따라갔다. 하느님 아저씨는 모든 것의 창조자였고 모든 것의 본질 속에 들어 있었다. 그리고 단 하나만을 제외하고는 전지전능했다. 단 하나만의 예외! 안나가 모든 것의 열쇠로 여긴 것이 바로 이것이다. 그것은 재미있고 신나며 향기롭게 해주었다. 그러나 그 예외를 보았거나 말하려 하는 사람이 없었다. 그런 문제가 안나를 괴롭혔다.

"이상해, 오직 하느님 아저씨만이 그 이유를 아실까?"

교회나 학교에서 너무도 자주 입에 오르내리는 하느님 아저씨의 성격은 장대하고 거대하며 약간 두려움을 준다. 반면 하느님 아저씨를 사랑스럽고 재미있는 존재로 만들어 주는 것이 바로 예외인 것이다.

"이건 정말 재미있어, 핀. 하느님 아저씨가 둘째 자리를 잡고 있다고 생각해 봐. 하느님 아저씨는 우리의 뜻을 존중해 줘."

안나는 결코 자유의지라는 골칫거리에 끼여들지 않았다. 너무 어려서 그랬을까? 어쨌든 안나는 핵심을 꿰뚫고 있었다. 하느님 아저씨가 둘째 자리를 잡고 있다는 것은 굉장히 큰 사랑이 아닌가! 신을 부정할 수는 있다. 그러나 어떠한 부정도 신이 존재한다는 사실을 바꿀 수는 없다.

신은 모든 것의 본질 속에 있다. 신은 핵이요, 중심이다. 신을 볼 수 없는 것은 우리 자신에게 빠져 우리의 '거짓 나'가 중심이 되어버렸기 때문이다. 그렇다. 신은 우리의 중심이다! 그러나 그것을 받아들이는 것은 우리 자신인 것이다. 그는 모든 것의 중심에 있으면서도 우리 밖에서 기다리며 우리의 문을 두드리고 있다. 그것이 신의 불가사의다.

문을 열어야 할 쪽은 우리다. 신은 문을 부수고 들어오지는 않는다. 그는 문을 두드리고 문 앞에서 기다릴 뿐. 그래서 신은 더욱 위대한 것이다.

일요일 아침 열시. 안나는 일찍부터 일어나 있었다. 나는 한쪽 눈만 뜨고서 꼬마의 왼손에 올려진 접시 위의 잔이 시소를 하고 있는 모습을 보았다. 조금만 더 세게 흔든다면 잔은 침대로 떨어질 기세였다. 나는 만약의 사태에 대비하려고 멀찌감치 물러나 누웠다.

"그만해, 아가야."

"자, 차 한 잔! 핀!"

안나는 털썩하고 침대 위에 앉았다. 잔이 접시 위에서 파르르 떨다가 멎었다. 안나는 잔바닥을 훔친 후 내게 넘겨 주었다. 잔 속에 남은 차의 양은 파리 한두 마리나 빠뜨릴 수 있을 정도였다. 그것만이라도 마셔보려고 찻잔을 들이켰지만, 채 녹지 않은 설탕 덩어리만 콧날을 때렸다. 나는 얼굴을 찌푸리며 꼬마를 보았다.

"이게 차라고?"

"그럼, 아쉽지만 접시 안에 있는 거라도 마셔. 내가 들어 줄게."

기력이 없는 아침이면, 일어날 때 나는 두 팔을 짚어야만 했다. 나는 침대 끝에 앉아 팔꿈치를 괸 채 눈을 감고 입을 벌렸다. 안나가 내 입 속으로 접시를 끼워넣고 가볍게 기울이는 바람에 이빨에 부딪쳐 탁탁 소리가 났다. 차의 3분의 1은 겨우 내 목구멍으로 넘어갔으나, 나머지는 밖으로 쏟아져 버렸다. 안나가 깔깔 웃었다.

"마실 물 한 잔, 그리고 세숫물, 부엌으로 가서 물 좀 끓여."

문을 가리키자 안나는 부엌으로 달려갔다.

"핀, 깼음! 그는 차를 좀더 원함! 파자마에다 다 쏟았음."

"오, 하느님! 저 개구쟁이를 용서해 주소서."

나는 파자마를 벗어 마른 부분으로 젖은 가슴팍을 훔쳐냈다. 우리 집에서는 차를 오래 기다리지 않아도 되었다. 우리에게 차란 약방의 감초처럼 늘 마련되어 있었다. 사프란은 열을 내는 데 좋았고, 박하는 헛배 부른 데 좋았다. 잠을 깨울 때도 차였고, 재울 때도 차였다. 설탕이 없는 차는 기분전환용이었고, 설탕이 조금 든 차는 힘을 북돋아 주었고, 설탕이 많이 든 차는 충격에 좋았다. 나에게 잠을 깨는 일은 하나의 충격이었기 때문에 나의 아침 첫 차는 항상 달착지근했다. 더 많은 차를 담고서 안나가 후다닥 달려왔다.

"오늘 아침 나에게 외륜차 두 대를 만들어 줄 거야?"

안나의 부탁이었다.

"그럴까? 어디로 타고 가려고?"

"아무 데도 안 가. 실험해 보려고 그래."

"얼마만한 크기면 되겠니? 그런데 무얼 하는 데 쓰려고?"

안나는 두 손을 7, 8센티미터 가량 벌렸다.

"이 정도면 돼. 하느님 아저씨에 관해 알아볼 게 있어."

근래에 와서는 이런 일을 쉽사리 해치울 수 있게 되었다. 돌 하나 속에서도 신의 뜻을 읽을 수 있다면 외륜차도 예외는 아닐 터였다.

"그리고 큰 욕조와 호스 몇 개, 구멍이 나 있는 깡통 하나만 갖다 줄 수 있어? 확실하지는 않지만 뭔가 막 나오려고 해."

내가 외륜차를 만들고 있을 동안 안나는 실험도구들을 모았다. 외륜차가 차축 위에 우뚝 솟았다. 큰 원통 모양의 깡통을 가져와 나는 옆면 아래쪽에 드릴로 1, 2센티미터의 구멍을 뚫었다. 깡통 구멍에 한 대의 외륜차를 끼워넣은 뒤 납땜을 했다. 이렇게 한 시간 가량 진땀을 빼고 있는데 안나의 목소리가 들렸다.

"뜰로 나와 봐, 하느님 아저씨에 대한 실험을 보여 줄게."

수도꼭지에서 뺀 호스가 큰 욕조 안에 가득 담겨졌다. 욕조 한가운데에는 외륜차가 박힌 깡통을 넣어 돌로 고정시켰다. 물이 구멍 속으로 쏟아져 들어가자 외륜차 바퀴가 빙글빙글 돌아갔다. 호스파이프는 수관으로 사용되었다. 호스는 깡통에서 물을 빼내 두 번째 외륜차에 떨어지면서 그것을 빙글빙글 돌아가게 했다가 마침내 물을 배수관으로 흘려 보냈다. 나는 실험대 주위를 돌다가 눈썹을 치켜 올렸다.

"이게 마음에 들어, 핀?"

"마음에 들어. 그런데 이게 뭐야?"

"그건 핀이야."

안나는 외륜차가 박힌 깡통을 가리키며 말했다.

"그렇군, 나는 무얼 하는데?"

"물은 하느님 아저씨야."

"알았어."

"물은 수도꼭지에서 나와선 욕조로 들어가."

"거기까진 네 말을 알아듣겠는데."

"물은 다시 깡통으로 들어가. 그 깡통이 핀이야. 그것은 구멍을 통해 핀을 움직이게 해."

안나는 맴돌이를 하고 있는 외륜차 바퀴를 가리키면서 덧붙였
다.
"마치 심장처럼."
"아!"
"움직일 때 그것은 튜브에서 나와."
수관을 가리키며 안나가 말했다.
"저건 다른 바퀴들을 돌아가게 해."
"배수관은?"
내가 물었다.
안나는 잠시 머뭇거렸다.
"내게 만약 하느님 아저씨의 심장과 같은 작은 펌프가 있다면
물을 욕탕으로 다 보낼 수 있을 텐데. 그러면 수도꼭지는 필요없
을 거야. 물은 끝없이 돌아갈 수 있을 테니까."
외륜차 두 대로 하느님 아저씨의 모형을 만들어내는 안나의 재
주란! 사실 그런 모형도 집집마다 있어야만 한다. 하느님 아저씨
와 나의 모형이 외륜차를 돌리고 있는 광경을 감상하면서 벽에 기
댄 채, 나는 담배연기를 뿜어내고 있었다.
"좋지 않아, 핀?"
"대단한데? 일요일날 교회로 가져가 보면 어떨까? 다른 사람에
게 좋은 아이디어를 주지 않을까?"
"아냐, 그렇지 않아. 오히려 더 나쁠 거야."
"왜?"
"음, 그건 하느님 아저씨가 아니라 다만 하느님 아저씨와 비슷
한 거니까."
"그래서? 만일 그것이 너랑 나에게 도움이 된다면 그건 좋은 거
야. 다른 사람에게도 도움이 될 테지."
"핀과 나는 가득 차 있기 때문에 그것이 통했어."

"무슨 뜻이지?"

"음, 가득 차 있는 사람은 하느님 아저씨를 보는데 아무거나 쓸 수 있어. 하지만 가득 차 있지 않은 사람에게는 그렇지 못해."

"왜? 예를 든다면?"

"십자가, 가득 찬 사람이라면 그게 필요없어. 진정한 십자가는 그 사람 안에 있을 테니까. 가득 차 있지 않은 사람은 자기 바깥에 십자가를 가져. 그럼 그것은 마술거리가 되어 버리지."

안나는 내 팔을 세게 당겼다. 둘의 눈이 만났다. 안나는 조용하게 말했다.

"만일 안이 가득 차 있지 않으면 모든 것을 마술로 만들고 말아. 그러면 그건 우리의 바깥 부분이 되어 버려."

"그게 나빠?"

안나는 고개를 끄덕였다.

"그렇게 하는 사람은 하느님 아저씨가 자신에게 원하는 일을 할 수 없어."

"그렇다면 하느님이 우리에게 원하는 일은 뭐야?"

"너 자신을 사랑하듯 모든 이를 사랑하라. 그리고 먼저 자신을 사랑하기 위해 스스로 가득 차라.'"

"모든 사람이 다 바깥에 있는 것 같은데."

안나는 미소를 지었다.

"핀, 하늘나라에는 이런저런 교회들이 없어. 하늘나라에 있는 모든 사람들은 스스로의 안에 있으니까. 서로 다른 교회나 사원, 시나고그(유태교의 예배당)는 모두 바깥 얘기야. 핀, 하느님 아저씨는 '스스로 존재하는 나'를 말하셨어. 그리고 그것이야말로 하느님 아저씨가 우리에게 말해 주려고 하는 전부야. 그건 가장 중요한 부분이야."

내 머리가 당황한 나머지 오르락내리락했지만 나는 어쩐지 수

궁이 갔다. '스스로 존재하는 나, 그건 가장 중요한 부분.' 나는 속으로 되뇌어 보았다.

너는 고향에 돌아왔다. 너는 가득 차 있다. 안에 있다. 너는 쇼윈도에 진열된 물건 주위를 맴돌며 꼬리를 남기지도 않는다. 핀, 이놈아, 어디로 가더라도 뒤에 미련을 남기지 말고 전적으로 가라. 너는 너 자체로 모든 것이란 말이야. 넌 하느님 아저씨가 너이기를 바라는 존재란 말이다.

이제껏 나는 교회 가는 일이 신을 만나러 가거나 찬양하러 가는 것으로만 생각했었다. 신이 무엇을 하고 있는지는 미처 깨닫지 못했었다. 신은 '바깥의 사물들'에서 '스스로 존재하는 나' 속으로 나를 되돌리려고 노력하면서 내게 지혜를 불어넣어 주시고 있었던 것이다. 나는 참뜻을 깨달았다. 내가 출석표에 올려야 할 진정한 주일은 바로 그것이었다.

서서히 나는 '스스로 존재하는 나'의 묘리를 터득하기 시작했다. 그것이 하느님 아저씨에게 얼마나 중요한 일인지 생각해 보면, 그것을 따르는 것이 그리 어렵지 않음을 알게 되었다. 미묘한 부분은 자신의 내면으로 들어가 무엇이 결여되어 있는지 보는 일이었다. 그러나 한 번 장애물을 넘고 보니 나머지는 보다 쉬워졌다.

처음으로 내 속을 들여다보았을 때는 급히 문을 닫아 버렸다. '저게 나였구나'라고 뚜렷이 알게 되니까 스스로 부끄러웠던 까닭이다. 부풀어 오른 치즈처럼 내 속에는 구멍이 숭숭 뚫어져 있었다. 내가 가득 차 있다는 안나의 말은 사실이 아니라 단지 용기를 북돋아 주느라 한 말이었다.

한 번의 충격을 넘어간 뒤에 다시 나는 문을 열고 내 속을 들여다 보았다. 구멍 중에서 하나의 정체를 알아냈다. 그것은 런던의 하이 스트리트 거리에 있는 어느 쇼윈도에 전시된 오토바이 모습이었다. 몇 번 더 해 보았더니, 구멍의 정체를 점점 더 쉽게 파악해 낼 수 있었다. 내 마음속에 초현미경, 봄베이, 모스크바, 뉴욕, 런던의 시간을 동시에 알려 주는 시계 외에 몇몇 장소들이 보였다.

그것들은 내 속에 구멍을 내면서 나를 조각조각 분열시키고 있었다. 어딘가는 아예 엉망진창이었다. 처음 시작할 때는 이런 구멍은 없었다. '앞으로 가'라는 소리를 지르며 툭툭 올라오는 망할 놈의 깃발들, '오토바이가 널 V. I. P로 만들어 줄 거야.', '차는 더 좋아. 차 두 대면 넌 완전히 뿅 갈 거야.'라는 속삭임에 나는 빠져 있었다.

그 깃발들은 내 안에 있었고 게다가 꽤 기름진 토양에 뿌리를 내리고 있었다. 깃발의 수만큼 나는 더 바깥으로 조각져 나갈 수밖에 없었다. "사람은 대부분 바깥에 살아."라는 안나의 말은 꼭 맞는 말이었다.

하룻밤의 기적도, 돌발적인 게시도 없었다. 그러나 나는 내가 서 있는 곳이 어딘지 깨달은 새롭게 말을 배우는 어린아이처럼 진정한 내가 되고 싶다는 문제와 진지하게 씨름하고 있는 자신을 발견했다. 이제 내면의 문을 여는 것은 그리 어렵지 않았다. 물론 그 깃발들은 내 눈을 피해 슬그머니 기어오르지만 그럴 때마다 나는 그것을 잡아낸다. 오토바이 구멍이 아직도 내 마음속에 있지만 그것은 축 나간 전구의 필라멘트처럼 떨고 있을 뿐이었다.

이윽고 모든 구멍이 사라졌다. 내 전체가 고향에 돌아왔다. 마침내 나는 진정한 나의 길을 찾은 것이다. 이미 두 번째로 내 속을 들여다보았을 때부터 구멍은 메꾸어지기 시작했다. 그래서 전쟁의 소용돌이 속에서도 세상은 그럭저럭 살 만한 곳이었다.

12

이 아름다운 아이가 왜?

일요일은 아름다웠다. 거리는 아이들의 소리로 왁자지껄했다. 병사들의 군화소리도 그만 웃음소리에 파묻혀 버렸다.

그때 갑자기 세상이 산산조각 났다. 난데없는 비명소리가 웃음소리를 삼켜 버렸다.

"핀! 어떻해? 안나, 안나가 죽었어. 안나가 죽었어."

나는 뒤로 돌아 내게 쓰러져 오는 재키를 감싸안았다. 백지장처럼 하얗게 질린 재키의 얼굴! 진홍빛 손톱이 내 가슴을 파고들었을 때, 얼음처럼 차가운 두려움이 온몸에 밀려들었다.

정신없이 나는 거리로 뛰어나갔다. 안나, 안나가 위에 쓰러져 있었다. 손가락이 담 꼭대기에 매달려 있었다. 나는 안나를 들어 올려 내 팔에 꼭 껴안았다. 고통 때문에 꼬마는 눈을 제대로 뜨지 못했다.

"저 나무에서 미끄러졌어."

꺼져가는 목소리였다.

"괜찮아, 애야. 날 꼭 잡아, 내가 안아 줄게."

불현듯 살을 에이는 아픔이 밀려왔다. 뜨거운 뭔가가 눈가로 감당할 수 없이 흘러 내렸다.

안나가 떨어지는 바람에 난간 윗부분이 부러졌다.

부러진 쇠평상 동강.

몇 년 전에 그것을 눈여겨 본 사람은 아무도 없었다.

이제 뚜렷이 볼 수 있었다. 이 수정산들, 시내들. 이제 아득한 공포와 수치를 불러일으키며 빨갛게 물들여져 있었다.

나는 안나를 집으로 안고 가 침대에 눕혔다.

의사가 왔다. 상처만 처매 주고 안나를 내게 남긴 채 의사는 떠났다.

나는 안나의 손을 꼭 잡고 얼굴을 살펴보았다. 안나의 눈속에 고통의 빛이 어른거렸으나, 그것은 서서히 얼굴로 퍼져가는 미소에 지워졌다. 고통은 어딘가로 숨어 버렸다. 안나는 곧 괜찮아질 것만 같이 보였다.

하느님 아저씨, 감사합니다.

"핀, 공주는 괜찮아?"

속삭이는 소리로 안나가 물었다.

"응, 괜찮아."

나는 그 공주가 누군지도 몰랐다.

"공주는, 나무 밑에 붙어서는 내려올 수가 없었어. 그래서, 난 미끄러졌어."

"걘 괜찮아."

"공주는 아주 두려워했어. 아기 고양이거든."

"걘 괜찮으니 넌 이제 그만 쉬어도 돼. 내가 옆에 있어 줄 테니 겁먹지 마."

"난 겁먹지 않았어. 핀, 난 겁먹지 않았어."

"그만 자거라, 꼬마야. 푹 자고 나면 괜찮아질 거야. 내가 곁에서 지켜 줄 테니까."

눈이 감기고, 안나는 잠이 들었다. 괜찮아질 것 같았다. 마음속에 깊은 확신이 있었다.

이틀 동안, 이런 느낌이 자라나 두려움이 사라졌다. 안나가 생글생글 웃고 또 하느님 아저씨와도 신나게 얘기하는 걸 보니 확신은 두 배로 커졌다. 내 마음 밑바닥에 움트던 불안의 매듭은 풀어지고 있었다.

창 밖을 보고 있는데 안나가 부르는 소리가 들렸다.

"핀!"

"지금 가. 안나야, 뭘 해 줄까?"

"핀, 안과 밖이 꼭 뒤바뀌는 것만 같애."

경이에 찬 표정이었다.

빙판처럼 싸늘한 손이 내 가슴을 꼭꼭 잡았다. 갑자기 그러니 하딩 할머니가 생각났다.

"꼬마야."

내 목소리는 너무 높았다.

"꼬마야, 날 봐."

안나의 눈이 깜빡깜빡하더니 희미한 미소가 번졌다. 급히 창가로 달려간 나는 창문을 세게 열었다. 거기, 코리가 있었다.

"빨리 의사를 모셔와."

그제서야 사태를 직감할 수 있었다. 나는 안나에게 돌아갔다. 울 시간이 아니었다. 결코 울 시간이 아니었다. 가슴속의 차가운 공포가 눈물을 얼려 버렸다. 나는 안나의 손을 잡았다. 오직 이 한 생각밖에 들지 않았다. '내 이름으로 간구하는 무엇이든지.'

나는 간구하고 또 빌었다.

"핀."

실같이 가느다란 목소리로 안나가 말했다.

“핀, 사랑해.”

“나도 사랑해, 꼬마야.”

“핀, 이걸로 하느님 아저씨가 날 꼭 하늘나라로 보내 주실 거야.”

“그래, 그래. 하느님 아저씨가 널 꼭 기다리고 계실 거야. 난 믿어.”

좀더 많은 말을 하고 싶었다. 훨씬 더 많은 말을 하고 싶었다. 그러나…….

안나, 내 사랑, 내 삶의 모든 보배. 안나는 이제 더 이상 내 말을 듣고 있지 않았다. 단지 고운 미소만 남긴 채.

큰 촛불마냥
날들은 타들어만 갔다.
쏜살처럼
시간은 녹아
끝내
끔찍한 응어리로 얼어붙었다.

장례식을 치른 이틀 후, 나는 안나의 씨앗 봉투를 발견했다. 묘지로 가서 얼마 동안 거기 서 있어도 보았지만 아무 소용이 없었다. 허무감만 더할 뿐이었다.

그 시각에 만일 안나 곁에 더 가까이 있기만 했어도. 안나가 무얼 하고 있었는지 알기만 했어도. 그랬으면, 그랬으면.

하느님 아저씨를 증오하고 싶었다. 그를 내 마음속에서 쫓아내고 싶었다. 그러나 그는 떠나려 하지 않았다. 그럴수록 하느님 아저씨는 전보다 더욱 생생하게, 이상하리만치 생생하게 내게 더 가까이 다가왔다.

증오는 생기지 않았다. 그러나 나는 삿대질을 했다. 하느님은
바보야, 백치, 멍청이. 하느님 아저씬 안나를 구해 줄 수 있었으면
서도 그러질 않았다. 그는 모든 것 중에서도 가장 어처구니없는
일이 일어나도록 내버려 두었다. 이 아이, 이 아름다운 아이가 죽
었다. 채 여덟 살도 못 채운 아이가 말이다. 꼭 여덟 살이 되려고
할 때.

에필로그

전쟁은 나를 이스트엔드 밖으로 몰아냈다. 전쟁은 세계의 얼굴 위로 피 묻은 군화를 끌고 갔다. 수천 명의 아이들이 죽었고, 또 그보다 몇 배의 아이들이 불구가 되거나 집을 잃었다.

얼마 전에 책 한 꾸러미를 선물받았지만, 나는 펴보지도 않았었다. 의미가 없어 보였다. 내 자신을 내가 어떻게 해야 할지 몰랐다. 그 몇 해 동안 뭔가 숨겨져 있을 신호와 비전을 찾느라 내 눈은 지쳤고, 내 귀는 아팠다.

어느 날, 나는 책을 들었다. 별 흥미로울 것같지도 않았다. 나는 책장을 아무렇게나 넘겼다. 그때 콜러리지라는 이름에 눈길이 멎었다. 내게 콜러리지는 최고의 사람이었던 것이다.

거기에 다음과 같이 쓰여 있었다.

"……아리스토텔레스는 말한다. '순수시가 가장 이상적인 시다. 시는 모든 우연이나 돌발적인 사고를 배제해야 한다.' 나는 아리스토텔레스의 이론을 확신하며 받아들인다."

나는 몇 장 앞으로 되돌아와 읽기 시작했다. 놀랍게도 그 페이지에는 우디 노인이 읊던 시가 나왔다.

　콜러리지는 시적인 상상력이 일어나는 과정을 죤 데이비스경의 다음 시를 인용하여 설명하고 있다.

　　그리하여
　　여인은
　　하나하나의 상태에서
　　보편적인 힘을 뽑아낸다.
　　온갖 이름과 운명으로 옷을 입힌 뒤
　　아무도 몰래 감각의 문을 뚫고 들어와
　　마음속에 깃들게 하네.

　밤사람들의 모닥불이 내 가슴 저편에서 떠오르고 있었다. 우디 노인이랑 컨빅트 빌이랑 릴 할머니랑 안나와 나.

　나는 몇 줄 더 읽어내려갔다.

　"……괴테는 말한다. '일상에서 벗어나려는 젊은 시인은, 때로는 스스로 고통스런 상황을 빚어내야 한다. 이것은 아주 어려운 일이지만 삶의 극치란 바로 여기에 있는 것이다.'"

　스스로 고통스런 삶을 빚어내야 한다?!

　천천히 마음에 집혀오는 것이 있었다. 무언가가 일어나고 있었고 그것이 나를 슬프게 만들었다.

　처음으로 나는 오래, 아주 오래 울었다. 나는 밤의 어둠 속으로 나가 그 속에서 지새웠다.

　뭉게구름이 뒤로 흘러가는 듯했다. 그것은 내내 내 마음의 뒤에서 나를 비웃고 있었다.

　그렇다! 안나의 삶은 갑자기 끝난 것이 아니었다.

　안나의 삶은 가득 찬 채 완결되었다.

다음날 묘지로 갔다.

안나의 무덤을 찾는데 긴 시간이 걸렸다. 잘 보이지 않는 뒤편에 조그만 무덤이 누워 있었다. 묘비라고도 할 수 없는 조그만 나무막대기에 '안나'라고 적혀 있었다.

나는 책장이 다 덮히고 이야기의 끝이 승리로 장식된 듯한 평온한 마음으로 갔었다. 그러나 안나의 무덤을 찾을 수 있으리라고는 기대치 않았었다.

숨을 헐떡거리며 나는 멈추어 섰다. 거기 술에 취한 듯 기울어진 작은 팻말이 있었다. 페인트칠이 벗겨지고 있었다. 그 뒤에 안나의 이름이 적혀 있었다.

웃고 싶었다. 그러나 공동묘지에서 웃을 수 없지 않은가!

웃고 싶었을 뿐만 아니라 웃어야만 했다. 나는 웃음을 억누를 수 없었다.

나는 팻말을 뽑아 덤불 속에 던져 버렸다.

"알았어요, 하느님 아저씨!"

나는 웃으며 말했다.

"이젠 알았어요. 착한 노신사 하느님 아저씨! 당신은 때론 서툴 때도 있지만 결국엔 모든 걸 제대로 만들어 놓으시는군요!"

안나의 무덤 주위에 빠알간 양귀비꽃이 깔려 있었다. 부채꽃이 뒤에서 무덤을 지켜 주고 있었다. 두 그루의 나무가 마주 보고 속삭이고 있었고, 다람쥐가 무성한 잔디 위로 오가고 있었다 .

안나는 진정 고향으로 돌아온 것이다.

팻말 따위는 이미 필요없었다. 억억만의 대리석으로도 무덤을 더 아름답게 꾸미지는 못했을 것이다.

안나의 무덤가에 잠시 앉았다가 나는 다섯 해 만에 처음으로 안나에게 작별인사를 했다.

"안나, 안녕!"

　　정문으로 돌아온 나는 대리석으로 새긴 작은 아기천사, 대천사 떼들을 지났다. 무한한 세월이 지나 지금도 여전히 대리석의 꽃을 신께 바치려 하고 있는 천사 앞에 서서 나는 인사를 했다.

　　“어이, 친구! 결코 해내지 못할걸세.”

　　나는 문을 흔들면서 묘지 쪽을 돌아보며 목이 터져라 외쳤다.

　　“안나! 대답은…… ‘내 한가운데서’야!”

　　전율이 척추를 타고 내렸다. 아마 안나의 목소리가 들려왔던 것 같다.

　　“핀! 그것은 무엇에 대한 대답이게?”

　　“그건 쉬워. 그 대답의 질문은 ‘안나는 어디에 있어?’야.”

　　나는 안나를 되찾았다. 내 한가운데에서 안나를 찾았다.

　　나는 생생하게 느낄 수 있었다, 어디선가 안나랑 하느님 아저씨가 미소짓고 있는 것을.

내 죽을 때면
나 죽을 때면
나 홀로 떠날 거예요.
아무도 대신 죽을 수는 없답니다.
죽음의 준비 다 갖추어질 때
나는 말하겠어요.
“핀, 날 세워 줘.”라고요.
그리고 꼭 한 번만 더
핀을 바라보고는
즐겁게 웃을 거예요.
내가 쓰러져
땅에 닿으면
이젠 영영 떠날 거랍니다.

옮긴이의 글

나에게 안나는 언제나 아름다운 겨울을 연상게 한다.

칠팔년 전 어느 초겨울 색색의 낙엽이 아직도 나무에 조금씩 매달려 있을 무렵이었다. 신림동 누옥을 나와 서울대 가로를 산책하고 있었다. 마침 헌책방 앞을 지나는데 불현듯 어떤 친근한 느낌, 아니 어떤 어린 영혼의 목소리가 그 책방 안에서 부르는 듯했다. 그날 그곳에서 나는 안나를 만났다. 첫만남으로도 안나는 나를 매혹시키기에 충분했다.

그후 여러 번의 겨울을 보내면서 겨울이면 언제나 안나가 나의 가슴으로 들어와 포근한 이야기를 나누곤 했다. 왜 이제야 안나가 한국어라는 옷을 입고 태어나나 생각해 보면 안나의 삶과 나의 삶이 서로 속으로 녹아들기를 세월이 기다려 준 것 같다.

안나는 「어린왕자」보다 더 아름다운 이야기라고 말하고 싶다. 어린왕자가 프랑스 인의 별이라고 한다면 안나는 아이리스 영국인의 별이다. 어린왕자는 한 고결한 비행사가 고공의 비행기 속, 그 고독 속에서 만난 상상의 별이었다. 하지만 안나는 실제 태어나 땅을 밟으며 런던의 이스트 엔드의 작은 마을에 살았던 실존 인물이다.

안나와 핀, 이 두 사람이 살았던 환경은 일상적이었다. 하지만 화자인 핀의 진한 아이리시 특유의 풋풋한 인간미와 영적인 기질은 그 일상을 영적인 모험과 깨달음으로 가득 채운다. 정식 교육을 받지 않은 핀의 문체는 그렇기 때문에 더 직접적이고 독특한 감동을 낳게 한다.

어떤 기존관념이나 어른의 권위에도 때묻지 않는 안나의 순수한 눈은 모든 인연을 초월한 우리네 선사(禪師)들의 할(喝)과 방망이를 연상시킨다.

안나는 어떤 존재였을까? 핀에게 안나는 가장 다정한 연인이었다. 동시에 영혼의 비밀을 알려 주는 벗이요, 스승이었다. 핀은 안나의 영혼의 힘에 이끌려 깨달음의 세계를 얼핏 엿볼 수 있게 되었다. 그런 안나가 갑작스런 죽음을 맞았을 때 핀의 슬픔이 얼마나 컸을는지는 상상하고도 남음이 있다.

핀의 생각으로 그것은 도저히 이해할 수도 받아들일 수도 없는 모순이었다. 핀은 걷잡을 수 없는 절망과 의심에 잠기게 된다. 그러나 그 모순이야말로 안나가 준 최고의 선물이었다. 핀은 다시는 헤어질 수 없이 안나와 함께 할 수 있는 길을 스스로 찾았던 것이다. 안나는 핀의 안에 있었다. 이 마지막 부분이 가장 슬프고도 아름다운 부분이다.

이렇게 사랑스럽고 순수한 안나와 함께 한 시간들이 감사하다. 안나는 나에게 밤사람들의 훈훈한 정과 밤의 아름다움을 가르쳐 주었다. 독자 여러분들도 안나를 안내자 삼아 우리의 일상이 얼마나 경이에 차 있나를 새로이 발견하기 바란다.

끝으로 번역을 하는 동안 늘 따뜻한 사랑으로 감싸준 영과 바쁜 중에서도 컴퓨터 윤문을 해준 박인숙 님 그리고 늘 영감을 주고 격려해 주며 교정을 도와준 강희주 님에게도 감사드립니다.

옮긴이 박 광 수